秘密

TaikO HiRabayashi

平林たい子

P+D BOOKS

小学館

目次

黒い年齢

安代は、時々人から「お若いですね」と言われることがある。「そうですか?」とよそよそしい返事をしていたが、心の中では、その「若い」という言葉の意味をたずねかえしていた。年齢にしては若いという意味なのか、人間の若いという状態の範囲に入り得るように若いのか。考えるまでもなく前の方だと思うけれども、やはりそういわれた瞬間、いくらか己惚《うぬぼ》れが生れていたから絶対的な若さを一度はちらりと考えたのだ。

五十歳という年齢を、かねがね安代は恐れていた。若かった頃その年齢は、何もかも抹殺したあとの黒い色に感覚された。ところがいつのまにか、その恐しい黒い年齢が自分の上に被さっていた。

しかし、のがれることもかくれることもできないその年齢になってみると、そこにもまたそれなりの気のもち方があった。が、それよりも驚いたことは、女の五十歳という年齢の内に包む若さだった。

体のことを言うのはおかしいが、彼女の乳房にはまだ少しも萎えが見えない。真丸いまんじゅうの真ん中で、乳首が吊り気味に上を向き、芯は若い時と同じで青苺のように固い。お臀《しり》と一緒に、乳房がいつもひやりと冷たいのも、正常な生理作用が営みつづいている証拠であった。

安代の夫の司馬は五十七歳で、ある役所の調査部みたいな地味な部署につとめる官吏であった。仕事のせいでもあるまいが、この人がまた安代と正反対で髪はうすくなり、胃にはいつも苦情があって、温灸療法を長年つづけていた。

「どうも足が冷えて眠られない。おい、安代、こちらに来ないか」

彼が自分の床から別の床にいる安代をよぶことがある。安代の床の中はそのとき自分の体から移った体温でほかほかと蒸れるように暖くなっていた。司馬はよく足が冷えるとこぼすが、安代の足は反対で寝て休まるとすぐほてり出して、二つの電気アイロンのように自分では感ぜられた。これも若くない徴候かも知れないが、冷える徴候よりも希望がもてた。

安代は、夫が自分の床から彼女をよぶといつも、微かな嫌悪に囚われた。蛙でもとび出しそうな冷たい床の中で、絡んでくる冷え切った両足は、骨ばって金物みたいな感触だった。こんな風だから、夫婦の営みも、彼が体を温めるためだったり、彼が寝つかれないのを薬なしで寝つくための、薬の代用であったりする。安代にとってはまことに味気ないことであった。

二人の状態が普通だとすれば五十歳から五十七歳までの間には、大変な生理の急坂があって、急激に老境へ追い込まれるものらしい。

つい三四日まえにも司馬は下痢で勤めを休んで床についた。彼は何を思ったのか、床の中から、

「おい、赤塗の箪笥《たんす》の小抽出しをぬいて来てくれ」

と立働いている安代に声をかけた。その箪笥には、家や土地の権利書や、株券や定期預金の証書がよく区分けしてハトロン袋に入れてあった。

彼は、もう前から死後のことを考えて、自分の甥の正男に相続させようとしていた。それは必ずしも安代に気持のよいことではないけれども、すぐ目前で実行されるのではないから、いままで反対のもやもやも胸の底の方にわだかまっていただけだった。

しかし、今日、夫は、ちょうど休んだのを機会に、いよいよ遺言を書こうというのではないだろうか。彼が甥に譲ろうとしているのは、まだこれからながく生きるつもりの安代には、重大なことである。法律も一度はしらべてみたが、その条文によれば他に競争者がある限り自分の取り分はせいぜい三分の一である。

夫が自分に全部与えようとせず、一緒にくらすわけでもない甥を後継ぎに、などと考えるのはどういうわけだろう。この疑問は、前々から安代の胸にある。

はじめ、安代は、司馬の考え方の方にばかり重点を置いて恨んでいた。が、ひょっとした啓示から、妻としての自分に、何か危かしい所が見えるのかも知れない、と考え直した。そう仮定を立ててみると、思い当ることはいろいろとある。……

実は、こんなことがあった。

安代は、こないだ珍しく簞笥の整理をはじめた。戦後は、羽織の着丈が短くなったので、吉凶のときにいる夏冬のながい紋つきが着られなくなり、二つの抽出しは殆んど虫干しもせず、長い間しめっぱなしにしておいた。

こないだふと丈を短く詰める気になって、その抽出しのものから一応出すことにした。そのとき、底にあった夏羽織の畳紙と一緒にもち上げたのは、真赤にやけた戦時中の新聞紙であった。すぎ去って見れば、あの辛い戦時でもやはりなつかしい。思わずとり上げて、今では信じられないような戦時色の記事をよんでいるうち、「パス屋殺し公判」という社会面の記事に目がはしった。

その見出しのよこには、髪をうしろで引っつめにした若くない女の拇指の腹ほどの顔写真がついて、パス屋の夫を殺した不敵な女の何回目かの公判の成行が記してあった。

ああ、そうそう、こんなことがあったっけ。という程の肯きが胸にあった。安代は、その頃まだ若く、この五十女の気持の中には必ずしも入って行けなかった。がよく覚えているあの事件の記憶はも一度よみがえった。この女が、その日の公判でも、自分の夫殺しを否認して、自分の情人だった若い番頭に被せようとしていたことを、新聞は興味をもって記している。

彼女の名はとめと言った。その名の下にある年齢のこまかい数字を障子のあかりにかざして判読すると、五〇とかいてある。おお、たしかに、彼女も、黒い色でしか表現されない五十歳の表情をしている。

が、この褪せた眉目の一と皮裏に、どんな赤い血が流れているか安代は知っている。その簞笥の前にいる安代の目に、彼女と夫とで営んだパス屋の店さきが幻のように、うかんでいた。

パス屋といっても戦後の人間にはわかりようがない。終戦前、通勤者が半年とか一年とかの長期間のパスをかうと、当時省線といった国有鉄道の定期乗車券の値段は、月割にして非常に安上りになった。そこで金のある者は多額の金の出るのをいとわずそうしたが、まとまった金のない下級のサラリーマンは、「パス屋」なる商売人から、月給を抵当に金をかりてパスを買った。その月の利息と分割した弁済金の一ヵ月分と合計しても、パスの一ヵ月分よりずっと廉《やす》くなるくらいの金を毎月払って行けばよかったのである。

このパス屋はなかなか繁昌したが、なぜかそのうち資本の大きさで淘汰されて、しっかりした経営のものが僅かにのこった。

田中というのがその店の屋号であった。安代の目にはその店の面影すら浮んでいる。もとは質屋だっただけに、店のかまえは、何となく横柄で、客と店の者とをへだてた格子をとったあとの穴に木をはめ込んで埋めてあり、それに一応ペンキを塗って、お店《たな》の感じを辛うじてオフィスに振替えていた。

この店には、番頭の吉田がいた。年齢は、二十四で、田舎の中学を卒業した、当時でいえば半インテリである。

学問のない当主の田中に代って、彼は帳簿一切を引きうけて、もう三年ほどこの店の重宝者になっている。ことにこの頃、田中が中風でねついてからには一切の処理が彼の肩にかかって来た。彼はよくその信任に応えて、忙しい店の仕事をてきぱき処理した。

とめは、義理がたい強気な女だが、ひかえ目で、夫は勿論、雇人の吉田にすら彼等が男であるということから一目置いた。

彼女は背がすらりと高く、色は化粧しないので琥珀色をしていたが、引きつめた髪がよく似合う美人であった。けれども、いつも地味な着物をきて黒いエプロンなどしていたから、目につく存在ではなかった。

このとめと、吉田とが、ねている田中の目をぬすんで通じ合うようになったのは、全く思いがけないことからだった。

母屋にねている夫の吉田から遠い店の畳部屋で、とめが急にさし込んで来た腹痛を押えて倒れたことがある。そのとき、そばにいた吉田が居間にとってかえして、押入れからとめの掛布団を一枚だけもってはしって行った。

「まだ痛みますか。懐炉でもつけましょうか」

「いいのよ」

とめは落ちついた声で答えてかけられた布団の上に片手を出し、大きい目をぱっちりあけていた。女にはあることだが、その腹痛は四五分だけ非常なはげしさで襲っただけで、あとはけろりと治ってしまった。

吉田が、暗いとめの顔をのぞき込むと、とめは大きい目で吉田を見つめていた。吉田ののぼせた頭に彼女が仮病の詭計《きけい》で自分を誘ったというとっさの暗示が閃いた。――そのときから二人はただでない間柄になった。全く、とめにとっては、思いがけない運命の変化だった。とめは、それまで、吉田を嫌ってはいなかったけれども、こういうことになろうとは夢にも思っていなかったのだ。

その日から、明暗がかっきり変る。秘密を負った暗い、蠱惑《こわく》的な月日がたつ。前途のない五十女の行詰った心に、未熟な青年の言動はすべて、率直で罪のないあどけなさにうつった。とめは、自分の生命力の限界のさきに、彼の溌剌《はつらつ》とした生命力をつないでいた。とめには、吉田だけがこの世での希望になってしまった。――

古新聞を手にした安代は、思わず息をとめて、自分の想像の放恣《ほうし》さに目を見はった。自分はパス屋殺しのとめではなく、夫は殺された中風の田中ではない。

ふと気がつくと玄関で、ポツンと特徴的な呼鈴の音がする。三十年ききなれた司馬の呼ぶ音である。

きょうもまた、胃が痛かったという帰宅の第一声でもきくのではないかと安代は膝の塵をはらいながら玄関に行く。何となくあたりを見廻したい気になるのは、いまよんだ古新聞からの暗示で、何というのでもなく気が咎めているのである。

「役所の小野が今晩くるからね。何か肴をつくって一本つけてくれ。鰻がいいかな。……しかし俺はあんなくどいものはいやだよ」

「はい。他に何か考えましょう」

この個人的訪問もおそらく役所の用事ではなく、甥の正夫に相続させるための顧問としてではあるまいか。小野は役所で、その方面をうけもっている係なのだから。

洋服を着物に着かえた司馬は、体がやせているから、兵児帯《へこおび》がつるんと上に上って、女が着物を着たような格好である。その腰の細さ。

その日約束どおり役所の下役の小野が来た。二人は電気炬燵の上に鰻の重箱や鍋ものをのせて、さかんに談笑していた。

安代は台所で燗の熱加減を見ながら、一枚あけた襖から明るい灯をうけている若い小野をじいっと見た。いままで格別この青年に注意したこともなかったのに、今晩は、何かしら気になるのは、ひるま見た新聞記事の暗示にちがいない。

たしかに、パス屋殺しの記事は、安代に、この灰色の現実のかげにかくれている所にも一つの光眩《まぶ》しい現実が有ることを教えてくれた。これは、仏教の迦陵頻伽《かりょうびんが》のさえずる極楽のように温く香気にみちた魅惑的な世界である。

安代は、耳の中で、その世界からきこえるささやきに耳をかしながら、小野という青年の印象を気ぜわしく集めようとしている。彼は、パス屋殺し事件の中の吉田に該当する青年だろうか——などとばからしい空想が起るのをとどめられない。おかしいことに、今晩の小野の姿態の方からも、何かしら強い誘惑の網みたいなものが投げかけられているような気がして、安代は、徳利をもって行っても、まともに彼の顔を見ることができなかった。五十歳の女は、内輪に内輪にと教育されているだけに、その羞らいにちらりと表現されるものは内にこもって、ひどく濃密である。この年齢になって、さし出す徳利の手がわなわなとふるえているのなぞ、何とぶざまだろうと安代は自嘲する。

しかし、パス屋の場合のように、安代に腹痛もはじまらず、客はいんぎんに礼をいってかえって行った。

何だろう、年甲斐もないことを、と安代は恥じていたが、小野という青年が、これという理由もなく一瞬に好ましくなった奇蹟には自分ながらあきれて、こんなものだったのか、と感に堪えていた。女が男を好きになるには、何も理由はいらないということだ。

それから、二三日目のある日、玄関の呼鈴がなって、思いもうけぬ小野が立っていた。

小野は、あれから、安代の中でだんだん育って行っていた。いま、ひょっと顔を合わせたときにも、毎日逢っている人間のような気がしていた。もうこないだの羞らいもなく、用向がきけた。彼女はやはり五十歳の女であった。こないだは、あんなにはにかんだのに、きょうは高い所から見下して、寛大に微笑していた。尊大な所も見える。

小野は、司馬にたのまれて、或る書類をとりに来たのである。彼がひどく辞退するのに、安代は、むりやり引きずり上げんばかりに室にとおした。小野は少し変だと思っていないだろうか。

しかし、そう思ってくれた方がよいのかも知れない。が、安代は、小野が彼女の希いどおり室にとおると、急に硬くなって、微笑の一かけらも惜しむように、顔をそむけていた。これだけの行動が彼女のすべてでこのさきの案は全くない。

パス屋殺しのとめも、吉田に挑まれる前には、こんな風な無愛想な目ざしをしていたのではないだろうか。内には、どんな渦があっても殻が固くて、それが外に洩れることは殆んどの女にない。ごくまれに、紐のゆるい女だけが奔放とよばれて、それをたやすく外に現わすようにできているのである。

小野は注文どおりの書類を安代からもらって、玄関を出て行った。安代は坐っていつものように頭をさげただけである。

それでも安代はいまの数分間の自分をあとで思いかえすと、恥と不満との矛盾した層雲みたいなものに巻き込まれて、息がつまるような苛責を感じた。

安代はこんな経験もあって、例の赫《あか》ちゃけた古新聞を棚の上からとってときどきよみかえす。この汚い新聞が今では彼女の空想をかりたてる秘密の麻薬のように大事なものになってしまった。

とめと吉田との情事は一年ほどつづいた。

田中は寝たままで体が利かなかったから、二人の姿が一緒に見えなくなっても、焦立つだけで探しに行けるわけではない。

しかし、二人の間を想像する力は、健康な時よりも鋭くなっていたかも知れない。枕元へ水などもって行くとき、彼は、鮟鱇《あんこう》のように肉のたるんだ首を動かして水をのませて貰いながら、とめの顔をまじまじと見る。それは、ぺったり貼りついてくる気味わるい視線である。

とめは、思わず吸呑みの水をふとんの襟に溢《こぼ》しながら、

「きょうは大人しかったわね。どれ、少し起してあげましょうか」

と汗くさい土偶のような体を肩から起して、しばらく背をささえていてやる。感情が子供のようにたわいなくなって、「アアアア」と口の廻らなくなった田中は、それでも、妻にやさしくされた満足で口から涎《よだれ》をたらしながら何か言おうとしている。

彼は、吉田ととめとの間を嗅ぎつけているかも知れないけれども、もう力の関係が変って、その憤りを気兼ねなく表現できなくなっていた。

とめは、情のたっぷりした女だから、吉田という可愛い男性ができたからといって、それ程夫を粗末にはしなかった。

しかし、だんだんこの家で翅《はね》をのばしはじめた吉田にはそれも嫉妬の種である。

尤もはじめ自らを責めて、田中に申訳ながっていた吉田がやきもちをやくようになったのに

は理由がある。それは、田中がこんなに変りはてても、なお男性の欲情をとめに抱いていて、とめも万更それを拒絶するでもなく、母親が泣く子に乳房を与えて黙らせるようなことをしていることをふと発見したからである。

蛇のように執拗に人間の生命力に寄生した欲情を見ても、若い吉田にはその意味が理解できなかった。

吉田には、ただ、とめの多情の現れとしか見えなかった。しかし、とめにとって、吉田は情人にすぎないのに対して、田中は夫だった。肉体のつなぎ目だけは切れても、二人の間が切断されたわけではない。とめは、所詮夫に薄情にはできない女であった。そこに吉田としてはとめを完全に支配しきっていない煩悶《はんもん》がある。ある日も、吉田は、酒でものもうと思って、ふらりと店を出た。

青い空の下に出ると、五十女に生殺の権を握られて足をばたばたさせながらもがいている自分がいかにもばからしく、いっそ、このまま呪わしい女と別れて、別天地で生れ変って、焦躁と悶えからのがれようかという思案も出てくる。

それには、切にパス屋を出ることをすすめている年上の友人もあった。

彼は前にも同じ煩悶から逆にここを出ようとしたことがあったが、とめに留められた。日頃は自分に対する挙措《きょそ》のあきたらなさでじりじりすることもあるとめが、そのときには血相をかえてしがみついた。

髪をひっつめに結って、こまかい縞のきものをきているとめは、さながら褪せた肉体を包んでいるように見える。よそ目には、ちょうど吉田の母親の年齢である。しかし、二人が相対ずくとなると彼女の感情の強さと張りとは、若い吉田と互角だった。襖のかげでいつもあわただしく、近所となりの目を気にしながら抱擁する吉田をとめは不愍《ふびん》に思っていたが、激しているときには、店から見える場所をとおって年に似合わぬモスリン友禅の寝巻のまま、拗ねて自室に戻る彼を追って行った。

どうせ生ける屍の田中をどうかしようという相談がこの頃からはじまっていたらしい。その主張者ははじめ吉田であったろう。が、彼がそれ程いうなら、と、夫思いのとめが吉田の理不尽な要求をけろりと嚥《の》んでしまった。

こんなとき、女は、男のいうこととなると、理性が殆んど抵抗しなくなる。あとの破滅は目に見えていながら、そのとき吉田の満足する顔が見たいばかりに、彼が田中に多量の睡眠剤をのませるのをふるえながら見ていた。

「水をもっと――」

と吉田が囁くと、とめは鞠躬如《きっきゅうじょ》として台所にはしった。田中の命は、たわいなく消え去った。

吉田は翌朝、とめに医者をよぶようにすすめてから、自分は予定の外出をした。

田中の死をたしかめた頃から、とめは前にも増して吉田にはやさしくなった。田中の死を見てから、吉田にはわからぬ孤独感をひしひしと実感していた。吉田はその手ごたえを自分に都

合よく味いながら外出した。が、とめは、そのあと田中の枕元に坐って、

「わたしが悪かった……わたしが悪かった……」

としばしの間泣いていたそうだ。

田中がいなくなってからの二人の間は、麻薬にでも陶酔しているように甘美だった。それは、恐しい罪の意識と、儚《はかな》い間の命をすみずみまで生きようとする前途ない生命の予感のためであった。

しかし、近所の噂がだんだん高くなって、二人はやがて検挙された。

ある日、小野と司馬とは、役所のかえりにつれ立って来た。玄関のベルが鳴って安代が戸をあけると、二人が並んで立っていた。が、安代は小野の顔だけ見て、

「あらまァ……」

と思いがけない声をあげた。気のせいか司馬がその顔をじろりと注視したように思われた。しかし、こんなとき安代は勿論若い娘のようにどぎまぎしたりするぶざまなとり乱しようはしなかった。

司馬もまたそのときの感情を体の中に何げなく押し込んで、もっていた傘を置き、小野よりさきに立ってスリッパをはく。

安代はさっきのはしたなさを恥じながらやはりはしゃいでいた。すぐ台所にとってかえす彼

女の体は、小鞠《こまり》のように弾んだ。

「小野さんと折入って話があるからね……まあ、寒いから一杯やろう」

安代は、茶の間の電気こたつの熱度をあげてから、洋服箪笥の前にいる夫の所にはしって行く。一時間も電気炬燵にかけておいた真綿の丹前《たんぜん》は軽くほかほかしていた。それをふわりと司馬のラクダシャツのうすい肩にうしろからかけてやるのは、さっきの埋め合わせのつもりであった。司馬は、そのしぐさも、肩ごしにじろりと見ていたようである。

役所には、何か問題が勃発したらしく、二人の話題はもっぱらそのことであった。何でも、彼等の上役とその上役との間に軋轢ができて、それが、与党の某領袖《りょうしゅう》や某領袖との関係とからんで、彼等の部署一同がどちらにつくかきめなくてはならない羽目になったらしい。

司馬は、その相談のためというよりも、どこかから何か連絡のあるまで待機するつもりでかえって来たのである。小野は、当事者であるよりも、司馬の顧問という所らしい。

こういう話は、妻としても間接には一身にかかわることだから台所と炬燵との間を行くさかえるさ、きき耳を立てていた。しかし、彼女は、決して小野の方を見なかった。はじめは、夫の気持をうまくはぐらかす気持だったが、やはり小野は眩しくて見られなかった。夫の看視の目の前で、どんな目ざしをして小野を見てよいのか途まどうのであった。

二人がおもしろく役所の内情を論じていたとき、電話がかかって司馬が立った。

「じゃあ、僕ちょっと行ってくるからね……ハイヤーをよべ。ここから車なら十五分位のもんだろう」

「わたしも御一緒しましょうか」

「いやそれはまずい。ここで待っていてくれ給え。あちらから電話をかけるからね」

司馬は、若い小野をのこしたまま二人に門口まで送らせて駛《はし》り去った。男はこんなときどの程度に残した男と妻とのことが気になるのか安代にはわからない。けれども、男には、そんなことにかかわっていられない重大な時があるものらしい。いま車で去った司馬の目ざしは、まさに、生涯のそんな瞬間を語っていたようであった。

安代は、俄《にわか》に小野の存在の重さを意識した。小野も何となく無口になって、炬燵にうつむいている。

勇気を出せという声が安代の内にきこえた。しかし、こんなとき女が勇気を出してすることは何だろう。一瞬間安代は息をつめて小野の坐っているうしろに立った。がすぐ小ばしりに台所へ逃げ込んだ。そばにあった夕刊をとっておもむろにひろげた小野には、格別な意味のない三秒間程だったと安代は思う。が、女がこれ程こみ上げているのだから、その圧力みたいなものが、空間を伝って彼に迫ったかも知れないとも思った。男女の微妙な結びつきの手つづきが、安代には、少しも見当がつかないのであった。

そのうち、司馬のかえって来た自動車の音がした。安代は台所から出て行きながら、何ともいいようのない絶望に打たれていた。

その晩も、夫婦にとっては、いつもと同じ夜であった。安代は小野がかえったあと、きれいに手入れのしてある布団を二つ並べて次の室にしきながら、

「こんなものなんですねえ……夫婦って。こんなことを四五十年もくりかえしているうち、どちらかがさきに死んで行くんだわ」

とつぶやいた。

「なにを改って変なことを言っているんだ」

と司馬は言って、安代を見た。

「何かあったのかい」

「何もありませんけれどさ」

と言ったけれども、ちょっとひやりとしていた。司馬は何か感じているのではあるまいか。

その後も安代は、やはり、簞笥から現れた古新聞をいくどもひろげて読まずにはいられない。彼女の心の救いは、この四角な新聞の中に畳み込まれていた。

その頃まだ予審制度というものがあって、田中を殺した吉田ととめは予審廷に廻されていた。その予審の判事が長患いしたあげく担当者が変ったりして予審だけで二年もかかった。殺人だから保釈にもならなかった。

とめの気持はその間にすっかり変った。吉田の気持も変った。

とめは、その間の変化のあとを自分で辿ることができない。その頃はいくらでも留置できたからその前警察にも三四ヵ月いた。二人は、女だけ入れる畳しきの保護室と一番向うの端の監房とにへだてられて、朝昼便所に出されるときにも、通謀証拠湮滅《いんめつ》のおそれから、一人が外にいるときには、必ず一人は監房におくようにはからわれた。その上とめが便所に入ると吉田の房の前には看守が立っていて、たった一言やさしい言葉を吉田に与える隙もなかった。

それでも、二人一緒の屋根の下にこうしていることがとめには何ともいえない満足で幸福だった。とめは、その幸福の中で、若い前途を台なしにした吉田がいとおしくかなしく彼のためにしょっちゅう泣いていた。辛い切ない甘美な涙がここに入ってからはただ一つの慰めの訪れとして立ち所に流れた。とめの叔父が差入れに来たときにも、

「わたしはいいから、吉田を見てやって下さい。あれには、親が憤って何も入れてくれないんです」

と泣きながら訴えた。

「何を痴けたことをぬかす。まだ目が醒めないのか。あんな若いものに迷わされて大それたことをして、恥しいと思わないのか?」

気短な老人は調べ室でとめをどなりつけた。いくらかとめに対する警察の心証を慮るところはあったにもせよ、それが、世間一般のこの事件に対する見方であったにはちがいない。

しかし、三ヵ月目に警部補から吉田のききとり書を見せられたとき、とめはひやっとした。

彼は、「現在の心境」と題する項目に、恩ある雇主を殺して、とめと不倫な関係を結んだことを悔いた上、もし、寛大な判決があって、世間に出られた暁には、堅実な結婚をして、世の中の恩誼に報いたいと述べていた。

堅実な結婚、その言葉は、通り一遍だがとめには恐しい実感がある。吉田は前に、蕎麦屋に働いていた娘と懇ろにして、一二回つれ立って遊びに行ったことがある。

その娘がときどき手紙をよこすのを、とめはまちがえたふりをしてひらいて見たり、ストーブに封のまま投げ込んだりした。彼女は、石屋の娘だが、学校の成績がよく、お互に勉強して向上しようということがいつも手紙の結びになっていた。とめは、それをせせら笑うほど徹底したあばずれでないだけに、いつも、浮かない気持になった。

とめとの間が深くなってからは、すっかり交渉が絶えたと思って問題にしなくなっていた。が、ここに来てから「鳥取県の女から為替が来た」と、ふと刑事が洩らしたことから、やはり彼女が送って来たものととめは直感した。彼女が鳥取の砂丘のそばで育ったという話を吉田から毎度きいていたから、すぐわかった。彼女は田舎で新聞を見たにちがいない。世にも破廉恥なこの殺人犯に、それ程情をかけるとすれば、手足を縛《ばく》されたいまのとめには恐しい敵であるかも知れない。

この二つのことが重っていたため、そのききとり書を読まされた日には、一日中食事がのどを通らず、夜も寝返りばかりして、看守に貰った水をのんだ。

彼を失う位なら、何のために、長年つれそった田中の命をちぢめるようなことをしてしまったのだろう。この違算をとりかえすには死という方法だけが与えられている。

死んでやる。死んでやる。彼女は、声のない声でいくども喚いた。

こういう気持のかげを投げかけたまま、吉田は、「調べの都合で」という刑事のかんたんな説明で、不意に他の警察に転署になった。

彼が、着て来たものをかえして貰い、あずけた金を受けとって爪印を押したりしている間、とめは大粒な涙を流して格子の間から彼を見戍《みまも》っていた。鉄枠の入った硝子戸があいて、彼が留置場の外に出るとき、とめは思わず、

「元気でね！」

と涙をふるって叫んだ。が、彼はとめを見ないまま返事もせずに行ってしまった。この男はやっぱりあの女と結婚するつもりだな、ととめはまた一としきり泣いた。

それから何ヵ月かたった。その間に、あれ程、吉田のために涙を流したとめが少しずつ変って行った。思えば、彼が、もっそりして、長い月代のまま鉄枠入りの戸口を出て行ったのがある時間の境界のような気がする。

彼が目の前にいなくなってから何ヵ月かすると、とめは、あれ程彼のために自分の血が沸《たぎ》ったいわれがだんだんわからなくなって行った。吉田という、あのかっきりとこの世に影を落した存在そのものすら、半透明のようにうすくなりかけていた。彼はその頃、とめに不利な陳述

をしていた。とめも彼に不利な陳述をしていた。

「もともとあのときまであの男は、わたしの何でもなかったんだから……」

彼女は思い出していた。吉田が、かるい絹《けん》ちゅうの布団をもって走って来てから、思いがけなくも二人が抱き合ってしまうまで、とめは、吉田にとっては、少しきびしいやり手の女主人にすぎなかった。それがあの日から、思いがけない関係になって、気持は一と晩でがらりと変った。が、こうなって目の前から彼が消えるといつのまにかもと通りに戻っている。

「体が一つになっていた間だけだったな」

いまとなっては、とめは、そういう解釈を下していた。たしかに、彼とあんなことになってから、とめの情熱はいや燃えに燃え上った。許されない幸福の恐しさをかえりみると彼を失う位なら、死んでもよいと何度思い慕ったか知れない。

しかし、永久とか絶対とかいう言葉や観念も、結局その短い間の幸福を謳《うた》う伴奏にすぎなかったらしい。去る者は日々に疎いとは、男女のために作られた言葉なのだろうか。

体が離れた上に、二人は事件の上で相争わなければならない立場に立った。いや、そういう立場に立ったということがつまり、二人が二人に割れたからのことなのだ。

こうなってからの二人の間は一瀉千里《いっしゃせんり》で転落して行った。

とめは、この頃、吉田を憎いと思いはじめていた。彼の、司直に対する日々の訴えが殆んど、彼女との関係の悔恨であることをきくのは堪えられないことであった。とめは勝気な女であったから、それをただ嘆いているような停止的な状態にはとどまり得なかった。愛から急激に冷却の過程をとおりすぎて、一足とびに憎しみに赴いたのだ。

そもそも吉田が田中を殺したとき、とめは、それ程にしたくない気持が充分あった。彼女は長年つれそった田中に未練もあった。しかし、彼女があのとき吉田をとめたら、二人の間は破れた。それが諦められなかったために、背をかがめてみすみす若い思慮のない吉田のいうことにしたがった。

今となって自分は気がすすまなかったと言ってもとおる話ではない。が、とめの気持は、あの残忍な瞬間にすら、夫の田中とつづいていた。夫を愛していたとさえ今はいえる。

雪に撓《たわ》んでいた竹がもとにかえったときのように、いま彼女の気持は、吉田を離れて死んだ田中の所に戻った。しいていえば亡夫の許で憩っている。ああ自分は田中が生きているとき、どれ程愛したことだろう。この頃では、その思い出のためにとめはときどき、涙を流すようになった。

とめは、ある時から、取調べの検事に、自分は殺すつもりはなかったのに吉田が殺したと言いはじめていた。それは、内的に少しも嘘でなかった。吉田もその言分をきいてから、自分はいやだったけれども、とめに強要されて薬をのませた、と主張していた。

二人は公判廷で、もう三度程顔を合わせていた。二人を絡ませたあやしい領布《ひれ》のような情欲がすっかり取去られてみると、二人は全く、何の共通点もない黒い五十女であり、二十何歳の青い番頭だった。

とめは、監獄にいる間に大分白髪がまじって、引っつめの髷の形は相変らずだったが、毛のかさがへった。

吉田は、悔恨の証しのような五分刈りに、いつも紋つきの袴羽織をきていた。紋のあかくなったその羽織も、安い仙台平《せんだいひら》の袴も、とめのかつて見たことのないものだった。男が見なれないものを着ているのを見ることほど、女の気持を冷やすことはない。女はそこに、自分の知らない男の生活を見るのである。

あれも、あの蕎麦屋の娘が送ってくれたのだろうと、とめは負けぎらいの冷笑が泛《うか》ぶのをとどめられなかった。娘はきりょうが悪いから大変な夫婦ができ上るだろうととめは思った。自分と田中との若いときのほほ笑ましい場面が、それとのコントラストとして浮んでくることがある。

とめは、もう吉田がどんな風に自分にもちかけて来たか、そんな瞬間のことは形だけしか覚えていない。自分がどんな気持だったのか時に思い出そうと思っても、具体性が失われてしまった。しかも、やはり吉田を、まだ完全に世間にかえしてはいない。彼は、他人よりは、いま、もっと遠い所にいた。しかも他人ではない。他人にしては、遠い所にいすぎるのだ。——

安代は、何度もよんだこの記事の終りの部分を改めて味読した。とめが、結局殺した夫の中で憩《やす》もうとしている気持が、ふしぎに通じて、虫がよいといった反撥を少しも感じなかった。

勿論、安代は、とめと同じ運命を辿ったわけではないから、とめが、自分の殺した夫に再び辿りつこうとしている気持の必然はわからない。

しかし、安代は、この成行から、自分のことにかえっていた。とめが吉田と離れたのが、肉体の別離からはじまったのだとすれば、自分が司馬を裏切れないのもそこには、やはり細々とだけれども肉体の連繫があるからであるまいか。

そのことに思い到ったとき、安代はひどく長い旅をしてかえったような気持だった。

〔初出:「小説中央公論」1963(昭和38)年3月号〕

透明人間

とかくするうち、私は三十歳をこえていました。朝、唇に紅をぬるとき、唇の内側の奥にある、唾にぬれた肉が桃色に褪せて来たのに気がつくのでした。

「なにをまた一人で笑っているんだ」

という父の怒声のひびく時間です。

「なんにも笑やしないわ。——自分の方がよっぽどノイローゼね」

と言い返されると、父はかえって気が休まるのか、斑点のある手でライターをカチカチ鳴らしています。

「八時半だよ」

「わかっています」

これも毎朝のきまった言葉のかけ合いです。

ここで、いつもなら、私の立上るスカートの裾を眺めた父から、

「お前も女だ。下着位は白く洗濯したものを着たらどうだい。え?」

という言葉が降ってくるのです。が、きょうはどうしたことか、私から顔をそむけがちに廂ごしの空を眺めてじっとしています。ららららと私の舌は鳴っています。私は、また笑っているのか、と自分で自分が不安になって、自分の表情に裏からさわっています。もし、ほんとに私が笑っているとすれば、その笑いは、器から水が洩れるのと同じで、私の肉体から体液のように、だらしなく洩れているのです。

私は駅に向っています。その肩に蠅がとまってついて来ているのを知っています。毎晩私は灯を消してからも蠅に悩まされて、起き出すことがあります。うちわで追い廻したあげく棚から本でも落そうものなら、父が隣室から、何しているんだ、とはげしくどなります。蠅の性格も、この頃は大分変って来た、などと口ばしろうものなら、隣室の父が、

「くだらないことを言うな」

と真剣に怒り出します。人もうるさい。蠅もうるさい。だから、毎晩ふろしきをかぶってねることにしています。けさ父がのぞいて、私のふろしきをかぶった寝姿をじいっと見つめていました。

駅では切符を買います。いつのまにか定期券はやめていました。電車は退屈です。ららららと舌が思わず鳴っていました。

隣の吊皮にいた青年がなぜか私の顔を見ました。彼は美しくはないけれども、鼻の形が、何

かしら、訴えて来ます。私は肉体のある所で、微かに肉体の形が変るのを意識しました。

この時私はたしかに笑っていました。自分で自分の笑い顔を見ていました。笑いに崩れた何本もの顔の線が目の前でゆれていました。彼は向うを向いてしまいましたが、私は飽きずに彼の鼻を見ていました。

私の乗換えるべきX駅のホームがはしって来ます。沢山の鉄材が投入された暗い駅でした。つとめ場所の会社が近づいてくるのが、額にさわる気圧のようなものではっきりとわかり、私の気持はしきりに渋り出します。それに抗ってまた私は笑っていたのかも知れません。隣に立っていた老人が、妙に親愛な表情をかえしてくるので、私は自分の笑いを鏡にうつしたように見ていたのです。

衣紋竹《えもんだけ》のような彼の肩は、私の肩とすれすれに並んでいました。時に彼の上膊《じょうはく》が、洋服の上から私の肩の丸いところにさわります。私はさっきから、それを気にしていました。

電車のはしり出すショックが二人を同じによろけさせていました。私は自分の乗換えるべき駅が逃げるように駈けて去ったのを見てほっとしていました。

きょうで、ちょうど十五日ほど、私はこの駅の乗換えを見送って通りすぎたことになります。この頃は、二つ目の駅で降りて、ガード横にある音楽喫茶に行くことにしています。きのうもそこに行きました。おとついも。その前の日も。その前の前の日も。

先月も会社には十日しか行っていません。先々月もその位のものでしょう。が、会社は絶対に馘《くび》りません。私がいてもこの小さな会社は、私を透明人間のように扱っていて、殆んど無関心のように見えます。が、私が欠勤しても、やはり無関心です。私は透明人間のような人間です。が、いなくとも、空っぽになった私の席に、ある種の存在の影みたいなものは残っている筈です。

会社の社長は昔の知合いです。こんなことを覚えている人間はもう殆んどありますまい。が、彼は、あのメンバーの一人でした。あのとき彼がどこから来たのかそれは知りません。あそこで逢ったのがはじめてなのです。

ある会社線の電車を終点ちかくでおりて、そこから、オート三輪車で二時間ほど入った山奥に古い二階建ての飯場のあとのような家がありました。清冽な流れが谷の岩の下をはしっていました。そばには、二三反歩の山畑と炭やきかまどがあるだけで、一尺にも足らない麦が黄色な穂の針をつんつん空に向けていました。

その家の二階に、屈強な男たちが八人寝起きをしていました。その一人が彼でした。

そういう場所の存在を知ったのは、そこに飯たきに行っていた小母さんからです。

彼女は、そのまえ「うたう女兵士」グループの宿舎にいて、賄いをしていました。紺のもんぺに、髪はひっつめて、商家のおかみさんのようなタイプでした。が、理論的にはすぐれていたし、上層部の組織に属していることがわかっていました。私達は彼女を尊敬していました。

彼女は出て行くとき行くさきも言わず突然いなくなりました。その重々しさと、山に行くという言葉で彼女がどこに行ったのか、略々《ほぼほぼ》想像がついていました。私達は、噂でいろいろなことをきいていました。二三ヵ月たったとき、彼女が通りがかりに寄って、山に行って以来はじめて宿舎のグループと顔を合わせました。

私達は洗練したセンスを誇るように、彼女の新しい部署の具体的なことはわざとたずねませんでした。

「お忙しいんでしょう」

「うん、忙しくはないがね。……極限状況で一緒にくらすと、一人々々のエゴイズムが目についてくるねえ……」

はじめは、そんな風に彼女は専門語で、山奥のかくれた生活の中の困難を暗示しているだけでした。が、そのうちだんだんいつものあけすけさに変って、山の男が林の中に自転車をのり入れてそれによりかかりながら何をしているか、といったことをあけすけに喋り出しました。それは、彼等が、心はどんな信念にもえても肉体は夢だけでは生きられないということです。

彼等の英雄的な決意は皆を考えさせました。戦前とちがって気味わるい程官憲は見て見ぬふりで近くの街道に出没します。が、一度も飯たき当番の女に何のために登って来たのかと訊ねる人間はありません。

「あいつらのことでは心配ないんだよ」

と彼女も大切な中身を言わずに保証しています。私たちは顔を見合わせました。それは、愛情と闘争とをどう一致させるかという、古くして新しい問題に絡んでいるからです。小林多喜二も片岡鉄兵もそれについてかきました。宮本百合子もかいています。が、そのころ、宮本百合子の作家としての小市民性がばくろされて、彼女を尊敬する私達の事大性が打ちのめされた所でしたので、非合法時代に存在したハウスキーパーに対する宮本の反対的批判は、私達の間で急速に権威がなくなっていました。

小母さんがかえってから、私達の前に目に見えない一つの問題が置いて行かれたことがわかりました。地理的に言っても、私達の宿舎からその山は比較的近く、同じ地区に属していました。山に派遣された誰彼は、会合などで顔を合わせたことのある人にちがいありません。それに、何よりも、その仕事が厳密に非合法であることが私達につきない興味を提供していました。血の躍る非合法時代の物語りほど、私達をひきつけるものはありませんでした。それにくらべると戦後の合法時代は、陽の中で物を見るように、すべて埃っぽく白けて、光輝を喪失しています。

ここで、私達の「うたう女兵士」グループの話を、ちょっとしておかなければならないでしょう。これは手っとり早くいえば、わずかの実費で組合や党や農村の団体に派遣されて合唱を指導したり、ステージでうたったりする合唱団です。

中には、七八年も年季を入れた半玄人《くろうと》もいますが、私自身は、会社の事務員をしているとき恋愛に失敗して、自殺する気持で入れて貰いました。が、入って見ると何もかも無償の行為なのがうれしく、この社会の価値規準をすべて逆に見ている人生観もうれしく、生れ変ったような感激がありました。のぼせ性の私は、忽ちまた恋愛と同じように燃えて、歌の才能はゼロに等しかったのですが、情熱的に働きました。

しかし、私の感激とは逆に、グループのメンバーは、しょっちゅう入れ替り、ちゃんとした歌の教育をうけた人もなく、宿舎では、机に置いたインクさえ盗んだり、盗まれたりするほど貧しく世智辛い風潮に支配されていました。経済的にじりじり追いつめられていた私達は、早晩解散を見越して焦っていました。

そういう折であったからでもあったでしょう。私達はひそかにひとりひとり、その山にのぼって行って、小母さんのいうような役に立ってもよいという気持になりました。絶対的に非合法だという運動に、私達は憬れていました。仮に、それが不潔であったにしても、この情熱の力ですべての不潔は消毒されるにちがいない。まだ、失恋の傷の治り切っていない私は、肉体を思い切りドライに扱うことに、倒錯的な痛快を求める気持もあったのでしょう。

それから、尚さまざまな紆余曲折はありましたが、結局私とA子とB子とが、ある夕方、木炭輸送車に変装したオート三輪車にのって、山にのぼることになりました。そういう筋道は、最初話をきいたときから、きまっていたような気がします。

ちょうど初夏の夕方で、山は、煙のような美しい緑に包まれて、かぐわしい匂にみちていました。谷間では、清流が水銀みたいに光っていました。変装したオート三輪車のとおれない岩かげまでのぼって、私達はもって来たふろしき包みや袋を手に、一人ずつ車からとびおりました。それからしばらく歩んだとき、例の飯場のような二階建てが現れました。

そのとき、どこかで、ピストルの音が夕ぐれの木立にこだましてひびきました。その鋭さがこの景色の中では清潔に思われました。私は、目前のことにこだわって、それがピストルの音であることにさえ、気づきませんでした。が、若いA子とB子はすべてを割り切って「しあわせのうた」を歌いながらのぼって来ただけに、

「ピストルか。いい歓迎ぶりだね」

とかるく、うなずき合っていました。

それがピストルであるのを知ったときにも、私のうけとり方はちがっていました。私は、彼等が、山中で戦車か機関銃の操作でも練習しているもののように想像して、はるばるのぼって来ていました。それは、ちょうど、目前の汚い飯場のような小屋が、その本部だと教えられたのと同じな拍子ぬけだったのです。

その二日間に起ったことは、さもしいというよりも何かしら滑稽でした。自分を傍観者に置いてみますと、相手の真剣さがおかしくて、笑い出したい気持でした。私はとかく、この社会のがそんな余裕も一時的なものです。この社会に入って来てから、私はとかく、この社会の、一般社会と異るすべてのルールを、誇張的に想像するくせがありました。が、そういう自分の性癖に気づいてからは、またすぐ訂正するくせをつけていました。

私は、こんなものか、と、実人生の一つの教訓を得たように肯いて、その建物に入って行きました。私達はそこに、二日滞在しました。そしてまた、変装したオート三輪車にのって手に何か薬を握らされてくだって行きました。それからしばらくして、また出かけました。こんどはA子もB子も行かなかったので、くりかえし志願して行ったのは私だけです。A子もB子もその間に宿舎を出てどこかに行っていました。私だけが行きたがったわけではありません。が、いやだったわけでもありません。小母さんはまた新たに、山の話をして、うまく女達の興味をまぜ合わした義務感をそそりました。こうして三度、新しい仲間と私はその山に行って泊りました。その行為は想像よりは陰気で、英雄的でもなく、ごくあたりまえな行為以上ではありませんでした。が、それはそれとして、それらの晩のことは、灼けた鉄板に肉がじりじりやきつくように、私の記憶にやきつきました。この日頃の私は、いまから考えるときりきりと舞っていました。まむしが石にかみつきたいように、何かにかみつきたい気持ですごしていました。けれども、目が、倒《さか》さにうつったものを真直ぐに直して感覚するような世界観の知覚作用で、すべてのことをごくあたりまえなことのように知覚し直して受けとっていました。

そのうち上部に自己批判が起って、山の非合法生活は引き払われました。それは後に知ったことで、私にはただ、小母さんの情熱的な勧告が来なくなったというだけのことにすぎませんでした。興奮はひとりでにさめて、白々しい私にかえっていました。まもなく、宿舎も解散し、私は失業者として街にほうり出されました。私は働く気魄を失っていたので、おめおめと父一人がくらしている家にかえりました。父は新聞記者あがりですが、七十歳を越えていました。昔の知人の助けで実業家の書記の手伝などしていましたが、それ以来この一人娘にはほとほと手をやきました。

私は、全く物を考えない人間になっていました。あの行為の恥辱からそういう人間になったと思って下さってはちがいます。あれからの私は、あのような緊張した時間をもつことができないために、むしろだめになったのだと思っています。

私は父に叱られては街に求職に出かけました。が、大抵は電車にのって出かけて或る駅まで行っておりて、次の電車で引きかえしてくるだけでした。しかし妙に精力のある父は、あるとき私立探偵につけさせて、私の行動を知ってしまいました。

父の圧力でそれもできなくなったとき、仕方なく、私は、昔の知人の所に仕事をたのみに行きました。その知人は山で逢った一人でありました。八人のことを、私はよく覚えていました。一人一人のこまかいことを皆覚えて親近感さえもっていました。たとえ結ばれたきっかけは何であれ、そういう関係のあった人間との間には、ぬるま湯のような温度があります。私には友人に近い感じがしていました。あとで考えてみると、あのときが私の人生の頂点でした。私という人間の花は、あんな条件の中で咲いたのです。あのときの緊張が失われたとき、こんな私の一歩がはじまったのです。

その知人はあれから、あの社会をぬけ出して、ある事業で大成功していました。彼は、私を見ると、ひどく当惑したようでした。そして、当惑のあまり断ることもできないのか、或いは何か自分を責めるものを感じたのか、私のたのみをきいてくれました。

しかし、私は、ここであまり有用な仕事は貰いませんでした。商品のレッテルはり、発送の宛名かきなどで日がたって行きました。彼は私に逢わないようにしていました。そうでなくとも、昔の知人が現れてしきりに金の相談をすることで、彼は非常に困っていました。彼は、私の働き場所を奥の室にして、そういう人達に私を見せないようにしていました。ただ一度だけ、「若気のいたりで云々」とあのときのことを、ちらりと私に言いました。私は無表情でただその顔を見上げていただけです。

間もなく、私はこの会社で働くのもいやになりました。一つには、年下の同僚たちが、私が一人笑いをするといって面白がることが煩わしいのです。たしかに、私はよく何か表情をしました。あの山の黒い杉のたたずまい、台所の手押ポンプ、男達の凄まじい雑魚寝風景、そんなものが、ぽつんぽつんと私の記憶によみがえってくるとき、私は一心にそれを見つめようとしました。だんだん知人の目のない所で時間をすごしたくなって、私は、電車の乗換をやめて、何日も何日もつづけてこの線の終点にある海岸に行きました。何もせずに一日砂に坐っていても私は平気です。そこでは知合った男と宿屋に行ったりしました。

父は、私が月給を貰ってくるので、何も気がついておりません。海岸が倦《あ》きると、こんどは音楽喫茶になりました。行きはじめると、私は毎日朝からそこに行きます。喫茶店では、少し気味わるげに私の様子を見ています。男を探しに来たと思っているのでしょうか。いやいや、やはりそれは、私が例によって、一人笑いをするからでしょう。

こうして、私の存在は、生きたままだんだん社会から薄れて行きました。私は透明人間になって行きました。

〔初出：「小説中央公論」1960（昭和35）年7月号臨時増刊〕

さしも草

夫がお灸を商売にしはじめたのは去年からです。

「……さしも草さしも知らじなもゆる思いを――さしも草って何のことか知っているかい」

「知りませんネェ」

「よもぎのことだよ。よもぎは実に有用な草だ。たべてよし、傷につけてよし、もぐさにしてよし――日本人は昔からずい分よもぎのおかげになったらしいね」

私にはそんなことは興味がありません。

「なにを急に言い出すことかと思えば……」

私の口調は夫の人なつこそうな調子とは正反対に索漠としたものでした。夫はこんな妻のあり方にはなれた年齢で、別にそれ以上説明をきいてもらいたいわけでもありませんでした。机の上を見ると、その頃にはいつも和綴じの本がのっていました。ある頁には、人体の気味わるい裸の図があって、各部分を赤青の線でわけた中に、むずかしい漢字の名称がついていました。

夫はお灸を研究していたのです。学校では組合の責任者になっているのに、だんだん夫はお灸の研究に深入りしました。暑中休暇の半分は学校関係の研究会に出るけれども、のこりの半分は奈良の山奥までお灸の講習をうけに行って、山寺にこもりました。その後、一度となりのおばあさんの坐骨神経痛のために、背中から腰のまわりをあちこちとお灸してやったことがあります。

「つまり、ソヴエトの皮膚の移植療法と同じ原理だね。白血球の抵抗を刺戟するのだ」

夫はつぶやきました。その頃は、夫や同僚たちの会話によくソヴエトやそんな種類の話題が挾まりました。私たちの家のすぐ近くにある警視庁の第何方面部隊という建物を二階から見ながら、

「革命が起きたら、さしずめあそこは託児所だな。庭が広くて子供を遊ばせるにはむきだ」

と言う客もありました。私は、そんな話題にもいたって無関心でした。

ですから、お灸とソヴエトの何とか療法とをくらべた彼のつぶやきも耳のそばを通りすぎただけです。それよりも、となりのおばあさんがお灸をしてもらったあと着物を着直してかえると、

「あの位の年齢になると、乳房はまるで糊漉《こ》し袋がぶら下っているようだね。気味がわるかった」

と告白したのが、いかにも滑稽で、大笑いしました。が、何の気もなく笑ったあとで、男は、あんなお婆さんの乳房まで特別な目で見ているのかということを思いました。こんなことまで言うのはどうかと思いますが、夫は非常な乳房好きなのです。私が夜ねるとき、下着をぬぎブ

ラジャーをとって浴衣を着ようとすると、いきなり駈け寄って赤ん坊のように吸いついたりするのです。

はじめは興味で研究していたお灸がいつのまにか内職になっていました。月に三千円位の金がよけい入ってくるのは、非常に便利なことでした。本来私は金づかいがあらい方だし、夫は月末に私のしるした家計簿にそろばんを入れ直してみるほどのしまりやなので、時には、こっそり利息の出る金をかりて帳面づらを合わせていました。が、余禄が入ってくるようになってからは、月賦でその頃はやった大きいオールウェーヴラジオや自転車をかいました。オールウェーヴラジオはその頃どこを廻しても朝鮮語の放送がよくきこえました。が、夫は「北鮮だ」といって、しばしきき入るのです。夫は学校の勤務から買いたての自転車でかえってくると、しばらくスポークを磨いたりしてから、またそれに乗って、こんどはお灸に出かけます。

貯金が少しずつできていました。だんだんソヴエトの話をする来客もなくなり、かえって、教員組合の悪口をいう他校の教員が遊びにくるようになりました。夫は、苦しそうにその男のいうことにも調子を合わせていました。が、組合の役員だけは決してやめませんでした。役員仲間がくると、やはりその仲間の気分にも調子を合わせていました。夫は、組合から都議会の立候補をすすめられていたようです。夫はしばらくその誘いとたたかっていました。しかし、夫の気持は、その頃、殆んどお灸にうばわれていました。あちこちに、お客をつくって、二日おきとか三日おきとかに線香ともぐさと酒精綿《しゅせいめん》の入った石けん箱のようなものをもって訪問するのですが、もうそんな口がいくつもできていました。

たまに近所のお客の細君が、

「今日は急に主人は出かけますから治療に来て下さっても留守ですが……」

と私一人の家にことわりにくることがあります。

「すみません。学校からすぐうかがうようなことを言っていましたから、学校へ電話でことわって下さいませんか」

「そうですか。かまいませんか」

とその細君は私の顔を見ます。

「かまいませんよ」

と私は言います。私は非常に大ざっぱな女です。

あとで、夫から、

「何で学校へ灸の打合わせの電話なぞかけさせるのだ。学校には絶対に秘密にしているのに」

と叱られて、なるほどとはじめて気がつくのです。この頃から夫は、貯金帳を私からかくすようになっていました。が、私はそれを気にとめませんでした。夫は、その貯金の中から債券や株にちびちびと金を廻しているようです。ある午後新宿に買物に行った私は、株屋の支店の表で自転車の鍵をあけている夫を見つけました。

そのずっと前、私は、近所の奥さんたちが「ワリコウ」熱にうかれているのに煽動されて、

夫に金をせびりました。すると夫が、

「ばかだな。この資本主義があと五年もつづくと思うのか。必ず何か起る。株や債券を買うほど愚かなことはないよ」

とたしなめました。それから、かれこれもう五年位たっています。その間世間には案外何も起りませんでした。そして、変ったのは世間ではなく夫の方でした。夫が株屋に出入りするようになったのです。

しかし、この頃でも、夫は、年配であるし、やはり組合の役員ではありました。デモに出かけることもたびたびです。が、どこに行っても大いそぎでかえって来て、お灸の治療に出かけます。

こういう日々のあいだのある日です。私はある日、夫がはきかえたズボンのポケットから、ネックレースの一部分と思われる糸で貫いた人造真珠の粒を発見しました。

その前にも、夫が女持のハンケチをつかっているのを見つけたのですが、

「ああ、これは生徒のだ。なアんだ。いつもって来ちゃったんだろう」

と夫が言うので、そうかと思いました。私は実は非常に焼餅やきのしつこい性格です。夫が、床にねた半裸の女性のそばにかがみ込んで灸をする姿態を想像してさえ、体がカッとすることがあります。が、またすぐ考えなおします。それというのも夫がとなりのブリキ屋に間借りしている人の姿を見かけるたび、

「資本主義は人間の欲望を無制限に膨脹させるとレーニンは言っているんだよ」

というのをきいていましたから、資本主義のおかげで、ゴム風船のようにふくれたいたましい男女が坐っている想像で、私は自分がそうでない幸運を思いました。そしてそういうプロテストをしたレーニンとそれを教えた夫に対しても、そのときには何かしんみりとした尊敬みたいなものを感じるのでした。

その頃、夫の灸治療の出先きでのいろいろな噂が耳に入っていました。ある土建屋さんの家では、奥さんのお灸のすむまでずっと旦那さんがそばについているということです。そんな旦那さんの気持はわかりすぎるほどわかる筈なのに、夫は何かの話のはずみに、

「わたしはまだ青年の気持です。三十歳代の気持ではり切っていますよ」

と言ったというのです。

「わたしはもう年だからだめですねエ」

とでもいえば、土建屋さんも少しは気を許すだろうに、気の利かぬことではないだろうか、とその噂をつたえた人はつけ加えました。

私はそのとき首をかしげて考えました。夫はよく私にも自分は青年の気持だといいます。しかし、それは、勤務さきの若い先生と一緒に歩めない心の呻《うめ》きのように、私にはきこえていました。いまとなっても夫は学校の若い先生たちと一緒に口だけでは似たようなことを言っていました。相変らず家には、組合の積極的な分子と、他校の反幹部分子とが別々に遊びに来て、

互に正反対なことを言って夫の同感を求めていましたが、夫は双方に調子を合わせてはいました。組合側の人間が来たとき、

「僕はどうもあの問題では委員会と反対だなア」

と相手がいいますと夫は反駁します。

「それじゃ文部省と同じことを言うことになるじゃないか」

「そうだなア」

相手はその一言で凹むようすです。夫は私から見るとひどく気弱くなっているとはいえ、まだこんな言葉の武器を沢山胸の中にもっているようです。

しかし、おかしいことに、夫は、他校の反幹部が来て何か喋っていたとき、

「結局組合と反対なことをいうと文部省と同じことをいうことになるのでね」

というと、

「文部省と同じだってかまやしないよ。そんなことを恐れていちゃ何もいえない。要するに正しいことをいうのだ」

とつよく言います。そのつよさは、反対に文部省と同じだと相手を攻撃したときと同じ位です。この不思議な現象を見るようになってから、私は夫の口でいうことをあまり信用しなくなっていました。ですから、あるときこんどは夫のワイシャツに口紅がついていたのを夫が、

「ああ、これはきっと化学の時間に顔剤のことをやったから何か顔料がついたんだ」

と言ったのに対して、嘘だ、と思いました。この人は嘘が言える人間だということを私は知っていました。

夫が組合の問題で嘘をついているときには、私はひとごとですからだまってきいていました。自分が年とったのをかくして若いように言っているときにも私は知らんふりでした。が、こと夫の品行にかかわる問題となると私の気持が承知する筈がありません。

「何の顔剤なの。言ってごらんなさい。こんなに口紅とそっくりな顔剤がありますか」

「いや、それは口紅なんだ。口紅を顔剤として教えたんだからね」

「へえ、じゃあ、口紅の化学的成分を言ってごらんなさい。教えたのなら知っているでしょ」

こんな程度の追及にさえ、夫はぐっと詰ってしまいました。夫は口をつぐんでしまいました。

「誰なの。相手は誰なの」

私は、土建屋さんの奥さんをすぐ頭に泛べました。その奥さんはときどき家にも来ました。まだ洋服にあまり知識がないらしく、服の下に押し込んだ襦袢の襟が見えていたりする人でした。

「××建築の奥さんじゃないの」

夫は苦笑して
「冗談じゃない」

と笑っています。三人か四人の女の名前を言いましたが夫は、例によって、そうであるのかないのかわからない表情で応対しています。

「じゃあ、あの女の先生だろ！」

私は最後に、組合で活潑に働いている同僚の女の先生のことを言いました。

「そうだ！　そうだ！　そうだ！」

といいながら、私は夫の太股をよく削った鉛筆のさきでつきました。

「痛い。痛いじゃないか」

「白状しなさい。そうでしょ。そうなんだね」

夫はとうとう「うん」とうなずきました。私は鉛筆をつき立てるのをやめました。

「あの先生がどんな風にあんたを誘惑したの。はっきり言ってごらんなさい」

「ほんの、ふとしたまちがいなんだ。彼女が灸をしてくれと言ってね、蚊帳の中で待っているんだ」

「えっ、学校で蚊帳なぞ吊るんですか」

「宿直室だよ」

そうか。そうして——か。だから、私は、お灸という商売が好きでないのです。人を裸にさせてしめ切った室で——ああいやだ。いやだ。

が、よく考えてみると、憎いのはお灸だけではありません。彼女のようなタイプの女をつくり出した組合も憎いのです。

それから、夫のズボンのポケットやハンケチ、ワイシャツなどに対する私の検査がきびしくなったのは当然なことです。

するとき、ときどき夫のワイシャツには、赤い口紅がついて居り、また、よく女のハンケチをまちがえてもってかえります。そのたびに私は夫をいじめます。夫はいつもあやまります。

「ねえ、言ってごらんなさい。あの女がどんな風に貴方の相手になったか。言いなさい。言わなければこうするから」

私は、夫の商売用の線香をつけて、胸毛をじりじりやいてやりました。

「お灸が商売なんだから、こんなことは平気でしょ」

「あついよ。よせ」

と夫はいいますが、私はやめません。世間普通の夫でしたら、こんなことをされたらそのわるいことをやめるか、或は、こんなことをする私をひどく叱るかどちらかですが、学校の組合活動でも一方に割り切らない夫は、こんなときにも実に煮えきらないのです。それが私をつけ上らせ、また苛立たせるのです。

「白状しなさい。こんどはどこであれをしたの」

「宿直室だ」

「やっぱり宿直室なのね。どんな風に——言いなさい」

私はまた夫の商売用の線香に火をつけています。その火が彼の太股の毛をやいてもういやな匂がしています。

「蚊帳の中に彼女が寝ていたから入って行ったのね――それから」

何てばかばかしい会話でしょう。この前の白状とそっくり同じです。しかし、彼が同じ言葉で答えるので、いきおい私も同じ言葉でたずねることになります。

「それから？」

「それから――」

線香の煙が二人の間にゆらゆらと立昇っています。宿直室だって、ひる間は人目があるだろうに、どうしてそんなことができるのかときくと、例によって障子に心ばり棒をしておいたとか、はめ込んだ透ガラスには唾で紙をはっておいたとかいうおかしな告白で、それ以上は口をつぐんで頑な無表情になってしまいます。

「もぐさはどこにあるの。うんと大きいのを据えてあげるからね。あんたよく言ってたでしょう。ソ連の何とか療法と同じだって――それならあんたの病気も治る筈よ。あんたの大好きなソ連の言うことですもの。さあ、治るかどうかやってみるからね」

私は、火をつけた線香をもったまま、夫の机の抽出しから、「釜屋もぐさ」と木版で刷った和紙の包紙を探し出して来ました。

「僕が悪かった。もう決してお前をだまさないから今度だけ堪忍してくれ」

「信じられない！　信じられない！　あんたは嘘つきなんだもの」

「じゃどうすればいいのだ。言ってくれ」

「どうすればいいか、自分の胸にきいたらわかるでしょ」

というのは、ごくありふれた脅しの文句で、べつにこれという特定の行為の要求を意味しているわけではありません。勿論、こういう夫婦喧嘩の結末というものはご承知のとおりのもので、どちらからともなく、相手を誘いながらその方向に誘導されて行くわけです。私自身、毎度のことながら、その憤りがたやすくほかの情念に変質して行くのをあれあれとあきれて眺めるわけですが、そのうち、そういう歩調も時に夫と合わなくなっていました。というのは私の脅しの手口がだんだんどきつくなって、折々は、夫の情慾を興ざめさせる方向に働いたからです。

それというのも夫があらくれる私を抑える努力を少しもせず、かといって、おそく帰宅したり、ワイシャツに口紅をつけて来たりすることをやめるわけでもないので、私の疑惑と焦躁とは、ますます手放しで私を居丈高にしてしまったのです。

この頃では、夫は、私の狂乱が起るたびに詫証文《わびじょうもん》をかくようになりました。

「私儀不貞にも〇〇〇子と妻の目をかすめて情交したことをお詫します。今後は一切つつしみます。右」

といったようなペン書きの詫証文を菓子の空箱に何通も貯めていますが、相変らず夫は口紅をどこかにつけてかえって来ます。

また私が狂乱し、結局また詫証文という成行は、いつものとおりです。

ある日そんなあらそいの最中語気をつよめて

「レーニンは何て言ったの。さあ、思い出しておさらいしてごらんなさい。何ていったのよ」

と言ってやりました。これは私にとっては、とっておきの武器です。資本主義は人間の慾望を不自然に膨脹させるというあの言葉は、夫とあの女の先生にこそ一番よくあてはまっている筈です。

ところが、いつも、その攻撃には青菜に塩とひるんでしまう夫が、その時ばかりは昂然として
「レーニンか。レーニンはね、資本主義は人間に不自然な結婚を強いると言っているよ」

「へーえ！ それはどういう意味なの」

私は、ちょっと手筈のちがったことをかくさず目をむき出したままききかえしました。

「わかっているじゃないか。われわれのようなのがその典型だ。もし、すべての条件が、僕に理性的な選択をゆるしたなら、お前みたいな女を妻にする筈はなかったんだ。僕は女を知らなかったし、女に飢えていた……僕は貧乏だったからね」

「わかったわ！」

と私は叫びました。私の目からは、小豆粒のような口惜し涙がぽろぽろとこぼれ落ちていました。

夫は、また新しく、レーニンのこんな言葉を仕入れたようです。お灸にはこの頃ますます身が入っています。が、組合活動をしていると随時理論闘争をしなければならないので、いろんな本を片手間には漁っているのですが、そればかりでなく、何かこの言葉が、いま彼の心を占

領していることと関係ありそうです。恐らく、彼は、あの女の先生と結婚したいのですが、私という者があるので、こんな言葉を弄んで慰めているのです。

この頃、夫は、毎日学校のかえりがおそくなりました。かえると日が暮れているので、自転車を入口に立てかけておいたまま、一たん家には入りますが、すぐお灸の道具をもって出かけてしまいます。何か学校には、新しい闘争がはじまっているようです。夜など、机にもたれてじいっと考え込んでいる横顔を見ると、よほどの重荷が肩にのっているらしく思われます。がさがさしているようでもやはり私は彼の妻ですから、じっと遠くから彼を見戍っていました。

ある日学校からかえって来た夫は、すぐお灸に出る用意にさげた手提袋のまま、台所で糠《ぬか》味噌をいじっている私のところにつかつかとやって来て

「お前、あいつは木の原先生と関係があるんだよ」

とささやきました。

「あいつって誰よ」

夫はちょっと苦笑いして

「〇〇子さ」

とはきすてるように言いました。

「木の原先生とあの女が！　じゃあ、あんたと二人をあやつっているのね。おどろいた。淫売じゃないの」

私は得々と叫んでいました。あれだけ私を悩ました同僚の女教師との三角関係も、これで終りになったと思ったからです。

木の原先生というのは、夫より十歳近く若い先生ですが、非常に闘争的で、夫の学校の組合を実際にリードしているのは、彼だといわれています。

近所の奥さんからきいた話ですが、木の原先生は、さすが尖鋭な闘士だけあって教室でいろいろ変ったことを教えているそうです。ある時生徒に

「天皇に殉死するなんて乃木大将はばかな男だと家にかえって言って見ろ。それをきいて怒る親は反動だ。非常に簡単なテストの方法だから、やって見たまえ」

こんなことを言ったそうです。その奥さんの息子さんも木の原先生の受持クラスなので、勿論家にかえるとそのとおりのことを言って両親を試しました。ところが、その父親は、かつて志願兵あがりの曹長で、この頃は、何も適応した仕事がなく、わずかな恩給でひっ息していました。そんなわけで、こんなことがなくとも世間のあり方が心外でたまらない所でしたから、非常に怒って学校にどなり込みました。

そして、校長がちょうど病気で休んでいて教頭の私の夫がその問題を捌《さば》いたのだそうです。私たち夫婦は日頃そんなことについては話し合わない習慣なので、夫からは何もきいたことがありません。がその奥さんの言っていることを綜合すると、そのとき、夫は、その前軍人とすっかり共鳴して、若い木の原先生の不謹慎な言葉を痛く弾劾し、校長が出勤したら必ず何分の処

置をするからと言ったそうです。つけ加えておきますが、この校長は勤評賛成派のこちこちだそうです。

そこで、その前軍人は、次のPTAの会合に出席して、その後その問題はどういうことになっているかきこうとしたのですが、校長も私の夫も誰も一言もそのことについてはふれないまま散会しそうになったので、あわてて発言を求めてそのことを言い出したそうです。すると見るからに生意気そうな女の先生が
「学校では殉死を讃美して教えるわけには行きませんが、御発言の趣旨はどういうことでしょう」

とごく意地のわるい反問をして来たそうですが、どうも、話の様子ではこれが、例の〇〇〇子だったようです。その発言につづいて私の夫が発言したのですが、それは、前軍人に一人で逢ったときとは正反対な意見で、やはり殉死の封建性を痛烈に論じたものだったそうです。が、生温《なまぬる》い夫のしたことですから「痛烈」という形容だけは信用できません。しかしとにかく前軍人は恥をかいて引退ったわけです。当の木の原先生はその場に居合わせたにもかかわらず黙々として一言もなかったそうです。

〇〇〇子と私の夫とで、いわば、木の原先生を護ったような形になったわけで、そんな時にも、この学校で木の原先生がいかに重要な人物であるかわかるのです。

さて、夫にとって、〇〇〇子とその木の原先生との関係がどんなに大きい問題であるかは、いきなり家に入ってくるなり台所の糠味噌をいじっている所まで、やって来たことでよくわか

りました。

しかし、それをきいた瞬間私がいたく喜んだのでも明瞭なようにこのニュースは、私にとっては天来の福音のようなものです。

私は、自分が考案し出して実行したことのように得意になって、してやったりと北叟笑《ほくそえ》みました。それ以来、夫が机に凭《もた》れて考えごとなどしていると、そばによって、やさしく肩をうしろから抱いてやったりしながら寛大な声音で
「もういいの。そんなに煩悶しなくてもいいのよ。あの女だけが女じゃないわ。きれいさっぱり諦めること。男らしく、ね……」

「煩《うるさ》いよ!」

と夫はしかし私の手をはねのけます。てれたのか邪慳なのかわかりません。そんな時机の上を見ると、また例によってレーニンの本でもひろげているかと思いきや、株式の相場表を見ていたりします。全く、頭の中に何が詰っているのか端倪《たんげい》すべからざる男です。

しかし、〇〇子との成行がわかってからは、私の気持はいたって軽くなり、彼が愛せて愛せて仕方がありませんでした。私は毎日彼のまわりを蝶のように——といいたいところですが蝿のようにとびまわっていました。

そして、彼女との闘いのヤマが見えたという意識が手伝ったためか、思いがけない勇気が出て、ある日彼女に手紙をかきました。内容は、勿論脅迫です。

私はありったけの汚い言葉でこの女闘士を罵倒しました。いままでは字が下手だし、字を知らないのが恥しくていくどもこのことは考えながら、実行できなかったのですが、いま私は天馬にでものっているように気がるくそれを実行しました。

それが学校にとどく時間を測って、またしてやったりと北叟笑みました。

この手紙は、夫達がいよいよ明日朝から、授業時間に食い込む新しい闘争をはじめようとして、放課後職場会議をひらいている所にとどいたそうです。

私にとってはただ、夫と彼女とにかかわるだけの私事だったのですが、学校には大事件だったようです。

夫はひどく当惑して帰宅しました。しかし、どんな風な反響だったかを具体的に言うことは、拒みました。そしてただ

「困ったことをした。ばかなやつ……」

とつぶやくだけで、それほど私を叱るわけでもありません。こんな時私はしみじみ彼の気弱なふっきれない態度を軽蔑します。なぜガンと私の非常識な行為を責められないのでしょう。しかしそのために、私はかえって居丈高になって、彼の言葉をはねかえしていました。

翌朝夫は、悩みを抱いた様子で朝飯をたべています。いよいよきょうから闘争がはじまるというので、朝六時に枕時計をかけておいて、私は早起きしました。

「木の原はゆうべから泊り込んでいる。かえったのは俺だけだ……」

彼はつぶやきました。それも私のおかげだというのでしょう。

「あんたも一緒に泊って、あの女のそばにねてやればよかったのに。弱虫」

「ばか」

この時だけはひどく私を叱りました。

「ふん、あんたと来たら、女をとられても敵討できない意気地なしなのね」

私は笠にかかって言い返しましたが、彼はだまってしまいました。それから白い息をはきはき自転車にのって出勤しました。

その日、夫はいつもの時間にはかえりませんでした。近所の生徒たちが早くかえって来たところを見ると、夫たちの計劃《けいかく》は実行されたのでしょう。

ところが、その晩近所の酒屋から呼出電話が私の所にかかって来ました。めったにないことですが、学校からだというので、夫だろうと思って出てみると
「もしもし××先生の奥さんですね」

という女の声です。

「はあ、そうでございますが、何か……」

「わたし、○○子よ。すぐ手紙に御返事出そうと思いましたが、闘争の真最中なので、手が放せませんでした。貴女は何を証拠に、私が貴女の御主人と関係したと言われるのですか。デマも事によりけりよ。一体正気ですか」

とひどく激した言葉でポンポン言っています。

「それは……」

と私は息をのんで気おくれするのを自分で励ましながら
「詫証文にもはっきりかいてあるし、蚊帳の中のお話もすっかりきいています。ええ、みんなきいて居りますよ。だめだめ……」

と支離滅裂なことを言ってしまいましたが、とにかくお前なぞに言い負かされるものかという立場だけは辛うじてまもったつもりです。

「詫証文て何の詫証文？　蚊帳の中ってなんです。へんなこと仰有《おっしゃ》るわね」

「ほら、宿直室で蚊帳を吊るでしょう。その中でお灸を……」

「蚊帳ですって？　宿直室に蚊帳なぞありませんよ。窓はちゃんと金網のスクリーンになっています」

「そんな筈がないわ、あんたうそ言ってるのね」

と私はたじろぎながら防戦しました。

「気狂いみたいな奥さん。あの方に同情するわ」

といって電話の中でことこと笑う声がきこえます。

電話はそこで切れました。そのときの争議の帰趨は関心のない私ですから忘れました。が、〇〇〇子がその電話で怒ったことからはじまった新展開は忘れられません。

その頃も、夫は相変らず灸の稼ぎに精を出していました。体は、私の突き立てる帳面とじの錐《きり》や、鉛筆のさきなどで黒い痣《あざ》があちこちにできていました。この頃では顔にもつねったあとがときどき紫に現れました。

ある朝、職員室で夫のそんな顔を見た校長が、

「こりゃあどうしたんだい。真黒だぞ」

とおどろいていました。夫が、「弱っているんですよ……」と打明けもできずもぞもぞしている間に彼は事情に気づいたらしく、

「だめだ。今日は休暇をとって、子供に顔を合わさないようにかえり給え」

と申渡しました。

「色男は辛いね」

と校長は意味ありげにつけ加えましたが、そのときから校長は彼をどこかに転任させることを考えていたようです。

とうとうその転任を言渡される日が来ました。夫はまだ○○子のことをしきりに問題にして家を出るときにもきのうどうしたとかいう話を私にきかせていました。が、そんな甘ちょろい横面を、転任という申渡しでぴしゃんと打たれたようです。

といっても夫には、転任はそれ程のことではありませんでした。この頃では、家庭の経済は殆んど灸で支えられていたのでいつやめても困ることはなかったのですが、口惜しいことに、

夫の執着は、残して行く〇〇〇子の目ざましい闘士ぶりにのこされていたようです。

しかし、私達夫婦はトラックにのって、遠くない新任地に行きました。そこの生活での大発見は、夫の愛人が前の学校の〇〇〇子ではなく、前にいた学校の町で格別な特徴もない飲屋をしているごく平凡な二十三歳ばかりの女だったということです。

それを知ったのは、夫がこの市の街外れを、その女をのせて大胆に自転車をはしらせているのを私が見つけたからです。

私はだまされていました。〇〇〇子は、夫の憧れの女ではあったのですが、現実の情人は、飲屋のよくある女将だったのです。それなのに、夫は、その女に向けてしたことを、全部あの女教員に向けてしたことにして私に話していました。飲屋の女の一匹位なら、それ程嫉《や》きはしなかったのに、とだまされたのをくやしがりましたが、やはり、その打明話をきいたときも、鉛筆で彼の首筋にいれずみをつくってやりました。

〔初出：「小説中央公論」1961（昭和36）年春季号〕

黒の時代

その朝紀州の勝浦駅に三人が寝不足の瞼で駈けつけたときから、伊川が糸子を見る目には刃が添っていた。

酒の上の浅い心で仕掛けた前夜の浅墓な戯れではあったけれども、それが拒絶されたとなると矜持の案外深い根元が傷ついているらしかった。眉間に傷を受けた手負いの獣そっくりの形相で彼の自己意識は吠え立てているにちがいなかった。

糸子はそういう伊川の伊川らしさがほほ笑まれるのと一緒に、いささかの当惑も感じ、またいっそ思いきり突放して笑止でもあった。

しかし考えてみると山口を出発以来、糸子の心の芯は何と言ってもうしろにのこして来た吉田半吉にさらわれていた。どんな関係の男と女との間にも働いている微妙な磁気すらゆうべの糸子には働かなかった。せいぜい行きとどいたやさしい仕草で激した伊川をやり過したつもりだったが、あとで思いかえすと、その磁気の働かない手きびしさから何ものも残さぬ辛辣さで、彼の行為をはねかえしたものらしかった。

そう反省すると糸子は、ある種の女が恋愛しているとき現す寛大と凡庸とを知らず知らず現していた。そういう糸子の前に道化役を演じた伊川に自分の哀愁のお裾分けをしているのであった。が、自分の心にこもっていた目をあげて目の前を見ると、魚類の腐臭のする海ばたの道を相山のうしろから、頭に濡手拭をのせて下駄ばきでいそぐいつもの伊川の人間を軽蔑し切った姿があった。糸子はふっと目を逸らした瞬間、やっぱり、もとの自分であり伊川であったことを思うのであった。

糸子の芸術上の先輩たる伊川の多面な性格は、何年見きわめても糸子には不可解な謎を含んだ無気味な爬虫類質と映っていた。もう十年あまり同じ集団の中にいながら、今だに彼の一挙一動が糸子には、新しい発見と驚きであった。

昨夜も陳腐な男性一般の能動性を、陳腐な女性一般の常識で「柳に風」という言葉どおりに受け流しながら、糸子の気持はそのうしろで小忙しく働いていた。こんなときにさえどこかに隙間があったら、陳腐な男性の通有性にことよせた独自の彼のほんとの姿をのぞき見しようと、意地悪く第三者の目を光らせていたのであった。

糸子にとって伊川がつねにこういう者であったという事の裏をかえせば、伊川にとってもまた糸子が彼の性格で消化しきれないある不消化物であったという事になるのであろう。何となく二人の融け合わない関係は、二人が同じ集団内で仲間として知り合って以来のものであった。

それは、男女間に本来ある表面張力のような薄皮を張り合った本能的な対抗と似ていながらまるでちがうものであった。その種の対抗意識なら、男女が相牽《あいひ》き合っている引力の甘ちょろい反作用だとも言える。ところが、妻あり夫ある伊川と糸子であるとはいえ、二人の間では殆んど性の相違が意識にのぼることはなかった。

異性の意識も社会や芸術理想の共同意識も二人の間ではふしぎに何かで相殺されて了《しま》った。そして相殺しようにも相殺されない二つの異質な個性だけが、緩衝物を失ったまままじろじろと事ある毎に譲らない目を見交わすのであった。

――と言っても、年齢では十歳以上も下であり、仕事の経歴もずっと若い糸子は、糸子の方から伊川にこれという問題でぶっつかって行ったことはない。糸子にとって伊川はぶっつかる程近しいものではなかった。それに、時々二人の間に起る事は些細で、先入感をもたない者が気にとめずに見すごしてしまえば見すごしてしまう程度のばからしい日常の些事だった。二人はめったに芸術上の問題などで口を利き合うことはない。依怙地に芸術については口を噤《つぐ》み合った。伊川は糸子の作品を殆んどよまないらしく、仲間が批評し合うことがあっても、彼は終始だまっているのが常であった。たまに誰かに感想をたずねられると、読まないよという言葉を感想と同じな権威をもって言放った。きく方はそう出られると、自分のよんだのを恥じるように引退る。

二人の――といっても糸子は糸子の身びいきの立場で感じるのだから相手の伊川の――対抗

心がどんなばからしい事に吐け口を見出しているかの一例をいえば、糸子が夫の正夫と住む家にひょっくり伊川が遊びに来たあるときのことであった。伊川は糸子の当っている火鉢の中を見て急に軽蔑した目つきになった。

「あんたの所の火鉢はいつも吝《けち》くさいんだね。寒くてしようがないや」

そう言った彼の無表情は、少くともかくそうとしない悪意で急に苦味ばしった。

彼は、寒いという言葉の風情を添えるように高価な久留米絣《かすり》の肩をぶるぶるとすくめた。細君が毎晩しつけ糸で押えて寝押しをする羽織の襟が、彼の肩から両脇にきちんと短冊のような襟幅でたれているのをある感覚で見つめながら糸子は、伊川の吝だという攻撃は無言でやりすごした。なるほど、これが吝ということであったか、という程度の気持だった。が、実をいえば体の弱い糸子は炭火のガスが室内にみちることをいつも恐れていた。特に炭火が気になる時には、寒中でも火の気のない所で冷えた手をあごの下にさし込んで温め温め仕事をした。が、それをこの場合伊川に説明する自信を喪失していた。

糸子は挺子《てこ》でも動かぬ図太い所のある人間でありながら、つねづね伊川の前に出ると自分の全思想と全感覚との根元を、浮いた歯のように感じるくせがあった。そして、頻《しき》りに自分を恥じるのだ。今ももうほんとうに自分は吝のため乏しい火に堪えていたのかという錯覚に陥って行きそうな危さを、辛うじて支えて、彼の前にきちんと坐っていた。こんなときにも彼の存在そのものは、それほど確信的であり権威的でもあった。

伊川は火箸をとって、ひょうたんの大きい炭籠から火鉢に炭をつぎはじめた。彼は炭籠にあるだけ火鉢の中に炭を積重ねる。色の浅黒い中高の端正な顔が、ある角度を保って火鉢をのぞき込みながらいくらでも炭を積重ねるのを、糸子の顔も別な角度から冷静に見戍っている。彼が火箸にはさんで火鉢の中へ運び込んでくる黒い炭の一片ずつが、糸子を圧迫してくる伊川の明け放しの悪意の一押しずつであった。とうとう火鉢の中には炭の大山ができて、火鉢のふちよりも高くなった。それでも伊川はなお積重ねる。このまま火が下から熾《おこ》って、積上げた炭全部が火になったとしたら、当然その瀬戸火鉢は割れて積上った炭火はあたりに四散するだろう。が糸子は、他ならぬ伊川のすることであったから、卑屈とまじり合った少からぬ興味と皮肉との分岐点でじっと見ていた。

上に炭が積重なると、下の火は励まされて清潔な匂いで匂いながらだんだん明るく活気のある光で間歇《かんけつ》的に光りはじめた。ある微弱な呼吸のようなものが火づらで絶えず息づいているらしかった。その度に少しずつ広く火は、触れている炭に赤い部分を感染させながら、どんどん黒い部分を侵蝕して行く。

気がついてみると糸子もまた糸子でさっきの卑屈から立直って、もう一と息と激励するふてくされた目つきになって炭火を見つめていた。意表に出た伊川の行動と十分互角に押し合う力のある気の勝った突張り合いだった。それが伊川にどんなに強情に映っているか糸子はおもしろいほど自分で感じていた。

――よい加減で、炭を取りのけるとか何とかしないか。この強情女！――

糸子は、自分の胸の中で伊川の声のない罵声をきいていた。しかし、子供らしいと思いながら、妙にその押し合いから自分だけ力を抜くことができないのであった。

こういう二人の関係の底にあるものは、案外常識的な芸術家同志の競争心なのかとも糸子は仮定してみる。天才という浪曼的な名にまことにふさわしい豊穣な才能をもった伊川は、中年からこの集団に入って来たが、入るとき既に幾つもの輝かしい作品をかいて携えていた。それらの作品の一つ一つへの驚異が衰えかかったこの社会主義派を復興させる力となった。

彼の多面な個性のどこかの鉱脈から噴き出してくる眩しいばかりの才能の光芒は、そばにいる糸子や清田などの天翔《あまが》ける翼のない系列の才能をことさら見すぼらしく見せた。

着実な客観主義を唯一の財産とたのんで積重ねて来た糸子は、魔法をもった伊川の前に出ると、急に自分の算術的なタレントの色があせるのを感じる。所詮低い地上を這う鶏にも等しい腑甲斐ないものであることを、いやというほど糸子は伊川の存在から思い知らされた。

糸子は勝気な女であったから、自分よりすぐれている者に対する讃仰《さんごう》の大げさなことも人一倍であった。その讃仰は、自分の心に起る甲斐ない競争心や嫉妬をつねに振り払おうとする、負け惜しみの努力であったかも知れないが――。

にもかかわらず、伊川はなぜ無力な糸子のような者に向っても微妙に屈折した競争心を向けてくるのだろうか。つねに勝利しているものは、却ってその勝利に狎《な》れた驕慢《きょうまん》から僅かばかり他に頒《わか》たれている才能をさえ妬んで許すまいとするのだろうか。

男と女との間にある微妙な緩和力が、その男と女との競争しなければならない立場を和らげるというのは、その女の存在が可憐で魅力的でたとえ男がその競争を放擲《ほうてき》したとしても、何かほかのものが結局男の手にのこると言った場合に限られるのではなかろうか。縦から見ても横から見ても糸子はそういう規格の中にいる女ではなかった。むしろ糸子は、見るからに人の反感をそそる骨太な女だとさえ言えた。

こういう種類の女が男との競争場裡にたつとき、その女と男との間に起る感情的な競り合いは、男が男と競り合う場合よりも熾烈で必要以上の敵愾心《てきがいしん》を誘うものらしかった。男同士の間にならば、当然働く性の共同意識すら、この場合には糸子が女であり伊川が男であるために作用していないからであった。

糸子は思い出す。

その頃からさらに五六年も以前のことであった。

ある年糸子の夫正夫がしばらく病臥したとき、糸子の属している集団は正夫への病気見舞の代りに当時行われていたある公共団体の芸術賞を糸子に受賞させることを思いついた。

それは、前々年伊川も受賞したもので、糸子の集団の人々がこぞって同一の投票をすれば当選は確実であった。申合わせどおりに投票が行われ、糸子は当選した。皆はその賞の価値を認めていないだけに、らくらくとその事を運んだ。が貰ってみると糸子にとってはそう何でもない事ではなかった。糸子は先輩や同僚の激励や、褒賞をその成行の中に感じて、案外素直に幸福であった。

ところが、受賞したあとで集団的な投票がちょっと問題になったことから糸子は自分の集団から自分に対して何票の投票があったかを実際に知ることになった。その票数は集団で中合わせた頭数より一票少いものであった。

中合わせどおり糸子へ投票しなかった者が糸子の集団の中に一人いたことをはからずも糸子は思い知らされた。糸子は性格から言って驕慢のあまりとも思われる自卑から、誰かわからないその一人の自分に対する批判に対してただただ尾を捲いて赤面した。が、一応心の姿態はその批判に屈服した形をとりながら、その屈服の清々しさを裏切るような陰影が心の芯を濁らしているのを同時に感じた。

その芯の濁りが次第に何かを心の中に形づくる。本来単純な性格の組立てであるらしい糸子は、あらゆる事物の複雑さを複雑さのままで思考の中に抱えていることのできない人間であった。そういう糸子の思考方法ではこの覆面者の批判は悪意の方に区分するのがいっそ安易で便利であった。

糸子本人にも糸子の集団の誰にも知られることのない方法で表現された、陰性で辛辣でもある糸子への悪意——。

糸子がそれを思いきって悪意の中に区分してしまったとき伊川の影がなぜともなく糸子の心

を掠めた。そうだ伊川！　伊川と結びつけると、ことさら、拒まれた一票に陰影深い意味が賦与された。その下手人が伊川だと仮定すると若い糸子の過剰な心はその拒まれた一票の置き場が心の中にないような焦躁に捕われた。

こういう気持の成行と時間的に並行して、糸子は夫と相談の上、受賞祝賀の意味で皆に集って貰って、いくらかの酒を買うことにした。

糸子は日ごろ酔うという捏造された生理と心理の価値を知らないが故にであろうけれども全然認めない人間であった。つねに醒めていたいという思想上の希いはもとより、酒の酔いのような生理的な事実を指しているわけではなかったが、酒の酔いもそれに含ませてよいと思うほど酒の酔いに対して偏狭であった。ことに一つの主義主張をもった集団がその主義主張のまま酒浸しになっているような今の状態を日頃嫌悪していたから、こういうくだけた思いつきは、我ながら自分らしくないと思われた。その自分らしくないことを企てようとする気持のある部分に不可解な伊川の姿がやはり絡まっていた。

彼はこの貧しい祝賀宴に来会するだろうか。しないだろうか。明らさまに言えば、それを試みることで間接的に彼が投票したかしないかを量る陰険な企図をもってこの祝賀宴を糸子は思いついたのかも知れなかった。

宴といっても、十数人集まればもう卓のない糸子の家のことであった。畳に新聞紙をしいて、するめや乾鱈《ほしだら》をむしった洋食皿を所々に配置するだけで、あとは湯でもはこぶようにせっせと酒をはこべばよいのだった。その持ちはこびは後輩の若い青年たちがしたから、糸子は殆んど台所で燗の番をしていた。男達の酔態にまじるのをきらう糸子は、これで結構きょうの役目がごまかせるらしいと喜んでいた。が、ふときなれた高笑いを室にききつけて、伊川の来ていることがわかった。

伊川は来ている。それは彼が来るか来ないかをバロメーターにしようとした糸子の企てが見事外れた事を意味するのだろうか。それとも彼が糸子の考える如き陰性な下手人でなかったことを語っているのだろうか。糸子は理由なく、ちょっとあての外れた気持だった。

糸子は、一升壜《びん》から酒を注いでいた濡れ徳利をこぼれ酒を受ける丼の中に立てておいて、座敷に行ってみる気になった。

座敷はもう既に乱れて、肴の空っぽになった洋食皿の上に酒で濡れた吸殻の死んだ蚕のような山ができていた。

「大体、ぼ、ぼ……僕等はもっとインテリというものをに……に……憎む必要があると思うね。こ……これが根本の問題なんだぜ」

といつものようにどもってくどく繰返しているのは石村清次であった。話題は例の如く、この団体と当時鋭く対立していたも一つの芸術団体の噂であるらしかった。その団体とは一年ほど前に大争闘まで演じて分裂したばかりだったから、皆の毎日の感情の起伏は、殆んどこの団体を対象にしていたといっても過言でなかった。その分裂し去ったメンバーが殆んどインテリゲンツィアであった偶然か必然かから、この団体ではインテリゲンツィア一般に対してだんだん特殊な価値づけを固定させる傾きになっていた。

正真正銘の労働者出である糸子の夫の正夫などは、案外こういう感情に与していずときどき反駁めいたことも言ったが、却っていつも手きびしく反撃をくう結果になっていた。特に正夫は、きょうは主人役でもあったし病後だったから、ききなれた議論には耳をかさずに、しらふでとなりに坐っている相山と何か二人だけの打合わせをしている。

「そうだよ。石村の言うとおりなんだよ。皆きいてくれ！　奴等は特権者なんだ。算盤に合わなくなればいつでも、逃げて行ける席を残してあるんだ！」

伊川千作は、石村の主張に耳を傾けないその場の空気を遺憾がるように特別大きな声でどなっている。が、もう何十遍となく仲間の酒席で繰返されている酒の肴みたいな論理に、改って相槌を打つものはいなかった。

が、不愛想に突立っていた糸子だけは、毎度ききなれたその論議をふと改めて耳の中で数珠の一粒一粒のようにもさぐる気になった。これも、伊川に対するきょうの心の角度のせいにちがいなかったが、糸子は立っている場所からすぐ目の前に坐った伊川の横顔を眺めた。彼が酔ったとき示す滑稽な鼻の表情がもう現れかかっていた。端正な鼻の穴を区切った鼻肉のあたりが、彼の表情から独立してひくひくといも虫みたいに動いているのであった。

糸子は、誰にも見られずに、一寸した意地悪い笑いを泛べて台所に引返して行った。

インテリというなら、伊川自身がインテリではないか。伊川は、多分秘密というほどでもない趣味程度の理由から、自分の学歴を絶対に語らない人間であった。が、彼が大学を中途まで行っていることは明白な事実であった。

彼は大学は中退してから色々な職業につき、監獄にも行った。そのころのみじめな生活は彼がインテリであることを忘れさせるほど体力と筋肉の力とを唯一のたのみとするものであったのだろう。だが、彼は、自分の才能によっていまその境涯から抜け出している。

糸子は、改めて、この一座の中で一番上等の垢抜けした洋服をきているのが彼であることを思った。

たった二た間で、しかも座敷が傾いたように見える糸子と正夫との借家とちがって、伊川は幾間もある家をもち、臨時には平生一人の女中が二人にふえていることすらあった。

糸子はついでに豪華な彼の書斎を思う。そこは目のさめるような真赤な絨毯をしきつめて、坐りたいときには黒檀の寝台のように大きい坐り机に坐り腰かけたいときには別の窓口に置いた立派なデスクに向って革椅子にかけるようにそなえてあった。

また、彼の妻は地方の豪家の娘であった。彼女の持っている不断着の単衣を畳の上に重ねた所を糸子は偶然見たが、その厚みが少くとも鯨尺《くじらじゃく》の一尺五寸はあった。

「あれだけのきものを伊川が買ってやったんだね。おどろいたもんだね」

一緒にそのきものを見た大ざっぱな石村清次があとで糸子にささやいた。が糸子は女らしいこまかい観察で、この着物の質に、伊川らしい高踏《こうとう》がないことを、そのとき感じた。そして恐らくこれは伊川が買ったものではなかろうと思った。伊川のような性格の男はもし細君にきものを買ってやるとすれば、あの程度の品質のものをあのように夥しい枚数買う筈はない。彼が買うなら、二枚か三枚か、その代り、人があっとびっくりするような高価なものを買ってやるにちがいない。事実、彼自身が労働者の中で目立つことを知りつつあのように立派な洋服を着ずにはいられない何かを性格の中にもっているのだ。糸子は、彼の作品に稲妻のように閃いているものと照らし合わせてそう思った。むしろ糸子は、その夥しい着物と伊川との結びつきは直接、それを伊川が買ってやったか、やらないかということよりも、もしひらき直って問題にするとすればそういう嫁入衣裳を持参するような娘を妻に選んだ彼の気持の方に問題があると思った。そして、この方が彼の人生観としては本質的であり問題が大きいような気がした。

が糸子は、いやしくも事物そのままを置き替えずに眺めようと努力する芸術家の端くれたる誇にかけて、こういう矛盾に一本串ざしにされている伊川を安易に否定したり、といってまた安易に肯定したりしようとは思わなかった。自分の自然な心持は案外そう公明でなかったにしろ、当為的に自分の気持をすす早く持ち直して考える習慣を半ば性格としてもっていた。

糸子はつねに伊川と対抗しているように記したが、まだそんな対抗のうまれない正夫との新婚のころであった。夫婦がある日米が買えずに七輪で馬鈴薯を焼いてたべている所へ伊川がやって来た。彼はしばらく二人の灰でよごれた手許を見ながら喋っていたが、

「あ！　君達の生活を見ていたら何だかぞくぞく寒けがして来たよ。どれどれ俺は家にかえって米の飯をくうかな」

と言って例の磊落《らいらく》な高笑い方をしながら引上げて行った。

若かった糸子は、伊川の前も恥じずにぼろぼろ涙を流して熱い馬鈴薯をむいていたが、伊川の生じっかの偽善をつき放した言葉をきくと、急に爽かな風が胸に通って来て、ぬれている瞼がメンソレでもぬったように涼しくなった。糸子はそのすがすがしさをいくらか恨みながら自分達の貧乏に何かの位置が与えられた気がしてちらっと笑って夫の顔を見た。

伊川が、そのように個人生活を振舞いながら、しかも、労働者や社会主義者の間に人気を得ている秘密もこんな微妙な持味にあるらしかった。

実際常識で言えば滑稽というほかなかったが、彼はそのととのった自宅で躾けのよい細君と女中とにかしずかれて、その頃糸子は名前しか知らなかった「うるか」だとか「長崎からすみ」だとか「このわた」だとかいう洗煉された高価なものを肴に上酒の晩酌を欠かさなかった。その彼が旅の講演会で色紙の揮毫《きごう》を求められるときまって「万人が菓子をもつまでは一人も菓子を食うな」という切実で感動的な禁慾の言葉を達筆でいささかの迷いも見せずに書きなぐるのであった。勿論、それは、よくあるナザレ型のポーズでそう書かれるのではない。彼はこんなときにもやはり、皆がびっくりするほどよい服を着て居たし演説会の主催者がへこたれるまで先方負担の酒をのんでからそうかくのであったから。

糸子は、台所に引きかえしてくると、ありとあらゆるポイントから、伊川という性格の記憶を洗いざらい羅列してみていた。

すると、やっぱり投票の問題に絡んだ腹癒《はらい》せのようなやせさらばえた気持から、「彼こそインテリだ。立派なインテリじゃないか。インテリ自身だからこそインテリの特権に敏感なのだ。それに、あれほどインテリを軽蔑できるというのはインテリという自分や精神の中身を知りつくしている何よりの証拠ではないのか」

とつぶやいた。それにくらべるとズブの労働者出である糸子の夫などは、自己の無智を苦しんでいるが故にインテリに対して必要以上に謙譲であり、インテリたらんとするために真摯に本をよんだり語学を独習したりしていた。

彼等とは、まるでちがう悽惨な精神の軌道を歩んでいる正夫が、糸子にはそのとき急に悲しいほどいとおしく思われた。

だが、糸子はふとそう言えば、いまインテリのことを言いはじめた石村清次もやっぱりそのインテリであることをついでに思い出していた。

気がついてみると、この一座の十余人の中で仮にも大学と名のつく建物の門をくぐったことのあるのは、外ならぬ石村と伊川だけであるとはまた何という皮肉であろう。だが、石村清次の場合は、多くの点で伊川とは事情がちがっていた。

ごく親しい者だけのこの一座の中ですら、三四人しかその秘密にあずかっている者はなかったが、ほんとうをいえば彼は石村と偽名する脱走兵であった。

彼は、若いころ兵営生活の苦痛に堪えかねて、自殺を思わせる遺書をのこし、海岸に靴と軍服とをぬぎ捨てて脱走した。当局は、長い探索のすえ、入水の想定を確認して戸籍を抹消した。

彼は脱走してから大陸に渡って苦力の仲間に入った。それから苦しい何年かの放浪がつづいた。いっそ虫けらのような苦力生活の中に彼は自分ののこりの生涯を投げ込んでも惜しくはないと一度は思った。しかし、蔣介石の北伐でざわめいている若い中国の興奮にふれると彼の若い心の血脈は、かえって日本にのこした生活と空間をへだてつながった。

深川富川町うまれだが、震災で戸籍を焼失した無籍者だと称して彼がこのグループに現れたのはそれから間もなくであった。敵を欺くためには、まず味方を欺く必要があるという悲劇が、孤独で人なつこいけれども人を信じない彼の性格をつくり上げていた。彼は作品の中でさえその主人公の出生の事情をぼやかして、村の地蔵堂の軒下でとおりすがりの旅の女がうんで村人に托した孤児だとかいた。

「これこれお女中……」

陣痛になやむ若い身持女に向って、村の親切な老婆が話しかける会話を彼はそうはじめた。

糸子は、はじめてよんだときそんな秘密の前提については勿論何も知る由はなかったけれどもそのあたりのあまりに講談めいた筋のはこびを少からず不自然に感じた。そして夫の正夫にその意見を言った。正夫が他言しない約束で石村から打明けられていた過去の秘密を、糸子にだけ喋ることになったきっかけは、この箇所の説明の必要からだった。

彼は、特殊な御用商人を父にもって、伯父には陸軍の将軍もある地方の一寸した物持ちの長男として、D大学を中途まで行っていた。

だが、今となっては、少しばかり学校生活を送ったことも彼の悔恨を大きくしていた。石村は絶対に自分の写真は印刷物の上に出さないことにしていたが、あるとき演壇に立つと聴衆の中にいた一人の男が弁士室にたずねて来て、「あなたを大学で知っている」と言いはじめた。石村は勿論そんな学校に行った覚えはないと言いはったが、相手はどうしてもそう主張してやまない。

こういう経験が一層彼を用心深くし、また臆病にも、暗くもしていた。

自分をインテリと別なものとして扱おうと努力している彼の思想の中には、そういう過去の夢魔からの脅迫も案外多分に混り込んでいるにちがいないと想像できるのであった。

台所の糸子はこの宴をひらくにいたったはじめの目的は忘れて何とも言えない冴えた気分で冷たい酒を徳利に注ぎ込んでいた。

座敷の酔いの段階はすでに毎度のインテリ論議が終って、顔を脂ぎらせてえへらえへらと笑い出した石村清次が、得意のかくし芸たる握りこぶしを口に入れる段階になっていた。歌もうたえずどもりで上手に座をもつことのできない石村は自分の大きい握りこぶしさえ入るほど大きい口をもっているということを人を笑わせる自虐的な芸当にしていた。

「おい、どうだい。どんなもんだい。へっ、こ……これが入るんだからな」

台所を区切る障子の破れ目からのぞいている糸子は、酔うといくらかどもりの少くなる石村の道化のかげにかくれた冷たい孤独を思ってぞっとした。

「何だと。口だと。こっちは耳だ。ほら、動いたろう。ほらほら自由自在だね。ほら、きょうは特別よく動くぞ。ほら」

伊川は伊川で、耳を自由に動かすというたわいない芸当をはじめたらしい。羽左衛門のようによく張った形よい小さい耳が電燈の光で浅黒く光っていた。よく見ると横顔の筋肉の操作につれて、その耳が鈍いしかし動物的な運動を見せているのだった。

いつもこういう場の空気と微妙に話題が離れ離れになる糸子の夫の正夫は、特にきょうは一人だけしらふの心の密度をもってぱあっと膨脹した空気の中に石のようにこちんと沈んでいた。伊川も日頃自分を労働者出として扱い、石村も自分を労働者出として扱っているので正真正銘の労働者出の正夫を当然親しい仲間扱いにしていた。しかし、糸子が第三者として見ると、伊川にも石村にも役者が労働者に扮したような誇張がどこかにつきまとっていた。石村は好んで印絆纏《しるしばんてん》などをきて歩くこともある。それにくらべると、ほんとうに正夫が労働者出である無慈悲さはどこにも労働者をひけらかす所がないほど、足のさきから頭のてっぺんまで労働者だった。正夫は、若い後輩がミシン目の真新しい鍛冶屋ズボンをはいて歩いているのをさえ、冷笑していた。

服装について言えば腰の据った正夫の体つきは、背広など着ても争いがたい泥くささをもっていた。正夫はまた体の力がとび抜け強かったから、相撲などになると、敵うものがないためにかえって皆が興ざめした。

それに同じに自分の家族の話題となっても伊川の話なら、

「俺の子供は二人とも俺が監獄に入っている間に餓死してしまったんだぜ。餓死の通知が来たときはさすがの俺も泣いたなア。餓死だぜ」

半分空想がまじっているとしか思えないある甘美さのある話だった。

彼はその話を人に話すたびに心の中で実在性が増すらしく、この頃では涙を流しさえして、どこか抽象的な所のある話を真剣に喋るようになっていた。人間にはごく稀にしか起らない餓死という状態は、一般的には栄養不良から何かの病気になるとか、たまには自殺とかいう形で人間生活の上には現れているわけであろう。だが、伊川の話では、その稀な最も原形的である餓死がそのまま彼の先妻の子供の上に起ったことになるのであった。

ところが、正夫の話となると、筋道に奔放さがまるで失われてその代り一段と陰惨な迫真力があった。

彼の数多い弟妹たちが以前栄養不良からそろって鳥目になった。夕方になると幼い者一人なしが手さぐりで歩くみじめさ。彼は一番金のかからない方法として、毎日一回ずつ屠殺場に皆をつれて行って牛や豚の生き血をもらって呑ませることにした。そこで屠殺場に行って、その屠殺場へちょうどトラックでつれ込まれた豚が最初に死の匂をかぎつけてふんふんとあたりをかいでいる所に出逢う。屠殺者はやすやすと一番前にいた一頭をつれて行って簡単に顔の真中を一撃したが急所を少しそれていた。豚は狂った様に丸い胴をおどらせて走り出した。血を流す溝を一本とおしたコンクリートの上を彼は方向のない足どりで跳び歩いていたが、やがてまた一撃をくって、どうと倒れた。と一緒に首がごりごりと切りとられてその切口から真赤な血がポンプの口からのように吹き出した。その生温い血をコップにうけて、息の立昇っているのを屠殺者が心得顔に子供たちにさし出した。子供たちは素直にそれを受けとってごくごくと唇を染めながらのんでしまう。

皆はうっかりきき終ってから、いまの話がある何かの適度を向うへゆき過ぎていたらしい苦痛をしばらく味わされたような面持だった。ひょっとすれば彼等は思ったかも知れない。ほんとうに貧乏であるということ、ほんとうに労働者的であるということは、何と芸術をさえ拒んでいる索漠たることだろうか。——と。

が、それもこれも結局すぎ去った今から思えば、みんな昔がたりとなった。指を折ってみると、あれから、もう十年の時日がたっている。

糸子はふといま瞬間的に思いついた。

伊川と糸子との打ちとけあえない十年間の凝視は、案外夫の正夫と伊川との目に見えない十年間の確執の一部分ではなかったろうかと。

妻の感情は夫から独立しているつもりでもつきつめてみれば共通した感情の面積を二人で囲っているにすぎない場合が多い。その面積を夫の感情の色合いだけにぬりつぶされていないということで、妻は辛うじて自分の感情の独立性を信じているのだ。

現に糸子は、こんどの選挙応援の旅行先で発見した吉田半吉への恋愛感情をさえまっ先きに夫の正夫に手紙で打明けずにはいられなかった。夫の正夫にその恋愛を知って貰わずには、まだその恋愛は自分の心全体にしみとおったものとならない焦躁に追立てられて、夫の立場に立って考える余裕すらもなかった。

そして、ゆうべ紀州勝浦の宿屋で伊川に挑まれたときにも、糸子がまっ先に感じたことは、仮にも同志とよぶ夫の正夫に対する伊川の不信義の口惜しさだった。何か事ある毎に誰よりも派手に同志の盟《ちか》いを謳ってやまない伊川が実は正夫の妻に対してこういう行動に出られる虚偽を抱いているという事実は、夫の将来にとって由々しい重大事だと糸子は思って暗澹とした。そのくせ、そういう義憤とダブらせて心の大広間は手もなく吉田半吉の幻影にあけ渡していたのだった。

紀州から名古屋にぬける三等列車は、総選挙、開票と事が続いたためかガランとすいていた。伊川千作と相山とは一つのシートにかけて何となく呼吸の合わない会話を交わしていた。その向いに糸子は一人で坐って、言葉少く窓外を眺めつづけていた。

伊川は、相変らず、黒い濁った目で不機嫌にときどき糸子を見据えた。その憤りは昨夜の不本意から発していることは明らかであったのに、いつのまにか糸子の人格に対する日ごろの本来的な何かの忿懣《ふんまん》に置き替っているのが糸子にはありありと読めた。が、その凝視の重い圧力に対してきょうの糸子の心はスポンジみたいに不死身で少しもひるまなかった。というより彼女はいま、全く伊川千作の目ざしを問題にしていないのであった。

頭の中では、ひたすら汽車のうしろにのびて行く距離を逆に追いすがろうとする感覚の空廻りをくりかえしていた。

走る汽車の中で触れている距離というものは、風のように前方から走って来て糸子の両耳にさわりながら、後に走り去って行く一本の長い物質と思われた。そのだんだんのびて行く距離のテープの彼方に吉田半吉がいるのだった。

吉田のいる山口を三人でたって大阪に立ちより、そこから船で紀州に行った三日の間に彼の映像は古い写真のようにぼやけて輪郭さえさだかにはわからないものになっていた。が糸子の半分狂った心の目はその淡いこわれかかった映画を自分の主観で補修しながらじっと見つめとおして瞬きすら惜しむ心地だった。

もとより、冷静に事の外形を見れば、妻のある夫、夫のある妻の間に起った最も陰湿に扱われるべき醜聞の一つにすぎなかった。はじめから成就の可能性はみじんもない絶壁に向って出が、強いて言えば糸子自らさえその完成を希っていなかった。荒寥《こうりょう》とした時代の瓦礫の間に全くあやまって芽ぐんだ一粒の愛情という悲哀をこめた名を与えて煽情しながら、はじめからはぐくむよりも痛恨の苦い涙の餞《はなむ》け場を求める気持で見戍って来たのだった。

それとなく観察していた傍の者がその陰湿さに眉をひそめるのに糸子自身案外平気ではたの目を見かえしていたのは、それだけの距離と傍観性とを糸子が終始もちつづけていたことに外ならない。

とはいえ、三十すぎて生活の失望に黝《くろず》んでいる心の器が、束の間の泡のような興奮ながらこの限りない歓びと飢えと悲しみとを剰さず盛り得たということは、まだ燃えさかっている旺《さかん》な生命力の実感として何と偽ることのできない歓びだろう。

だんだん険しく迫ってくる息苦しい時世の壁に押し狭められて、社会への希望が萎えてしまった心のすみずみまで、これほどみずみずしい光がみち溢れたことも近頃かつて覚えない歓びであった。

とはいえその相手が、あの吉田半吉であったことの寓意を糸子は省みなかったわけではない。

糸子ははじめ、この選挙応援を正夫にたのまれたとき選挙というものの猥雑さをあれこれ思い描いて気がすすまなかった。

特に、満洲事変が硬着して以来、時世は次第に引きつった緊張をしめして、政治運動にも一種の時局と馴れ合った時局型が現れはじめていた。ただでさえ埃っぽい選挙に、そういう時局型が手放しで活躍する風景は、思っただけでも気持がざらざらした。そういうことがなくとも、芸術家気質の者が、政治運動の中に立ちまじるとき味わわされるある種のにがさに糸子はだんだん臆病になっていた。所詮、芸術と政治との運命的な相違だと承知しすぎるほど承知していても、理解するだけではついて行けないものがあった。

「いやだなあ。私は特別演説が下手ですもの。まして、政談演説ときたら、聴衆がやたらに興奮的なことをききたがっているんだから、喋る方はたまらないわ」

「何も政談演説をしなくたっていいさ。下手な政談演説なぞされたら、却って困る位だ」

「貴方はそうでも地方の選挙指導者の気持なんてそうじゃないわ。女を出して演壇で一と芝居打たせる位に考えてるんだから」

「そんな心配はいらないったら。あすこには吉田半吉がいるんだから、そんな幼稚な選挙をやってやしないよ。あれはいい指導者になる青年だ。思慮もあるし、第一性格が近代的で明るい……」

糸子は、時々正夫が自慢する吉田半吉という青年のことをそのときなぜともなく身近に想像した。今まできすごしていたその青年の俤《おもかげ》が髪の毛の色まで伴ってすぐそばにふっと見えた気がした。

尚糸子と正夫とは当面した山口地区の選挙のことをあれこれと語り合った。そして正夫が、山口地区から立った平山の当選を貧しい自分達の勢力の均衡上必死なことと考えている気持にだんだん惹き込まれて行った。夫の希うことならば、無理であろうとなかろうとそのことを自分の肩の上にみんな移しかえてしまいたくなるのが、理窟なしの糸子の気持であった。

それには、糸子に選挙というものを経験させようとする正夫の親心も絡んで居り、糸子自身もまた小さい好意をはなれて選挙の雰囲気を見ておきたい気持があった。

昔一緒に酒をのみ合った頃から時勢は移って、この頃正夫はとうとう伊川千作達の芸術運動から表面はきれいに諒解ずみではなれて政治運動に身を転じていた。糸子もまたその直前にそのグループからはなれた。糸子がはなれたしばらくの後、満洲事変以来の暗迷な時世の圧力で伊川達の集団は崩壊した。皆は一人一人の立場にかえって魚が陸にあがったような面持でくらしていた。

それらの事情の推移につれて伊川千作の気持はまた少しずつ変っているらしかった。以前、も一つの対抗するグループとの分裂のときには、作家は、ストライキや選挙応援などの義務から放たれて芸術に没頭する権利のあることを切に主張した伊川であり、糸子もまた大いに我が意を得たその主張を支持したのであった。

が、この頃、伊川は、頻りに選挙応援が好きになっていた。自分の仕事を休んであちこち応援して歩く噂が糸子の耳にも入っていた。

「旅費さえ出してくれれば伊川も山口県へ行ってよいと向うから申し込んで来たよ。あちらに行きさえすれば、お前一人じゃないからね」

こんども正夫は言った。正夫自身は、東京にも一人当選させたい候補者があって、こちらに心をうばわれていた。

正夫と伊川千作との関係は、もう到底以前のような親身なものではなかった。同じ政治意見を奉じて、くるしい少数派に属している故の思いやりと連帯感情だけはなおのこって同志よばわりしていたにしろ、二人の間にはもう感情的に脈絡が殆んど途絶えていた。

「やっぱり伊川さんも、選挙などの雰囲気に触れたいのねえ」

糸子は自分をかえりみて同じ仕事に属する作家の気持を想像した。伊川は以前船員の経験があり、その題材でかいた幾つもの傑作は、歴史にのこるべきものと糸子は信じていた。が人づてによれば、さき頃、伊川は、多分身辺の芸術感興の欠乏から、近海を航行する汽船の旅客となって船員生活時代のイメージを再現させようとしたという噂であった。

その噂が耳に入ったとき、糸子は何となく自分の肌に鳥肌が立つような思いで、伊川の気持の中に立入って行った。

船員とならずには生きて行く道のなかった、逃げ道のない必死な船員生活での苛酷な経験を、船賃を払う旅行者の生温い立場の上で再現させようとは——糸子自身にとってもひと事でない足掻きであるだけに糸子は、ただ「ふうむ」と考えぶかく嘆息した。

それにしても、「自分は労働者だ」ということを高揚した労働者作家の精神的な足場が、芸術に没頭するための諸条件の充足と一緒に溶け去ってしまうという労働者芸術の悲劇はどうして回避したものであろう。糸子の襟元にはそくそくと寒い風が吹き込んだ。

だが、伊川千作がそれを意識して問題にしているかいないかは知らないにしろ、その低迷の根元はそれだけではあるまい。

ファシズム、ファシズムという暗い警報があちこちにきこえる時世がやって来てから、糸子達の派の作家達の上にも言うに言えない重い雲が低迷していた。それは目に見える検閲制度や、ジャーナリズムの動向などの形でもあったが、もっと目に見えない重くるしい声のない壁でもあった。

以前、伊川や糸子たちの作品が叫んでいた切実な生活と社会への叫びは、ごく稚いものであったが、それを叫ぶとき社会のどこかにこだまのようにその声に答えてひびきかえすものがあることで支えられていたようなものだった。年が若かった糸子などは、あとで考えるとそのこだまをあてにして言うべきことを半分しか言っていないような未完成品を調子にのって投げ出していた。書き加えられるべき残りの半分は、賛成的な読者がよむとき主観内に鳴りひびく共鳴音で補ってくれるのであった。

所が、いつのまにやら、そのこだまはやんでいた。

作家一人一人は急に各自の才能を見つめて、あとさきを顧みるようになった。作品は以前どおりの叫びや憤りの姿勢をとろうとしていたが、殆んどの作品の声が、かすれて空転するかぶつぶつとつぶやいているようなものであった。とにも角にも賑やかな怒号をひびかせていた機関誌はとっくに失われていた。

糸子も一人はなれて燃え残っている若さを煽り立てるようにして作品に向っていたが、今まで思いもかけなかった反省や思慮が働き出すにつれて、自分の爪先立った恰好がたまらなく苦になり出した。それほど不自然に爪先立って脊伸びをしても、所詮意気沮喪《そそう》の時代性を一人だけはしり抜けるすべはなかった。

そういう苦しみは糸子一人だけのものではない。糸子は、離れてへだたった伊川が殆んど酒に酔いつぶれてくらしているといううわさをいつも耳にした。珍しく彼の細君に逢ったとき彼女がこんなことを言った。

「あの頃から見ると伊川はまるで人が変ったみたいよ。きのうも、石村さんの支那蕎麦屋に行ったきりあまりかえりがおそいからガード下の方に見に行ったのよ。そしたらガード下に半分泥水へ顔を突込んでねむっている酔払いがあるの。私だってああいう亭主をもっているんだから人ごとじゃないでしょう。ああ、こんな人の細君になっている人はお気の毒だなと思ってひょいと見ると、きている服が伊川の服そっくりなの。まあ！　とのぞいてみると、伊川なのよ。口惜しいったら。思わず涙をぼろぼろ流しながら、三つ四つ横面を引っぱたいてやったわ」

糸子は黯然《あんぜん》として細君と顔を見合わせていた。単衣の不断着だけでも畳んで重ねると一尺五寸もあったあの美しい細君が、いまは着物の裏のようなうす汚い上っぱりを着て、前歯の抜けたところから暗い口の中がのぞいていた。

「石村さんの支那蕎麦屋はどう?」

「だめらしいわ。仲間でみんな呑んじゃうんですって。こないだも屋台の車を溝にはめたまま、路ばたに酔いつぶれていたそうよ」

糸子は、夫の正夫から、この頃石村清次は生活苦のあまり支那蕎麦屋をはじめたが、憲兵隊への自首がときどき頭に浮ぶらしいという話をきいていた。

「そりゃ三年や四年はくらい込むかも知れないが、そうすれば、親爺の遺産の幾部分は継ぐことができるからなあ。それに子供の籍の問題もあるし……」

と正夫に相談したという。

「ばかな! 今更君の年になって——。三年四年くらい込んだ上に二年間入隊もしなくちゃならないんだぜ。子供の籍なんぞ何とでもなるじゃないか」

「それはそうなんだ。それに、家は弟が継いで子供も三人うまれているので、ちょっと遺産の分配も困難は困難だがね」——

糸子はその話をきいたとき、先ごろの逃げかくれしていた気持から自首というある種の積極まで一足とびにとんで行けた石村の意識の背景としての時勢を痛切に思わされた。それにしても、近づきもできない遠方から、実家のありさまをそれだけ探り、遺産分配まで一応考慮してみた所に、石村清次の動揺がひょっとすれば実現しそうな危険が現れていた。

その頃、伊川千作がひょっくり糸子の家に遊びに来たことがある。

伊川は酒はないかというさもしい目で台所をのぞき込んだりしながら、

「痛快だなア。俺は五・一五事件の裁判の記事は毎日たのしみによんでいるんだ。毎日の俺の唯一の感激なんだよ」

「――？」

夫の正夫は、とぼけているのかほんとに伊川の言葉の意味がわからないのか無言でたずねかえしている。その前からずっとつづいて五・一五事件の青年将校たちの公判があった。彼等は国士の口調で、資本家の横暴を罵り、疑獄などの例をあげて政党の腐敗を攻撃した。そして、その論理から青年将校蜂起の必然を導き出して痛論していた。新聞は、特に大きいスペースをとって、造りつけの誇張的な標題で装飾して、彼等の陳述を詳細にしるした。彼等の風貌や態度の描写は、そういう将校達に花束でも捧げているかのような調子であった。明かな犯罪者賞恤《しょうじゅつ》であることは皆承知しながら世間はそれを少しも怪しみはしないのだ。

長くジャーナリズムにたずさわった人間である以上いかなる手つづきによってそういう記事が導かれているかを知らぬ伊川でもあるまいに――糸子はそばにきいていてそのとき、腑甲斐なさで胸が灼けた。

が、考えてみれば、ほかならぬ伊川千作であった。こういう記事の裏をひっくりかえして見ることを知らないほど無智でも鈍感でもある筈がない。

だんだん考えているうちに、糸子の胸には、何もかもわかっていながら、自分のつくり上げた仮拵《かりごしら》えの感情の上で五・一五の青年将校の言葉に激情を湧かせている伊川の二重の心象が影絵のようにうつって来た。

たとえそれが真相だとわかっていたとしても事物の裏を事毎に引っくりかえして見る人生観の孤独と寂寥に或る作家が疲れはてたという事実に無理があるだろうか。特に時世が時世であり、周囲の気流は逆へ逆へと方向をとっていた。

伊川は恐らくそれをいつわりと承知しながら、肯定よりもやせさらばえている否定の側からその事実に迫って行く努力に倦き倦きして放棄したのであろう。伊川はとりわけできない芸当とできる芸当とのけじめが廓然《かくぜん》としている人間だったが、空恍《そらとぼ》けるという芸当は彼のよく試みる家の芸なのであった。

きっと伊川は、将校等の出発点が社会主義とは似もつかないファシズムであるという箇所は、狸寝入りで通過したのだ。そうまでしても守らずにはいられなかった芸術家の感性のいとおしさ辛さ――。

「ああ、こんな時勢に生れた芸術家などであったことは何という不幸であったろう――」

糸子の咏嘆は、いつのまにか自分に向けられていた。

空恍けるという能力のない糸子の場合では、現実の波は真正面から打って来た。伊川が伊川なりの苦しみようで心の飢に苦しんだように、糸子も糸子なりの苦しみようで、心の飢に苦しんだ。

特に糸子は、正夫のような政治運動者の妻として、夫の派の政治的動向とない合わされて表現された現実の前にいや応なしに立たされていた。

つい先日も、糸子はふとトロッキーの回想記をよんだ。それによればトロッキーもレニンも百人や二百人の民衆をかき集めるために苦しんだことはなかった。糸子はこの本の主意でもないこのことにいたく打たれて考え込まずにはいられなかった。トロッキーの現実、レニンの現実にくらべると、日本のあらゆる民衆的なムーブメントの困難さは、殆んど絶望的ではないだろうか。

戦争気配と一緒に正夫達の集団ではわずか集っていた人々さえこの頃では一人へり二人へりして一握りの人間が指導者の周囲に集っているだけであった。

糸子は、自分の家の机の前にいて夫や夫の先輩たちが固いコンクリート鋪道を鶴はしでカチンカチンと掘り起すようにして大衆を一人ずつよび起しているのを見ていた。重労働とどこか共通するこの辛さとむごたらしさがそのまま日本の二進《にっち》も三進《さっち》も行かない世智辛い現実の現実感なのであった。

糸子は、いささかの自己意識と社会に対する目をひらいた妻として、こういうことがわかる苦しみを夫から頒っていた。あらゆる同化力の強い日本の妻が悲しくそうである如く、夫の事業がいつのまにかそのまま糸子の意慾の表現でもあった。

糸子は、自分の心を仮托した夫達の事業の渋滞を自分の心の渋滞に移して苦しみ、夫の挫折で自分が挫折した。といって、夫と一緒に出て行ってその意慾の実現のために夫と勇ましく肩を並べて同じ仕事をする型でもなかった。そうするには、あまりに感情の贅肉がつきすぎていた。何も問いは発せずとも、夫なるが故に夫に信頼をよせ得た過去の女の型と、男と並んで同じ理智で現実を割り切って行ける未来の女の型との間をいわば中途半端に糸子は動揺していた。動揺しながら、自分が直接手を下しているのでないだけに当の夫よりも単純に強く現実の渋滞と挫折を身に感じないではいられなかった。

一方ではどう散らしようもない鬱屈した夫の現実に向き、一方では削きとられるような自分の心の飢とじかに向き合っていたその二三年間、糸子はこれという芸術上の仕事もせずに悶々と過した。

こういう困難な時間をいくらでも堪えている底強い牛のような夫の性格までが、いつのまにか糸子の心にかぶさってくる現実の一部分であった。

糸子は空気のない場所にいるように苦しんだ。

とうとう、糸子の一筋な心はある機会から、これらのあまりに密着しすぎた心の重荷を一度に肩からおろしてしまいたい逆転の瞬間を感じるようになった。それらの現実が存在するのはやむを得ないとして、せめて、それらに触れず見ないことで心の均衡と平安を保ちたいのだった。

糸子は、さんざん喘いだ末、自分にとって一ばん大きい現実であり、取りはずしのできる現実である夫との家を破壊することを考えはじめた。彼女はある弾みをつけた勢で、二人の家をたたむことを夫に主張しはじめた。驚いた夫が何と言っても、心の外側へ甲羅のように鎧った決意ではねつけた。

小さい家はたたまれた。よけいな家具はたたき売り、隣人に貸し、人に施し、塵捨場にすてた。氷水をつくる鉋《かんな》まで買いそろえて正夫を喜ばそうとした小まめな妻の心は、そう逆転してしまうとかえって大きくバランスを失った。

大抵の女にはできない思い切った仕打が、今まであれほど忠実であったという事実に裏打させてできるのだった。

夫の正夫は、糸子の一方的な決断を憤り悲しみながら、若さからの公式で糸子が家庭を呪う大義名分には抗し得なかった。

彼は暗い顔で駅近くのアパートにうつることにした。糸子もそのアパートに近い宿屋のはなれをきめて、一人だけのとき放たれた朝夕を描いた。

とうとう荷物ははこび出された。室のすみの鴨居の角にさし渡したまま忘れた二尺物差を最後に正夫は兵児帯へ刀のようにさしてトラックにのり込んだ。

糸子のかりた離室とトラックとの間を正夫が物差を腰にさしたまま荷物をもち運んでいる姿を、糸子は心で慟哭しながら眺めていた。しかし、外側の糸子はどこまでも強かった。最後にトラックにのこった銅の手洗鉢をどちらがあずかるかについてさえ、真剣に唾をとばして口論した。やっと正夫を言い負かして、彼のアパートにもって行くことにして出てみると、運転手は、それをのせたままさっさと運転して去っていた。

銅製の器具を価値以上に珍重する日本庶民の伝統を糸子も多分にうけついでいた。糸子はこんな悲壮な首途《かどで》に於いてさえ、それを失ったことを残念がるみみっちい気持にも心を貸していた。

荷物を分け終ると二人は挨拶とも、いままで毎日見交わし合った何気ない日常の見交わしともつかない目ざしで一寸見交わし合った。正夫が自分のアパートに赴こうとして戸口に出て行く背中には、人間のありとあらゆる感情を圧縮してつめ込んだ無表情があった。

糸子は、正夫が路地の敷石をふんで行く足音に耳をすまし、今が自分の生涯のある旋回の角目であることを実感した。はじめて痛切な涙を目ににじませながらその日の日記を長々とつけた。こうはこぶ以前にもまして絶望ににじんだ文字がペン先から生れて来たのは我ながらふしぎであった。

糸子の方は食事つきであった。が、正夫は外食だった。しばらくの間に正夫はどんどんやせて行った。

糸子は朝起きると正夫のアパートに電話をかけた。また出かけても行った。日に三回行っても正夫が不在だったとき、糸子は、いらいらして窓の方にまわり、鍵のかかっているあたりの窓ガラスをひろった石でたたきこわしてそこから手を突込んで鍵をあけた。

室内には一緒にいたとき気づかなかった男の脂肪の匂いがし、見なれた衣類が彼の体の表情でだらりと下っていた。

糸子は、硝子の破片で切った手の甲の血を拭いもせず机のそばにすすんで行って、この頃の夫の気持のあり場所や、夫の当面している事業の進展ぶりなどを、どこかからぷんぷんかぎ出そうとした。

室内には目立って本が少くなり、机の上の新しい原稿用紙には落がきらしい横文字や人名が無意味にかきちらしてあるだけだった。

本をうり、じっと煙草をのみながら会話の代りに楽書をしている夫の姿が泛んでくると糸子は胸を抉《えぐ》られるように居苦しくなった。

そうして、こうまでしても自分が夫との生活を区別しなければならなかった論理を、急に自信のなくなった目ざしで心にまさぐるのだった。それは、たしかに、霞のようにとらえ所のない感情的な根拠だった。一寸気持の角度を移動させただけで一切の糸子のあがきは滑稽で意味のわからない一系列の脈絡と化すのであった。

こういう糸子の心の中のもがきを知らない糸子の女友達たちは、糸子が正夫に電話をかけている姿を見て斬新な夫婦生活の形式を見出したように言った。糸子はそれをすぐには反駁もできず、七色も八色もの色合いをもった自分の心を見つめていた。

といって、伊川千作や石村清次などが自分の気儘な家庭生活の生ぬるい温度になれた目で正夫に同情して何か噂するのには、猛然と心が逆立った。

しかも、同情されている正夫が不愍で、糸子は人の知らない涙をまた流した。やせて、何となくけわしくなった正夫の人相は不本意な彼の政治的な事業にさらに焦躁の隈どりを与えて糸子には映った。やたらな苛立ちで掻き濁したようなものだった二人の周囲は、澄みかえってみると、やはり以前どおりの不如意で二人のまわりにあった。

糸子が正夫から、山口地区への選挙応援を言われたのは、こういう谷底の気持の中でだった。それは、昭和十二年の正月であった。例年になく東京は雪が多かった。電燈線は雪のためにたびたび切断して停電になった。糸子は、山口地区に発つまえの忙しさで、ろうそくを三本も灯して仕事を急いだ。

彼女は暮の十二月から、政治運動者たる夫の正夫の性格を対象として、時流とてらし合いながら、妻という立場に囚われた愚かしい一人のインテリ女の心情を縷々《るる》とかいていた。

誰も訪れる者のない深夜の古びた離室でろうそくの火は吹いても吹いても紐のように長くなった。糸子は、化物のようにゆれる赤黒い光の彼方で、女が男を愛するということにある量り知れないさまざまな意味を見ようとしていた。愛したということを事の極致に置いたいままでの文学をいわば出発点として、糸子はそのことの中に入って行こうとしていた。女は、男が理智で探ろうとする人生の実体を、愛してみることでさわり当てようとする所がある。糸子は、それに搦《から》めたひたむきな小説をかき上げた。それを出版屋に渡してから、正夫に送られて東京駅を発った。

汽車が京浜地区をはなれると白い雪の中から、青い麦の穂先きが錐のようにぽつぽつと突き出しているのが目につき、名古屋近辺では雪のない茶褐色の冬景色が糸子の感興を動かした。が近江地方にさしかかると、風景は忽ち変って畑も土手も農家も緩い丸味を帯びていっそ温かそうにふかふかした厚い雪に掩われていた。灰色の空からはなお、灰色の雪が目まぐるしく落ちて来た。糸子は、動く汽車の腰かけで、もう目前の見聞を正夫へのハガキにかいたほど快活な旅をつづけて山口についた。

何となく心の目あてにして行った吉田半吉は山嶽地帯を巡廻中で、糸子は候補者平山の親戚に宿をあてがわれた。早速演壇に出ることになった。が東京で心配したとおり、糸子の喋ることとは殆んど演説として形さえなさなかった。糸子はすべての牆壁《しょうへき》の取除かれた民衆の海のただ中に小さい一個体として漕ぎ出している自分をいやおうなしに感じさせられた。賛成でも反対でもない公平な民衆の恐しさ。

この一二年来の世間とのまじり合いで、糸子は自分の身が無形に抱いていた僅かな領土が次第に風化のような力で少しずつ世間にかき去られて行っている不安を感じつづけていた。その最後にのこされた僅かなものが、いま演壇の上で奪い去られようとしているようだった。

糸子はしもたやの二階に坐って救いのない気持の地色の上に、自分の姿を泛べてみたり東京の混沌をはめ込んでみたりした。

正夫との結びつきも、いくつかの場面を要約した切ない何枚かの画面となって他人事として見えた。何故に糸子のような女はあんな息苦しい道ばかりを選んで人生を歩んで行きたがるのであろう。そのことまで辿って行くといわれのわからない絶望が古めかしい室の中に舞った。

ある日この二階に、出張からかえった吉田半吉がひょっくり挨拶に現れた。ここでの滞在の三四日目であった。

糸子は二言三言口をきくと、少くともこの青年がのぞかせている透明な部分だけは見てとった。糸子は、選挙戦の忙しいただ中の時間をわざわざこんな所に挨拶に来る必要があったのかという末端から溯って、この青年のふしぎな軽い持味にじっと膚でふれた。

そうして、最初の一と目に感じた本能的な失望をすぐ現実へのある諦めに持ちかえて、つまりこれでよいのだろうと思いかえした。

この日から、糸子は吉田半吉と組み合わさってフォードの古自動車を青い海ぞいの農村に乗り入れた。糸子は、彼のかるい才気にみちた演説を最初はやはり軽い苦痛できいた。彼は意識しているのでなく本能で、時局と合致できている人間であった。彼は時局の中で生れた個性なのだ。糸子は、自分と彼とをへだてた溝の広さと深さを思った。糸子は彼と軽く口を利く気にはならず、何となく顔をそむけて次の会場のある村に自動車をのり入れた。

山口地方の農村は多角経営で冬が暖くきらきらした新しい自転車で小学校に通学する少年少女たちとよく自動車はあぜ道で出逢った。家々は手入れした塀をめぐらして新しい桐簞笥が煤ない農村が日本の平均的な農村ではない。糸子はこの農村が日本の平均的な農村ではないことを知った。

けた室内のあかりのように外から見とられる。糸子はこの農村が日本の平均的な農村ではないときびしく拒む心の一とつづきで、こんな農村の空気と食物とで育った吉田にもやはり峻拒《しゅんきょ》をもちつづけていた。しかし、二日たち三日たって見なれるとその拒む心を片隅にしながら、次第に吉田のもつ持味が、農民の中に淡く快く溶け込んで行くのに見惚れる気持になっていた。自分に到底できない一つの芸が彼にはごく自然に身に備っているのであった。

糸子は、その日の予定が終って二階に引きかえしてくると、毎日のでき事を丹念に日記につけた。吉田半吉の印象も、一人きりの机の前でも一度反覆されて日記にしるされた。

糸子は、一日に散らばっていた彼の印象をノートの三十行ほどに要約してみて、自分でも気づかなかった自分のある感情がそのうらに濃縮されているのにおどろいた。

それからの毎日の日記は殆んど吉田半吉の印象でいっぱいになった。糸子は、日記の中で要約された自分の感情を教えられて、逆に煽られた。

しかし、吉田と一緒にがたがたのフォードにのっている糸子は、ますます憤ったように横を向いていた。彼はむずかしそうなインテリ女の沈思など深く気にもとめず大ていぐうぐう睡っていた。

女というものは、人生の起伏を愛情の照明で探ろうとするものらしいということは、前から糸子が自分を覓《もと》めて得ていた結論であった。今も糸子は自分が吉田を愛してみることで、彼の性格の実体や、その背景としての時代のあり場所をさわり当てようとしていることを悟った。

知ったから愛すのではない。知りたいから愛すのであろう。

糸子は、一人だけの心の中で狂わしい舞を舞いながら次第に片隅へ追詰められて行った。東京の正夫にも打明けて、助けを乞うような手紙を出した。その間に、選挙運動は終った。最後にかるい別れの宴がささやかな旅館でひらかれた。糸子は、その宴で、相山や伊川とも顔を合わせた。

田舎青年の吉田半吉は、中央から来た相山や伊川や糸子の筆蹟を子供のようにほしがった。例によって伊川は、「万人が菓子をもつまで一人も菓子を食うな」と達筆で以前にも増して誇らしく記していた。かつてはよい洋服をきて、たら腹酒をたべ酔ってかいたその文言を、こんどはぼろ服をまとって生酔《なまよい》でかいている。糸子には切実な感慨があったが、いまそれを味っている心の余裕はなかった。

糸子は、憔悴した頰で、水ばかり呑みながら席につらなっていた。自分が色紙をかく番にくると、糸子は一生涯にまたと出るまいと思う勇気をふるって、吉田を室外によび出した。

糸子はこの地に来てから書き溜めた日記のノートをだまって彼に渡した。彼はいぶかしい顔でその日記をひらいてよみかかったが、五六行目に自分のことをかいた磁気のある言葉に出逢うとはっと躓いたようにバタリとノートをとじて何気なくそれをもったまま室に引返した。彼には若く美しい妻があり、ここに来てから糸子もその妻と二度逢っていたのであった。

糸子と相山と伊川とは、その晩発って、大阪から劇作家相山の奢りで紀州に寄った。紀州の二夜の伊川のふるまいは糸子の当惑とおどろきだった。糸子が、うしろにのこした吉田への感情に溢れて汽車中寡言だったことを敏感な伊川は鋭く気づいていた。急に糸子の中に十人なみの女を発見しているらしい伊川が、糸子にはいくらか笑止であった。

しかし、それをわらう気持のあとから、ひょっとすれば、昨夜のできごとは彼一流の糸子に対する侮辱の方式ではないかとも思ってみる。年はたち、時勢は変っても、二人のわかり合えない二つの芯だけは鉛筆の芯みたいに細いけれども尚並行して存していた。

汽車ははしっている。伊川は浜松あたりで煙草をほしがって相山にその金を求めた。相山がポケットの財布を渡してそのまま便所に行くと、伊川は、糸子にかくすでもなくかくさないでもなくその財布の中から、煙草代金のほかに札を一枚すっとぬいて自分のポケットに移した。

糸子は、それをだまって見ていた。金銭と伊川。恐らくこの問題でも伊川があれから波瀾《はらん》重畳《ちょうじょう》の心の経験をつんだにちがいないと、その瞬間糸子に思われた。伊川の住んでいる近くにいる若い作家の話によると、一昨年某社が出版した選集の印税を伊川は全部貯金して、日常に必要なだけずつ下げに行くことにしてあった。彼は、自分でその使に行って下げてくるたび帳面をひらいて「ああもう大分へってしまった。じきなくなってしまう。どうしよう」

とつぶやいていたという。

糸子には、この彼が金を銀行に貯えるということさえ信じられない奇蹟のような話であった。以前、糸子や伊川達のグループと対立的なグループの中にいる労働者出の作家が貯金で家を建てたという噂が伝って来たとき「貯金プロレタリヤ」という綽名《あだな》をつけたのは、外ならない彼であった。

それもこれもすべて時世の軸が否応なしに一廻転したことを語るさまざまなのであろう。しかし糸子は、もうこの種類の新しい事態に、おどろく新鮮な心の鏡を失っていた。伊川が伊川の軌道で変って行ったように、自分もまた自分の軌道で変って行きつつあることを、どうしようもない今であった。

相山が所用のため国府津でおりたときから、いや応なしに糸子は、伊川一人とさし向いになった。相山がいなくなると二人は、前以上糊づけされたような硬ばった空気を押し合っていた。沈黙の底には微かな毒気が匂っていた。それは、ブロンズのような彼の表情から絶えず放たれているものだった。気がついてみると窓外は雪になっていた。

湘南の駅あたりで派手やかなコートをきた若い女が雪でぬれてのり込んだ。彼女は落付かない面持で窓外を眺めたのち便所に立って行った。やがて彼女がかえって来た所を見ると、コートをぬいでたたんで手にもっていた。

そのコートも、下からあらわれたきものと羽織も、着物というものの刺戟を極度に強く含んだ生地と模様であった。

糸子は、あるものをあるとおりに承認しなければならない無数の日常経験からただそれだけの着物の印象を別に追求もせずに目をそらして伊川と向き合っていた。

すると伊川が急にはげしい憤りを現して、

「この女は、汽車の中でまで衣裳をとりかえるんだね。大したもんだ」

ときこえよがしに言った。糸子は、びっくりして、常識人らしくはらはらした。男の大ざっぱな目で、コートをぬいだのが、きものの着換えと見えたのはありそうなことだった。それはそれだけのことでよいとして、糸子は、彼の妻が、昔いつもこの女以上の盛装をこらしていたことに連想がはしって行くことは仕方もなかった。

糸子は、そればかりの理由ではないにしろ、だまって答えなかった。その糸子の顔を見ると、さらに伊川は不機嫌を増して、だまり込んだ。

汽車はとうとう東京駅についた。汽車がスピードをおとしてのろのろ走っているときから、糸子は、夫の正夫が移転のとき物差を腰にさしたきものと羽織をきて、雪だらけのまま石村とつれ立ってホームに立っているのを認めて胸を突かれた。

正夫は、少からず酒気を帯びて柱のかげに立っていた。糸子は蒼ざめた顔をして、裁きを待つようなしおらしさで伊川のうしろにしたがっていたが、心の中には昂然としたものが頭を擡げていた。

「糸子」

正夫は感情のぎっしりつまった声で糸子をよんだ。前に立っている伊川は透視したように無視して、

「色々話はあるが、あとにする。さっき、X新聞社の神川が電話で、けさから軍隊が蜂起して丸之内を占領していると言って来た。丸之内といえばこの辺だ。とにかくこの駅から出た方がいい」

そこから、渋谷の方に別れる伊川と石村とに別れて、夫婦は中央線にのった。糸子が正夫とともに顔を合わせたがらないのを、正夫は理由も知らずに便利なことと思っているらしかった。

「どうも、こんどは五・一五よりは少し大変らしい。どういうことになるのかな」

「ねえ、私考えてるんだけれど、室にかえらない方がよくないかしら。油断していると危険よ」

「しばらくかくれて様子を見るか。そのことは俺もさっきから考えていたんだ」

正夫の意見で宿屋に行くことにきめた。

〔初出：「中央公論」1950（昭和25）年7月号〕

結婚行路

その結婚の経験でみると私は、自分を置いた所に深く根をおろしてしまう人間であるらしかった。挿木しても、すぐつく安直な強い樹木みたいなものらしい。夫の木下とは、二年ほども、互に別れるためにもがき合っていた。もう二本の樹木のように、二人は全くべつべつな精神生活をしていた。が、言葉にも言現せない気持の根だけは、共同の居慣れた大地の中で、全然区別のない一つの地盤に生きていた。

朝起きると、彼はくすんくすんと鼻をならしながら新聞をよんで、一言も口を利かずに朝飯をたべ終る。

が、夫婦というものは口では拒むように沈黙しても、お互の発する小さな物音ででも呼びかけ合うものであった。二人の意識は、二つの固い殻をつくっていたが、木下の鼻を鳴らす声で私は彼に知らされているようなものだった、彼の気持がいま、皿秤の指針で言ったら零を指す平静にいるということを。それは、そのままが私にもうす甘い平和であった。私は、薄い茶碗をいじる金属音で、やっぱりそのよびかけに答えている。

その小さい借家の台所は、一畳のあげ板の板の間があって、流しのたたきはそこから一段おりた所に半間の簀《す》の子をおいていた。私はそこに立って、今洗った、大小一組の茶碗を布巾で拭いている。夫婦の茶碗を大小に差別して一組をつくった最初の俗人には、罵っても罵りつきない憎しみを覚える。が、その大小の差あるが故に厄介な夫婦という一と組が表現できているということには、何かちらりとやはり悲しいものがあった。大河のような伝統の流れと一枚の笹っ葉の舟のような自分。

木下は、やがて、くすんくすんと鼻をならしながら自分で靴を磨いてどこかに行ってしまう。そう毎日どこに行くのか、私は一度もたずねたことがなかった。が、たずねなくとも、やがてたずねたのと同じに行動の骨組みはわかってくる。やはり私達は夫婦なのだからだろう。

彼は家を出ると、私の家も全く同じ型のとなり家の窓外をとおって露地に出る。と、そのあとから、となり家の養子の山田が玄関を出る音がする。二人は、そこいらの停留所で待合わせて毎日映画を見たり、釣堀に行ったりしているのだ。株式店か何からしい山田の会社は、疾《と》くに潰れてなくなっていた。哀れな彼の妻と姑とは、山田が毎日会社に出勤しているものと信じて雑巾をかけたり、ブーツを洗って干したりしてくらしている。彼女等にはそのほかに、結核でねている十八ばかりの弟息子《おとむすこ》があった。ちょうど、棺桶のような形をした長四畳の底に、彼は皺だらけで貼りつくようにねていた。掛布団を掛けている時には、平に置いた布団だけで彼の容積は全然見えなくなった。それほどやせさらばえていた。ときどき泣く声がみみずのなき声みたいに細くきこえてくる。

養子と言っても、この家に財産があるわけではない。同じ会社の女事務員に迷って、一時の情熱から、養子でもよい、親兄弟も見てやろうと軽率な約束をしたはての成行だった。彼の両肩にのった姑と弟との負担から理由のない憤りの火花が発する。彼の帰宅する時間には、きまって、玄関の天井に蜘蛛《くも》の巣があるとか、障子が破れているとかいう怒声が長屋中にひびきわたる。その怒声が私の木下の帰宅の合図でもあった。木下もその怒声の刺戟から自分の家の天井にも蜘蛛の巣はないか、という目で節だらけの天井を見ることは見る。彼の中でも、山田と似た感情がいくらか呼びさまされるらしい。そういう世俗は卒業した思想人でも、人間は案外なところで世俗とつながっているものなのだ。

私は決して彼の顔は見ない。釣堀で鯉を釣り上げたり放したり、また釣り上げたりすることは、釣る人間にとって愚かしいだけでなく、釣られる鯉にもずい分ばからしいスリルであるにちがいない。そういう迂廻をさせる彼の虚無の思想の価値を私は全然認めていなかった。彼と同じ地盤に心の根をおろした妻の努力で一生懸命に認めようとしたが、私の生きひろがろうとする楽天主義がどうしても認めさせなかった。そこから彼と私との乖離ははじまったのだろう。彼に言わせると、私は全然思想の陰影のない日向葵みたいに陽に向くだけの女であった。が、私はまた私で、彼の思想の浅いあげ底を覗いていた。そのくせ、私の心は、根元のところを彼と無条件に結び合っている。

山田と木下とが親密を結ぶようになったそもそものきっかけはある日、山田の家に来て家賃の滞りをどなった家主がつぎに私の家に来て同じ文句をどなった故の共同感からだった。弱気で家主をいつも恐れている木下は、その偶然に何か助力を得たように喜んだ。その喜び方は、正直で幸福でいつもの思想のポーズがなかった。

木下にとってはある思想ポーズから択んだ貧乏の筈であり、山田には不可抗力の貧乏だが、案外二人の気持はそんな思想の廻りくどさをぬきにして一致していた。思想から貧乏を択んだときの仮構性は見失われて、いつか招きもしないほんとうの貧乏が山田の運命と大差なく向うから襲来しているのであった。

ある晩おそく立派な服を着替えてかえった木下は、山田と一緒に東北へ旅立つ事を簡単に言渡した。小さい軽金属の鉱山を任せられたという手短かな話であった。例によって言葉寡《すくな》く言ったが、一言一言はうれしさで音譜のようにおどっていた。私も気がるに喜ぶべきなのにその弾んだ得意顔を見ると唇がわなわなひきつるのを覚えた。

「るすの間にお前も何とかしてくれい」

私は不覚にも不意打ちをくっていた。

彼の短い言葉いっぱいに含んでいる含蓄が、私の横面を手痛く打った。彼を送出して一人で戸締りをして棺桶のような長四畳にねて考えると、短い言葉の意味が、私の運命全体を掩う大きさにひろがっていた。

私は未練で泣いた。篠つく雨のように涙はふり注いだ。天地にとどろく大声で呼ばわって、その運命をよび戻したかった。言葉はなくとも二人が交流していると思ったのは、私一人の居馴れた習慣からの一人合点だったろうか。そんなむなしいものに凭れかかって、危い火弄《ひあそ》びのように二人の乖離をたのしんでいたのだったろうか。

が、涙が乾くと、さすがに、雨後の爽かさの心の中に、二人の関係の本筋が見えた。天と夫の与えた機会はいまであるらしい。そうさとると、こんどは、その未練の力で、知人友人に離婚を知らす手紙を落葉ほど沢山出さずにはいられない。離婚は既に大過去の文法で表現されていた。

この年になる間に、いくらか私の中に体系をつくった現実叛逆の思想が、私の芯のこの空洞を埋める力をもたないとは何と嘆かわしいことであろう。……

が、それから半年もたたないうちに、私は新しく婚約していた。すべての女にとって再婚が過去の批判であるように、私にとってもそうだった。私は、新しい結婚という実践で、そうあってはならなかった過去の誤った部分を訂正してみたい気持であった。熾烈にその誤りを正したい抱負が、つまり新しい結婚を求める力なのだった。私が新しく誼《よしみ》を通じた井上は、一言でいえば万事が木下と反対の人間だった。

木下が、すべてを疑い否定して友人、同志をはなれ、遂には自らの体さえすくめて行ったのと反対に、井上は、何にでも可能性を見る人間であった。それは、社会のいろいろな動向に対する思想だけでなく、たとえば私と彼と共通な友人の家で、花札であそんだ時にもはっきり見出された。彼は、手持の一枚か二枚の役札にも大きい成功の夢をみて、決しておりようとはしない。時々彼の自信におそれをなして皆がおりてしまってから彼の札を見ると皆よりもずっと悪い滑稽な手であった。彼はいつでも出て、大負けをする。

私は、彼に対する好意でほほ笑んでいたが、決して初婚者のような単純な微笑ではなかった。私の目の裏には、花札を弄ぶとき三度に二度はおりてくすんくすんと鼻を鳴らしながら陰気に一座を見つめている木下の憔悴した姿がふっと泛んでいる。木下は木下のやり方で、結果はやはりいつも負けていた。

私達は、いよいよ結婚することになった。私は木下に事の次第を端折って書送って、自分の荷物だけ引きとることにした。この荷物を井上の小さい借家に送りつけた日が、結婚の日となる筈である。井上は、年下の友人と二人で住んでいたが、友人はその日かぎり別な室にうつる手段を講じてある。

とうとうある日私は井上をよびに行って、二人で自分の家に引返した。しかしここまではこんでくると私はふしぎに心で躊躇していた。家に引返す道々、私は頻りに後悔した。やはり私は愛情ではないけれどもすぎ去った木下とどこかで物理的につながっていた。再婚はいろいろな点で初婚の延長であった。一たん契った男と女とは、半永久的に断ち切れない鎖で結ばれるものらしい。私のすぐれない顔色にさっきから井上は気づいていた。

私が、もっていた鍵で玄関の戸をあけようとすると、戸のすき間に一枚の電報が挟まっている。「母急死すすぐかえれ」とその電報にはかいてあった。私はその文言におどろくよりもさきに、井上が「嘘だ、贋《にせ》電報だ」と感じているだろうことに気持はさき廻りして駛《はや》って行った。

しかし、人生にこんな偶然はあり得たのだ。私はその場で支度をして、山田のいないとなり家にるすをたのみ、井上に送られて駅に駈けつけた。夜中汽車にゆられて、朝、青い山並みの見える駅におりたつと、私にもいくらか疑問だった母の死は、動かしがたい実在の感じで眉につんつんと迫って来た。私は汽車の煤煙で黒くなったハンケチを顔にあてて、泣きながら、俥《くるま》にのった。それからの一週間は、きのうまでと全然ちがう物柔かな、虚礼にみちた騒々しい日々だった。沢山の支柱で支えられた郷土の生活を見ると、一本の綱渡りをしている自分の東京生活が真剣勝負の寒い実感で思われた。私は母の死を悲しみながら、やさしく撫でさすられている心地だった。

ある日、近所の子供が使いに来て、紙片を私に渡した。私がなにげなくひらいてみると、「町外れに待っている。ちょっと来てくれ」として木下の略号の「木」が紙のはしに記してある。忽ち、私は、ガンと鳴るいくつものドラムの間にいる心地となった。木下が——木下が——

私には井上に対する義理がツンと光のように射し込んだ。頑なに逢うまいと思ったが、そこまで来ているという現実を、どう処置したものだろう。私は、姉にだけだけれど、新しく結婚する意志と事情をかいつまんで話してあった。

しかし、前夫がそこまで来て待っているという不体裁は、郷土の雰囲気の中で見ると、どんな悪徳よりも不潔で致命的であった。率直な人間の感情よりも、人間が誰もこういうことをしないということで、田舎の秩序は組立っていた。卑俗な常識にも促されて、私は木下をかえすために行かねばならない。実際そのとき私の心では、仄かな彼への思いは却って押しつぶされていた。しかし、それだけの気持かといえば、そうでもなかった。

私は、紙片をとどけた子供に案内されて、町外れまでうそうそと歩んで行った。木下は、行ったときとはちがう見すぼらしい洋服で道ばたの雪をふんで立っていた。白い布団をかぶせたみたいに、物の形を何でも丸くする郷土の積雪と木下との組合わせは、やはり不似合いで都会的な殺気を帯びた。彼は私がとった処置でその後承知している筈のことを、織り込んでいるのかいないのかわからない無表情だった。

彼は話があるからと、私を町中の宿に案内した。ここまで来た以上、そこまでついて行くのは自然だった。私は自分の身の上を話し、その後の彼の不如意な事情もきいた。木下は、井上とのいきさつには案の定、そう感情を動かさなかった。この人のいやなくせの一つである皮肉で、「そうか、じゃあ、井上夫人、一献どうだい」と酒を注したとき、ちらと気持の裏をかえして見せただけだった。

しかし、その晩、私はこの宿に泊ってしまった。何と説明しようもない無動機からそうしてしまった。木下をなだめて引きとらせるためであったかと問われても、そうだとは言えない。彼と何年か一緒に過したという慣習の力が、その年月に比例した力強さで私をそこに押しやったとでもいう外ない。翌朝彼に東北までの旅費を渡しひどい敗北感を抱いて、私は葬儀のあと始末の家にかえった。が、やはり、昨夜の恥辱はそう鮮明な印象ではなかった。いままでにもあった自己の不潔さと濁りとにちょっと触れたほどの実感であった。私はいつもこの位の自己の不潔さに堪えて生きて来ている人間であった。

私は、やがて東京にかえることにした。井上に電報を打って夜汽車の東京行にのった。黒い窓外の風景を背景にして、窓硝子には車室の風景がそのままうつっていた。その硝子のむこうに、も一つ同じ室があるかのようにうつっていた。その硝子の中にいる自分自身の脂ぎった顔をずっと見つめながら、私は東京についた。

夜の長い冬のことだったから、駅についてもまだ暗かった。霜を含んだ空気の中に、白い羽のように汽車の水蒸気が吐き出されているのが清潔でなにか悲壮であった。井上は、約束にもかかわらず、駅に出迎えていなかった。

私は新婚の新出発の朝から井上が出迎えの約束を破っていることで、この結婚の前途を占って見たり、ここで疚《やま》しい顔を見られないことを、結局都合よいことに思ったりした。

人生がこの程度のシンセリティで生きていてよいとはさらさら思わない。しかし、私は、色々なやみがたい力に引張られている自分を宥恕《ゆうじょ》する勝手な気持に傾いていた。が、彼が出迎えないのが、あの刑罰の一部分であると思えば、彼の迎えないのを恨む心地もさらさらなかった。

私は、いくども暗がりで溝にはまったりしながら、彼の家についた。彼と友人の山浦とは、一つの布団にくるまって、まだねていた。道々、いくつもに分析したり綜合したりした彼の出迎えない事情は、ただ、単純な時計のないということだった。彼等は、私の出迎えのため早くねてまだ終電車まえに一度起きて、駅まで行って、大笑いでまたねたための失敗であった。

私の顔を見ると、友人の山浦は、早速ズボンをはいて、布団もたたまずに間借りの家に連絡に行った。二人のねた床はずっと、そのままで、井上が食事の支度をしている。

私は、そのしき放しの床を意識して遠くにきちんと坐っていた。見えない警戒心を甲羅のように羽織っている自分は、木下とこないだのような不潔を敢てできる人間であるらしくもない厳粛な表情であった。

やがて、食事が終って、二人は、木下との家に荷物をとりに行くあのときの手続きに続くわけであった。私はやはり、何となく井上と二人きり室にいるのをさけて、外で井上の支度ので き上るのを待っていた。

そのとき、荷物をとりにかえった山浦が室に入って行って井上に、

「やったか？」

とたずねたのが外にいる私にも筒抜けてはっきりきこえた。私は、赫くもならずまっ正面から「お面」のようなその言葉を顔ではっしと受けとめた。家の中では井上が、

「ばかっ！」

とてれかくしにどなっている様子である。これが私達の新婚第一日であった。やがて苦にした夜になっていた。

私達は新婚らしい格別なさざめきもなく、夜の床に入った。やがて井上が何かの動作に出ようとしたとき、私は、大きい声で、

「一寸待って下さい！」

と叫んだ。それが、どういう気持からだったかを意識する余裕はなかった。が、明かに木下の幻影がそのとき私の額に閃いていた。それは、勿論愛の対象とか、肉体の慾望の対象としての木下ではない。私は、愛情が枯れても、私の中に尚深く棲息している木下をどう取去りようもないのだ。

恐らく、木下が東北に去らなければもっとつづいたであろうあの生活での気持の配列は、いまもそう大して変ってはいないらしい。もう既にここに私の気持が根を生やしてしまったということは、愛情問題から距った場の別な次元の問題に属する。

愛情とはかかるものであるとは、エレンケイも書かなかった。それならば、やはり私だけの特殊なことだろうか。私ははじめに自分を置いた所に深く根をおろしてしまうとくべつな人間なのだろう。

私は井上とさし向いで食事をする。私は木下との無意識な比較で井上のたべ方を見ている。

井上のうしろにはうすい点線で木下の影像が重ねて描いてある。ときどき、井上が木下とちがう動きをするたび、井上と重っているその影像は、離れて、はっきり二個にわかれる。こんな女心を井上は想像することもできないにちがいない。

私は、井上の世界観の楽観主義に何よりも共鳴していた。彼の言行を自分の心の表現と感じるとき、私は、井上と全く絡み合った一人の人間であるかのようであった。

私達は恋愛の自由について話し合うこともある。愛している間は熱烈に愛し合う。が、もし、一朝にして不幸な奇蹟が起ったときには——そういう盟いをし合うほどには、私達も尚若かった。が、こんな公式はほんとに通用するだろうか。最初に愛し合うということはよいとして、その次から、その生地には染色がのこっている。それはもう愛という鮮明な美しい色合いとはちがう汚い褐色であるけれども、何かの痕跡であることはまちがいない。

このこと以外の考え方では私は進歩思想の共鳴者であった。私はこんな発見をまたいでいろいろな事件や仕事につながって行った。

その間に、私は二度だけ木下と逢った。一度は井上のいないとき、私の荷物にまぎれ混んだ先輩の手紙を受けとるためにたずねて来たのであった。彼は、頬がこけて、うすいひげを生やしていた。そのつぎには、あるビルディングのエレベーターの中でやっぱり彼はひげを生やしていた。

私の記憶と実際の彼とはもう大分ちがっていた。私は、私達があの頃住んでいたあたりをよくバスでとおるのに、迂闊にもそこがあの同じ型の貸家のあった所だということさえ、長い間知らずにいた。人間の記憶というものはこんなものかとおどろいた頃から、私は、木下の影像をすっかりうすれさせていた。

何年かすぎていた。その間に、木下は、新しく結婚して、交通事故で死んだ。

その噂を人づてにきいたとき、私は、なぜともなく、自分の責任みたいなものをふっと感じた。がそのくせ彼を悼む心よりも、彼を失った夫人と逢いたい切実な要求を感じた。

彼女は、木下との関係では、つまり私であった。私は木下をなつかしむよりも、彼との関係での自分をなつかしがっているのだった。も一人いるこの私と同じ経験から、何かきいて、自分の記憶の色上げをしたいのであろうか。しかし、ああこれでせいせいしたという感じも争えない。長い間に、私は木下の記憶に苦しんで、いっそ死んでくれと悪魔のように希ったこともあった。死んだときいたとき、その希いが何ものかの手できとどけられたのか、とそのまざまざとした作為にぎょっとする気持でもあったのだった。

が、また何年かたっていた。そこに立って過去の経験を見渡すと、もはやすべての記憶は薄れて遠くなっていた。ある人から金をかりたという白茶けた記憶も、ある人を愛したという銀色の記憶も一様に灰色をかぶせて遠ざからせてしまう歳月の暴力の前にはひとたまりもなかった。

私は、もうずっと前からまたここで根を生やしていた。がこれは、木すべてが根を生やすふてぶてしい生やし方であるかも知れなかった。私は、木下には絶対に一度も見せなかった自分の太い脛《すね》を、井上の前では臆面もなくめくり上げる。

「どう、これで私が洋服きないわけがわかったでしょ」

が、わあとおどろくかと思った井上は、

「知ってるよ。まず、普通の女の倍はあるね」

そう言われると、いっそ会心の笑顔でカンラカンラと笑う方が、てれてはにかむよりも私には早道だった。私は、また裸でタオル一枚で前だけかくしながら彼の書斎に何かとりに行く。

その私の肉体の形が全く崩れてしまったように、私たちの、形のまとまった二人の精神といったものも、もう日常生活の中に没し去っているのだろう。彼は、長い間、私が婚約後、木下と宿屋に泊ったことをゆるしていなかった。が、許さないままそれも忘却の中に掃き込んでしまったということは、許されないということよりも一そう悲しいことであった。

しかし、こうなっても尚、すべての対立が夫との間から消え去ったのではない。相牽き合う神秘としての男女は二人の間から消え去っても、家族としての男女や、社会の対立物としての男女は、その一片の形で、ありありと二人の間に残っていた。若いころから、その分量は少しもへっていない。

「とにかく、男って勝手なものね！」

誰か一人がこういうと、私の家にいる二人の女たちが一様な笑顔で井上の方を見る。若い間はそれにも反撥する自信と向う気のあった彼が、ただ、ちょっと目を光らせるだけで、弱々しく目をそらす。この二人ともが離婚者であることも私には一つの感慨であった。彼女等の心の中にどんな記憶が往来しているか、それは人にたずねられても、答えられることではない。

〔初出：「文藝春秋」1951（昭和26）年9月号〕

お風呂

松子と伊木はその晩も一緒にふろに入っていました。

——ついでに申せば、松子と伊木はいつも一緒にふろに入るのです。

ちょうどふろ場の外に小さい物置があり、その向うにとなりの便所の窓がありまして、ふろに入っているときどき、その便所に人が入っているしるしのあかりが、ポツポツしたダイヤガラスにぼうっとオレンジジュースの壜のようににじんで見えます。

あるときもとなりの大人が便所に入っているのに、松子達はふろ場で大声に喋っていたらしく、

「お宅じゃ奥さんと旦那さんが一緒におふろに入るのね」

と奥さんが家の女中さんに言ったそうです。「お羨しいことですね」位の言葉がそのあとにくっついていたかも知れません。となりの御家庭にもちょいといわくがあるらしい様子ですから。

「うふん」

と松子はわらっていました。それを伝えた女中さん自身もわらいました。なぜ松子が伊木を

さそってふろに入るかは、この女中さんがいちばんよく知っているからです。

というのは、伊木という男は、夕刊の政治面をよむのに二時間もかかる人間で、その間に誰かが話しかけてもろくに返事さえしない熱心さです。松子は娘の花子に、

「本をよむときにはお父さん位熱心によまなくちゃだめよ」

とつねづね訓えています。が、そういう心の中には、なぜともなく相当ほろにがい皮肉な気分が流れ出ています。こういう伊木の性格に、松子は惹かれて二十何年つれそって来たわけでしょう。が、いまや、その言葉に皮肉を託して喋る心境が訪れたわけです。

そう松子に言われる花子もまた、

「わたし、何か買って貰いたいときには、お父さんが新聞をよんでいるときに言うの。新聞をよんでいるときには、どんなものをたのんでもみんなうんうんと言うんですもの」

と言います。こないだなぞ、松子がそばできいていると、「ピアノ買って――」と大それたことを言っていました。そのときも伊木はやっぱり「うんうん」といいながら新聞をよんでいました。が、あとで、「うん」と言った、言わない、の親子げんかをしているのを、松子は、やっぱり、皮肉な面持でわらって傍観していました。

――というわけですから、夕飯後に、女中さんを早く風呂に入れてやすませたい松子は、いつも気をつかってそばから伊木の新聞をのぞき込んでいました。ついでに言えば彼がどこをよんでいるかも、松子には一つの関心事です。が、大した所をよんでいないと見ると、

「さあ、おふろにおはいりなさいな」
「ねえ、おふろにおはいりなさいよ。あとの人が待っているのよ」
「ねえ、ちったあ人の迷惑も考えて頂戴よ」と松子の勧告は少しずつ尻上りに妙な感情でせり上って行きます。

この辺で、「うん」と答えて尻をあげれば、それでめでたしですが、大抵は、
「ええい、煩い。風呂の出はいりにまでいちいち女房に命令されるんだから、考えてみればよくよく腑甲斐ない亭主さ」

と変にこじれて爆発します。松子がきけばこういう咏嘆一つにも夫婦二十年間の歴史がちゃんとたたみ込まれています。こんなことにいきり立つ松子ではありませんが、日本の夫婦は、同権の場合、男は、嬶《かかあ》天下だと信じ込んでいるものです。

そこで、いつの頃からか、松子は、伊木をさそって一緒にふろに入るということを案出しました。五十歳近い女でなければ、考えつかない恐るべき手管です。ことに、この頃の心境では、ぞっと——というほどでもないにしろ——するほど、自分からはなれた思いつきです。

そういうわけですから、一緒にふろに入っても格別たのしいわけではありません。（と言い切っては、これも或いは言いすぎかも知れません。二十年つれそって来たということは、なまなかなことではないのですから。）巾ひろくたくましい伊木の裸体を、松子は晩春五月から十月はじめまでいやという程見せつけられています。裸というものは、本人にはいたって涼しく、

そばの者にはたまらなく暑苦しいものだということを教えてくれたのも彼です。

「お前の体も衰えたなア」

「もうじき五十ですもの。ちったあ衰えもしますよ」

埃が立ちそうな味けない会話です。それが、湯けむりの中で交わされます。が、正直に言えば、湯けむりにぼやかされて、天井の五燭の光で見ると、伊木の肥った体は豚肉のように桃色で、厚いお餅や、厚いハム、厚いビフテキなどと共通な魅力をもって見えます。松子は、それに何かの引力を感じたというのではなく自分が衰えたということの比較として、ある種のたまらない悲哀でそれを感じるのです。……

――と、だんだん、前おきが長くなってしまいました。が、ある宵にも、そうして二人は仲よくふろに入っていました。ところが、伊木に背を向けて顔を洗っていた松子に伊木が突然、

「おい白状しろ」

といいました。

「何を白状するの」

と松子は反射的に言って、石けんだらけの顔を向けました。

「好きだろう。白状しろ」

と伊木は言いました。

「ふうん、そうねえ……まあ好きよ」

と松子は一番不まじめな表情でにやにやとわらい乍ら答えました。

弁天小僧が見破られたときのような表情だったかも知れません。

ああ、しかし、実は、そのことのために、松子はこの日ごろ、娘のように苦しんで来ました。誰にも言えない苦しみでした。

朝食事がすむと、二階にあがって、一度は窓から外を眺めます。電線の被覆はきのうと同じに剝げています。雀は一足とびに屋根瓦の上をとびながら、空気の感触をたのしんで四方を眺めています。

自分がこんなことに囚われている間にも、陽は照っているのだなと松子はしみじみ思ってトタンの庇に置いたアルマイト色の陽光を眺めました。と涙が出ずに、眼の底に何か触りました。この年になると、涙の袋も涸れて古い革袋のように固くなるのかも知れません。

松子はいつのまにか六畳の畳の上を行ったり来たりしています。何にも手につかずに、二時間位はそうして歩いています。

「ああ、もう畳が切れてしまうからやめよう」

と思い、五十ちかい女の分別らしい、とその自分を嘲っているかと思うと、もうまたあの人のことを思っています。

何時間も小やみなく思いつづけたとき、松子はひどく疲れて、心臓がどきどきしました。食物もへり、やせて夜は寝汗をびっしょりかきました。が、汗でおどろいて目がさめた瞬間、やはり思うのはその人のことでした。滑稽な言葉ですが、これが恋患いというのかも知れないと思いました。

松子がいままで読んだ書物には、恋愛があらゆる言葉で比喩してありました。その二つ三つをこの頃思出した松子は今更のように、その言葉の妙味にひどく打たれました。中でも「恋ほど重い荷物はない」という言葉に、手もなく降参しました。もっと美しい、たとえばばらや菫《すみれ》の花にたとえた言葉に感じ入って、年甲斐もなく、その花を頭か胸に飾っているような小恥しいうっとりした気持になることも勿論ありました。しかし、その思いをゴム風船のように、自由に浮揚させないものが松子の中にありました。そのためか松子の気持は、錘《おもり》のように絶えず心の真中に重くぶら下っていました。でもほんとにかついでいる荷物なら、一寸おいて、しばらく休んでからまた担ぐということもあるのだけれど――とそう思って小やみない自分の思いを呪いました。

しかし、それだけでは、まだ五十に近い松子の苦しみは言い得て居りません。

松子はこんなにその中身を苦しんで煩悶しながらも、自分の心の壺が、のぞいて見れば、実は魔法の箱みたいに空っぽだということを知って居りました。

恋愛というものが本来そういう無色透明なものなのか、五十歳の空かける翼を失った心故にそういう恋愛なのか、それはわかりません。が、若いときの恋愛には、盛り切れないほどの中身があったように松子は覚えています。

とすれば、この空虚感は、この恋愛特有の持ち味でありましょう。実は、そうだ、と松子は思っているのです。一体、自分はこの愛情をどう始末しようとしているのか、と思うと、松子は急にそれもわからなくなってしまいます。恐らく愛の甘美さととげられない苦さの予感とが一緒にこね合っているようです。そのために、苦しみはよけいこんぐらかった綾になっているようです。

何をかくしましょう。相手の宇津木は、十五ほど年下の青年です。おまけに、彼の父は外交官で南米のブラジルに長く住んだあげく、現地の商社に勤務するようになりましたので、彼はその土地で成人して、医学を修業し、戦争と一緒に日本へかえって来た、場ちがいの医者でした。松子にある持病があってそれに特殊な注射を試みるため行きつけのH病院から、ここ半年ほど彼が往診してくる間に、こんな気持になりました。夫の伊木もついでに別な病気の注射をして貰っていますので、二人は松子の室で、いつも定期的に宇津木に逢うわけでした。

はじめて、伊木夫妻の家に、院長の添書をもって宇津木が来たあとで、夫の伊木は笑いました。

「おかしいお医者さんだね。ストックホルム・アッピールと言ったら、『それは何のアッピールですか』というんだよ。お前きいたか」

「ききましたわ。まあターザンね。思想的には」

松子は一種生意気な調子で、そんな風に伊木に相槌を打ちました。松子は、その院長とちょっと親しかったので、彼に逢ったことはなかったけれども、彼の身の上は一応きいていたのでした。

二度三度と逢ううち、彼は、マルクスも「尊敬はするけれども」よんだことはなく、ジイドがこんなに日本でもてはやされているのはふしぎ、自分は、ゾラの方法にはあきたらないけれども、ゾラが好き、という今どきの青年には奇蹟のような浦島太郎であることを知りました。

病気の注射をしてくれるお医者さんに、何もこんな話題をもちかけなくともよい筈ですが、どういうわけか、「ストックホルム・アッピール」できっかけができてから、松子の方でそんな話題にどんどん深入りをして行きました。夫の伊木もあっ気にとられて、はじめはただきいていることの方が多かったのですが、やがて、親しくなってくるにつれて、抑制できずに彼自身の思想的な立場を話の間にだんだん露出させて行きました。それを見ていると、この三人の間でさえ、松子は、伊木の言葉にだんだん息苦しくなって行きました。

彼はこの日頃軽躁で雷同的ないまの日本のインテリゲンツィアの傾向に反対して、一つの戦いを挑んでいました。それが戦いであるからには生半可ではいられず、この一二年ぐんぐんその傾向をつきつめて行きました。

松子は智的な職業をもつ人間として、前から伊木の思いつめた思想的な立場には、そばで見ていて同情していました。が、松子の性格として、彼にちょっと同情したと自分が自覚したときには、伊木の思想で、がんじがらめに呪縛されていました。そもそも、松子には伊木を愛したということ、それどころか伊木を夫としたということ、そのことが、伊木のもつ思想性格すべてのものを、ぐんと自分の肩に引受けて担いあげてしまうことでした。そうして、自分自身は、どこの肉片一片を切ってとってみても、伊木と寸分ちがわぬ色と質との人間になり変って居りました。しかもその瞬間から、自分の中に独自の垂直と水平の感覚が生れて、いつも伊木を対象に伊木に向いて傾斜している自分を、測量し詰《なじ》りつづけて居るのでした。

松子は、どんな思想にも囚われていない、白紙のような宇津木を見ていると、今さらのように伊木の偏執的な立場が見直されました。また、伊木をそこまで傾斜させて行ったもう一方の、現代インテリゲンツィアの偏執をも考えあわせました。

この息づまる二つの固執の中にあると、この二つの精神に全然縁のない無智にも似た宇津木の無意味が、松子の心をとき放ってたのしく呼吸させてくれる立派な一つの意味であることに気がつくのでした。松子は、ほっと救われていました。――と思ったまでは、自分の気持の道筋を辿ることができます。が、そのあとは、もう、一面にまっ黒のべた塗りで何も見えません。光の窓も換気口もない窟《あなぐら》みたいなところに、自分の本意でこうしろと押されてからとび込んだも同然でした。一つのトンネルを出てほっとしたと思ったら、また次のトンネルというところです。

伊木を愛していたが故に、伊木の思想の中に自分という固型までとけ込ませずにはいられなかった、逆の順序で、こんどは宇津木の無意味の魅力の中に、首まではまり込んで、気がついてみると松子は気息奄々《きそくえんえん》になっていました。そうして、とにも角にも、そこに到る道筋には、何かの思想らしい道標が見えて居りましたのに、それからは、おかしいほどそこいらの年上のいやらしい恋人そっくりになっていました。

それはちょうど、伊木と夫婦であったが故に、まるでぬかるみにはまっている如くに伊木のおかみさんであるのとそっくり符合していました。

松子は、宇津木の来る朝の時計が九時になるとそうっと箪笥の前に行きます。何故ともなく箪笥をあけて着物を出す音が隣室の伊木に憚られるのです。泥棒が着物を盗み出す時と全く同じ手つきで、自分の着物を出して、鏡の前に立つのでした。

松子が鏡の前に立って、しみじみ思うことは、言うまでもなく年齢のことでした。松子の眼で見ても、彼と十二三の年齢のちがいは、たっぷり松子のもう何も憧れのないような骨相に現れています。男女がもし、自分の年齢を中心に、上下に相手の適齢の圏をこしらえるとしましても、とうてい宇津木の圏と接触することはできません。

が、松子は、そのとき、自虐的に老眼鏡をかけました。と、つめたいレンズが眼に近づくのと一緒に、いままでの自分の俤は鏡の面かぱらっととび退いて、今までの年齢に五つ六つ加わった別な松子が、錦紗《きんしゃ》ちりめんのような膚をして、食い入るように自分を見つめているのでした。

ああそのらんらんたる貪慾な眼ざし。

「ひどいオーバー・アクションだ……」と松子はひとりつぶやきました。自分のくるしんでいる恋愛全体が、とても舞台上では見るにたえない演じ過ぎの芝居だとその瞬間に思われたのです。

やがて宇津木が来ます。伊木はジロリと松子のきている派手な着物を見ますが何も言いません。こうなれば、着物の事一つでもそうたやすく言える問題ではなくなりました。唇の上には、鉄の重石が置かれている筈です。

が、伊木の眼ざしに驚かない松子も、宇津木があきれたように松子の着物をしげしげ見ているのを見ると、ぞっと水を浴びた心地になります。伊木の眼ざしの前には、コンクリート建てのように聳えている松子が、宇津木の前では、風の前の柳です。松子は一所懸命に宇津木の機嫌をとります。が恐らく、彼のいないとき、どんなに松子が苦しんでいるか、この青年はのほほんとしていて知りますまい。松子の独り相撲なのです。伊木がとうとうだまって居られずに、風呂場で、

「おい、白状しろ」

と言ったのはこの頃でした。松子はとうとう白状しました。その日から、夫婦の組合い方がガラリと変ったのは勿論です。

伊木は、毎晩おそく外からかえるようになりました。幸いにか、不幸にか、二人が一緒に風呂に入る機会はなくなりました。一人松子はしんみりとして湯をつかいましたが、こんどは、娘の花子が一緒に入ろうと言います。松子がことわると、「ええだ、お母さんなんてお父さんとは入るくせして、私とは入らないんだから——。お父さんが好きなんでしょ。ええ好きだ。好きだ。わかってるんだから。あの顔！　あの顔！」

子供だと思ってうっかりしていると、こんなことを言って、松子をひやかしています。松子

は、ヘラヘラ笑うより外仕方がありません。女中さんも、いくらか夫婦の間のことをかぎつけているだけに、複雑な笑い方をしています。が、たまに、伊木はやっぱり早くかえって来て、

「おい、松子、一緒にふろに入ろう」

と言います。きょうも言いました。松子は、ぎょっとしています。

あの時以来、二人が風呂に入ることには、はじめの目的とちがう、くるしい意味が添って来たわけです。そこで伊木は松子に必ずいや味をいいます。

この頃では、猛った伊木が、体をろくに洗わずに湯舟に入るのを、松子はそばで、何かしら、汚く思って眺めています。これだけでも、微妙に夫婦の気持の推移があるのでした。

「えーい、えーい、また一緒に入るんだ。えーい、えーいだ」

といいながら花子が、ガラス戸を細目にあけてのぞいています。

「こらっ！　寒いじゃないか、しめろ」

と伊木はどなりました。そして、

「もう、やっぱり、何か想像する年になったんだね」

とポソリと言いましたが、急に一オクターヴ高いはげしい調子で、

「俺は新しく結婚することにした。お前はお前の自由にしてよい」

と言いました。

「そう」と松子は言いました。

「どうするんだ。お前もあの男と結婚するのか」

松子は返事をしませんでした。

「解放された。解放された……」

松子は室に引きかえすと、涙をいっぱいためてやっぱり何よりもさきに鏡の所に行きました。それこそ唯一の相談相手でした。

そこには、編みかけの手袋が細い竹の棒をとおしたまま、毛糸のかたまりと一緒においてありました。いうまでもなく、宇津木の手袋です。そのなつかしい柔かさの毛糸のたまを手にとって、「やはりオーバー・アクションかな」と言ってみました。が、実はちがうことを考えていました。

伊木に堰《せ》かれている間はあれほど、切ない思いで、その堰《せき》から洩って流れて行くことを希ったのに松子は何故か、ヒヤリと芯に冷えた一本の火箸みたいなものを感触していました。

「これほど、深くはまり込んでしまえば、さきは同じようなものではなかろうか。男は結局みんな同じなんだから」

と松子は思いました。伊木あっての宇津木の魅力だということを、客観的に考えられる年齢なのも悲しいことでした。

「またも一人アンチテーゼの男がいるということになり、その次にジーンテーゼが必要であり……」

しかしさきのことはわかりません。松子はその弁証法にしたがって、皺の顔で二階から、これからまた何度か嘆息しながら電線の被覆のはげたのを眺めることになるのかも知れません。

〔初出：「文藝春秋」1953（昭和28）年1月号〕

パリ祭

いまのバスチユは、パリの場末の街である。パリ・コムミュンのとき、盛名をはせたバスチユ監獄のあった場所には、ちょっとした記念碑が立っているけれども、あたりの石だたみにさえ監獄のあとらしい名残りはない。

このあたりはそのころから庶民の街だったと見えてシャンゼリゼエなどとは歩いている人間の種類がちがう。パリの街中ではたえて見ることのないトラックが、白昼ガタガタはしっているのもこのあたりである。

この裏通りに、ユーゴーが住んでいたというアパートが、そのままユーゴー・ミューゼアムとなってのこっている。暗い階段をのぼると、粗末な卓や戸棚がユーゴーありし日のとおりの配置でおいてある。が、室々は恐しい程暗く、ユーゴーが自分でつくったという日本式や支那式の家具も衣類も、経て来た年月にやけてみんな黒っぽく変ってしまった。

この建物のとなりは小学校らしいが、これも古くてそれに運動場というものがない。ちょうど前面が小公園になっているのを休み時間には利用する便利な仕組みらしい。

水野成士と妻のクララとが住んでいるアパートは、ちょうどこのミューゼアムとバスチユの記念碑との中間あたりにあたる。

パリでは、家賃の値上りを法律で厳重に押えているので、ビルディングが新築されているのを見かけることはない。慢性的な住宅難が何年となくつづいているから、権利金だけがやたらにはね上る。水野があの水道のないアパートの五階に住みついてから、もう二十年になるが、北向きの不健康と街路の騒音をそれほどと思わないのも、この頃のばか高い権利金を恐れての感情である。

ちょうど、七月十四日の革命記念祭を二日後にひかえて、街角街角の大きいマロニエの木かげには、踊りの櫓組《やぐらぐ》みがはじまった。一年一度のその日だけ、このあたりが急に祭の本場になって華やぐのを、この頃の水野はうるさいことだと思うようになった。これも生活と年齢との疲れだろう。エトアールの広場に粋な兵隊が戦車を操るその日の観兵式などは、もう十何年となく見に行ったことがない。彼は味気ない思いでバス停留場に向いて歩んだ。

彼は三年まえから、造花の問屋に知合いができて、手がるに室でできる造花で室賃位は払えるようになった。それにときどき日本からくる観光客や会議出席の学者、政府の高官などを案内すると、たべさせて酒をのませて貰った上に、千五百法《フラン》もの日当をくれる人がある。「タラマン」というパリ一の大キャバレーの裸女がキラキラしたキャルマタで大見得をきるとき、天井からふってくる日本絹の花は、全部彼の関係した問屋から行く品物である。水野は日本からの客を案内してここに行くとき、花が落ちるくだりになると、何となく顔をそむけて、見ないことにする。思いがけない所に自分の生活が露出しているのは、徹底しているようでもやはり辛いのだ。

妻のクララももうことしは四十の坂を越えた。が、神経痛をしのんでやはり小さいレストランのウエイトレスをしている。

どうやらして、二人が寄り添えば食えるということで、一緒になってからの二十年が夢のようにたってしまった。時には、ふとしたきっかけから行きずりの異邦人に一生を与えたフランス娘のクララが、たまらなく不愍になることもある。が、学問の前途を棒にふり、故国をすてて、クララへの愛に殉じた自分を思うと、また何か茫々として虚無に引きずり込まれるような気になることもないではない。

しかし、水野は、生活の本筋の意識としては、彼女のために前途を擲《なげう》った自分を肯定している。

彼が、パスツール研究所に国費で留学したのは、二十二、三年まえであった。彼は日本のおくれた細菌学に寄与する青年学者の客気《かっき》にもえて、はるばるあつい印度洋からスエズをこえて、マルセーユから汽車でパリに直行した。コロンボを過ぎるときに、これがアジアとのお別れかと、しばし熱帯の青い波のうねりを、甲板から見下したが、前途の希望はすぐそんな郷愁を吹き散らした。再びここを故国に向けてとおるときの晴れがましい期待で、彼の心はどんな感傷をも受けつけなかった。

しかし研究所に入ると彼の自負はいやというほどたたきつけられた。ことに最初の一年間は、細菌学の広さと奥行きに途まどいして、研究の前途を思うと眩暈さえ覚えた。それに言葉の不自由も手伝って、感情は少女のように痛みやすくなった。夜など、ねようと思いながら下宿《パンション》のかたいベッドに腰かけてセーターもぬがないまま、何故ともなくさめざめと男泣きに泣いたこともある。

一種のホームシックのたぐいにちがいない。金のある留学生仲間は、こんな時期にたえる方法としてフランの廉いのをよいことに、凱旋門のあるエトアール附近のいかがわしい女のところにさかんに出没した。

しかし、水野はそんな余裕もなし、もしあったにしても、故国の国費をそんなことにつかうことにおそれを感じるかたい人間だった。

そんな心の空虚に、毎日行く近くのレストランの給仕女のクララが忍び込んだのである。彼女はジャンダルクの伝説の多いオルレアン近くの果樹園の娘で、継母の恐しさに、家出してこんな所に住み込んで働いていた。

ヨーロッパでは、レストランのひらく時間がきまっているので、ひる飯の時間をすぎると夕方まで給仕女に用事はない。夕飯も九時ころ終ると、もう自由である。

はじめ、クララが水野のパンションにちょいちょい遊びにくるようになったころ、水野には、何のためにこの少女が、こんなむくつけき日本男のところにくるのかわからなかった。日本には、見えない結婚の掟があって、誰はどの階層から相手を選ぶべきかということが、自分の意志とは別にきまっているのだから、水野には、クララの心は想像もできなかった。

しかし、だんだんパリになれてくるうちに、小粋な黒人と腕を組んで歩んでいるきゃしゃなパリジェンヌの気持が納得できるようになっていた。愛と献身とのあるところ、六十歳の女と二十五歳の男とさえ結びつき得るのがパリなのだ。まことに、パリには愛のけじめというものがない。半黒、四分の一黒の男女が公然と権利をもって愛し合い、子供をうんでいるのがパリなのである。

忽ち、孤独な水野とクララとの間には、恋愛の花がひらいた。クララは、やっと日常の文字がよめる程度の教養しかない田舎娘で、結婚の理想を高くもつのに必要な持参金などありようがない。が、金よりも大切な純情が水野の心を囚えていた。キリスト教で育て上げられた娘の心情は、ちょっと日本の娘にもない、たまらない可憐さだった。彼女は、全く生涯の打算も見得もなく、まっしぐらに水野に寄り添ってくる。はじめは、こわごわと薄氷をふむ思いで手をさしのべていた水野だが、いつのまにか、もうあとに退れないところに来ていた。およそ一年間、水野はとつおいつ考えたが、思い切ってアパートに同棲することにした。

やがて留学の期間は終ったが、水野はかえらずに、研究所の平の雇《やとい》になった。が、そこを出てからは、日本向け貿易商社の仏文和訳をしたり、訪仏日本人の通訳をしたりした。やがて、第二次大戦となって、わずかな生活の根拠は根こそぎ洗い去られた。水野はクララの両親のすむロアール川のほとりの果樹園の下にもぐり込んで、世をしのぶ百姓の手伝で終戦を待った。幸か不幸か、あの辺はドイツ軍に占領されたため、水野はあまりいやな思いもせずに終戦を迎えた。留学の期間が終ったときから、水野と故国とのつながりは一本ずつ切れていた。在仏十年目にはもうかえって来いという便りは、親類からも友人からも来なかった。戦時中は勿論のことだが、戦後も水野の所在は依然日本には不明で、大使館にとい合わせても、在留邦人の名簿にさえのっていなかった。その間、年々歳々、水野の生活は低下して、とうとう造花の内職をするまでに落ちた。しかし、クララがいるからそれを不幸とも感じなかった。

留学期間が終ってもかえらない水野と、本国からの命令を中継した大使館との間にもいざこざがあって以来、彼は一切大使館にも足ぶみしないことになったのだが、終戦後はじめて来た日本の写真機の商社の代理人伊佐が、いわくあるらしい水野を案内人にしてフランス、ベルギー、スイス、イタリーと旅行して、すっかり彼の身の上に同情もし、感心もした。

「鷗外に『舞姫』という小説があるの君知っている？」

水野より十歳ほども若そうな伊佐が、スイスあたりのホテルのポーチで寛ぎながら水野にきいた。

「よんでいません。日本文字というものをめったに見ることがないもんですから……人にはきいていますがね」

「君はあの小説の逆を行ったのだね。日本人には珍しいシンセリティだ」

水野はそのとき下を向いて、頬にはひそかな苦笑を浮べていた。

シンセリティ……だろうか。そういわれては、この気持の値打ちがさがるだろう。しかし、勿論、水野自身はクララとの愛に殉じたことに格別な値打ちを意識しているわけじゃない。値打ちなぞを考えずにこうなったことが、値打ちといえば値打ちなのだろうが、値打ちを思って行動するほど賢明なら、こんな途はとらなかったに違いないのだ。

しかし、この伊佐の親切で、終戦以後は彼をたよって日本からくる旅行者があるたび、観光や商取引の通訳や案内という仕事ができた。

わずかな金でももってかえると、クララの顔いろはちがう。無条件的な愛からスタートしても、彼女はやはりフランス女で、若いときこそ愛ひと筋だったが、この頃は自分名儀の預金も大分できているらしい。勿論水野は見て見ぬふりで、神経病の彼女がつとめ先からかえる九時半には、どんなに忙しい用事があっても、時間を繰りかえて迎えに行くことにしている。

この習慣は、もう二十年近くつづいて、雪のふる夜でも大嵐でも、パリに彼がいる限りは、一度も狂ったことがない。

今日も水野は、伊佐からの電話の命令でこれから郊外のオルリー飛行場に日本の客を迎えに行くところだが、シャンゼリゼエのビバリッジホテルにその客をつれていってから、アヴェニュー・オッシュのレストランに彼女をむかえに行くつもりである。ビバリッジに室をとったところを見ると、客は相当な高級旅行者にちがいない。

「相当大物ですね」

と水野はさっき電話で言った。

「うん、T大の総長でね、医者だが政治もわかる面白い男だよ。ひょっとすれば、次の厚生大臣あたりにかつぎ出されやしないかと思ってるんだ」

もうすでにいろいろな旅行者に出逢っているから、それきりその客に格別な興味もなく、電話を切って支度してアパートを出たのである。水野はバスチユからバスにのった。

日本では、フランスの革命記念日に「パリ祭」という勝手な名前をつけて憧れているらしいから、ひょっとすればその日をあて込んだ甘ちょろいおのぼりさんなのかも知れないと水野は見当をつけて、長距離バスに揺られていた。このバスにのるたび、水野は、クララと同年配の女が車掌台で切符をうっている姿をあわれに思う。

日本ならば、この年配の女がこんなことをして働くことはない。それを思いはじめると、四十でまだ安定のないクララがたまらなく不愍になるのだ。

オルリー飛行場は、パリから相当はなれた郊外にあった。パリ市内では、洗濯物を屋外に干すと軽犯罪法にふれるが、この辺にくると、家々にそれがぴらぴら風になびいていることでも田舎に来たことがわかる。

彼は広場から建物の中に入ってアナウンスをきいていた。間もなく、電報にあった「スイス・

エア」機がジェネヴァからついた。

税関で荷物をうけとった各国人がどやどやと階段をおりて来た。彼は、目印をきいて来なかったけれども、いつも勘で数多《あまた》の東洋人の中から日本人を拾い出す自信がある。反っ歯で、妙におどおどしていて、言葉のできない人間を探せば大抵日本人なのだ。

水野は大きいスーツ・ケースをさげた日本人紳士のそばによって行った。

「東京からいらした山尾さんですか。お迎えに来ました」

「やあ！　有難う。よかったな。出迎えがすぐ見つかって——そればかりを心配しつづけて来たんだよ」

水野はそのとき、ふと、自分の大学の同級にも山尾という男があったのを思い出して、その男を見た。いや、その男の風貌からのヒントで、同級の山尾を思い出したのかも知れない。

彼だ。あの山尾にちがいない。が、山尾の方では、水野がパリでこんな案内人になっているとは、よもや知るまいから、水野は恍けてとおすことに肚をきめて、山尾のカバンをうけとった。

「アンバリッドまで飛行会社のバスがありますが、どうなさいますか」

「バスなぞ——。タクシーをよんでくれ」

日本人はこういうつまらない所で冗金をつかいたがるものだ。きっとそういうだろうと期待していたから、すぐ申し込んだ。タクシーにのると、水野はなるべく口数を少なくしていた。

同期に大学を出た山尾は現職の大学総長で、次の厚生大臣に擬せられている。自分はパリで、旅行者の案内人だ。

しかし、ひとが思うほど、このコントラストは悲劇的ではない。自分は、クララをもっているのだ。自分のために、半生を食堂のしがない給仕女で甘んじているクララをもっている。

シャンゼリゼエまでの道は相当長かった。飛行場を出たとき、例の洗濯物がぴらぴらした所をとおると山尾は、

「これが花のパリかね。それなら、日本もそんなに遜色はないぞ」

と独言を言った。水野はだまっていた。

シャンゼリゼエの二列の太い街路樹の前に、あっさりしたネオンがついているのがビバリッジホテルだった。水野は自分がさきにおりて、山尾のケースを運転台からとった。

立派な英国生地の洋服をきた山尾は、急に水野のうしろになって、ホテルの中に入って行った。フロントデスクで名前をかいたり、旅券を出したり、「何をしてもらってもチップがいるから」という水野の注意で弗《ドル》を少しフランに替えたりした。弗をうけとった老人のクラークは、卓の隅にそなえた螢光燈のような透視器の所に行って、一枚ずつすかして贋札でないかをたしかめる。さすがに大都市の古い大ホテルらしい。

それから室にとおった。山尾はノートを出して、日本大使館をはじめ二三ヵ所に電話をかけさせた。

「大使館から誰かくると言ったかね」

「さあ、別に何もききませんが……」

「怪しからんね、飛行場に迎えにも来なかったじゃないか」

二人はとりあえず、地階の食堂に出て高い定食に葡萄酒をとった。

「君がずっと案内してくれるのかい」

「はあ、御希望ならば——」

水野は、器械的に、案内の条件を言った。こういう所では、彼は完全にフランス人化していた。

「よかろう」

「じゃ、明朝まいります」

と約束して、ビバリッジホテルを出た。

時計を出して見ると、ちょうど九時である。

水野は考えたが、クララのいるレストランまで歩くことにした。シャンゼリゼエとアヴェニュー・オッシュとは、エトアールの放散型の道路のとなり合った一つずつであった。

凱旋門を照らす照明はやっと今点けられた所で、オペラが九時からはじまるパリでは、散歩者もいまが出盛りだった。水野は淋しいアヴェニュー・オッシュにさしかかった。戦前は、この辺の暗がりに女が立っていたものだが、戦争中の弾圧で女の姿は非常に少なくなった。

しかし、この通りに一軒あるカフェの前にくると、やはり、それとなく舗道の卓のはしに坐って、通行人を見ながら煙草を喫んでいる女がいる。やはりあれだ。場所が場所だから、年はもう三十すぎて、きている服も二流品というところである。

クララのいる「レストラン・オッシュ」の前にくると、店の扉はしまっていたが、中からひくカーテンはひいてなかった。

彼は、戸の上の透かしガラスから中をのぞいた。

と、この店の主人のジョルジュとクララとが、レジスターの前に立っていた。何でもない立ち方だが、水野は、それの平常さを認めるのに、三十秒位の時間が要った。

この店では、細君のカトリーヌがコックとして、亭主が二人の女給を指図したり、会計をしたりする総支配人ということになっている。しかし細君のカトリーヌは病身で子供もなく、いつも墓場からぬけ出したような蒼白な顔で、木製の冷蔵庫の扉を来る客ごとにバタンと鳴らしている。

クララの他のも一人の女給はもう五十すぎの婆さんで、客足が少なくなってくると、もうエプロンを首から外してさっさと一人住居のアパートにかえってしまう。

四十をすぎても、まだ若いクララが長年のつとめから店の軸になったのは自然だが、水野はこの日頃、この店の主人とクララとの間柄に、疑問符を置かざるを得ないような姿を二三回見かけてしまった。

きょうも、店の扉がまだひらいていたら、それとなく店のおもてを通りすぎるつもりで来たのだが、扉はしまっていた。勢い透いた硝子から覗くような不様なことをしたのも、その疑問が二六時中水野の胸を去来しているからに外ならない。

水野は、覗いた硝子のそばを一たんはなれてから、扉をたたいた。

「ミジノ?」

といつものクララの声がして、中から扉があいた。

「涼しいわねえ」

「ナイロンのカーディガンでも持って来てあげればよかったね」

「それほどでもないわ」

二人は表に出た。いつのまにか腕を組んで、バスの方に歩いていた。勿論水野はさっき見た光景について何も言いはしない。彼は、いつものようにクララの腰を抱いて、バスにのせてやった。

その晩水野は、妻に秘密がもしあるとして、それにどう対するかをおよそきめた。いや、この疑問が最初胸を去来したときからきまっていたのだ。クララのために一生を与えたという誇と満足とが、いま自分から取り去られたら一体何がのこるだろうか。クララそのものを失うのよりも、その誇を失うことは自分の精神構成上には重大である。目をつむれ。目をつむって生涯の事業を全うするのだ。——

翌朝の水野の寝ざめはいつもより決してわるいものではなかった。彼は起きて、階下まで水を汲みに行って台所でコーヒーを沸かしながら、まだベッドにいるクララのため、痛い足にタオルをあてて揉んでやった。

「きょうは『七月十四日』の前夜祭ね」

「そうだ」

「今晩のかえりには、サクレクールのお寺にでもお詣りしましょうか」

「わるくないね」

水野は彼女の足を揉み終ると彼女を抱き起して、かるく接吻してやった。菫いろの目をしたクララは、髪の毛が亜麻色でちょっと男を牽く腋臭をもっている。この肉体の中に自分の青春の墓場があるのだと思えば、どうして簡単に事を割り切れよう。

「クララお湯が沸いたよ。顔を蒸さないか。きょうは前夜祭だ」

水野は台所に行ってクララをよぶ。彼女は、たらりとした日本ちりめんの室着を寝巻の上に羽織って、ベッドをおりて来た。

顔を洗ったクララに改めて接吻すると、きょうはどうして朝からこんなに情熱的なのかと妙な顔をして水野を見る。

「ああ僕は幸福だ。こうして平和にことしもまた『七月十四日』を迎える。マリア様に申し上げておくれよ。よい妻を得た日本の男が一人バスチユのほとりで感謝しているって――」

クララは横を向いて、コルセットを台からとりながら、

「そうねえ……」

とうなずいている。その菫色の目の中にどんな光が途まどってゆれているかを見せたくない

のだろう。

アパートは、扉をたたきつけると鍵がかかる仕組みである。二人は五階の階段を、腕を組んで一階ずつおりて行った。表に出ると、もう街角では、きょうの前夜祭の音楽がはじまっていた。

「おもしろいことがあるよ。クララ。きょう案内する客は大学の同期生なんだよ。大学総長でしかも次の厚生大臣の候補者なんだってさ。ところが、同じ同期生の僕はパリで『タマラン』の造花つくり……」

クララの目の菫色は、これだけの物語では何の反応も示さない。

「しかし、僕にはクララがある。大臣や大学教授よりもこの方を僕は選んだんだよ……」

水野はクララの目をのぞき込んだ。それでも反応を示していない。この無表情はどういう意味だ。決して無感動を意味しないことは、組んでいる腕が急に硬くなったのでわかる。

恐らく、気の小さいクララの魂は、怖《おび》えて、固くなってふるえているのだ。

アヴェニュー・オッシュに入るエトアール広場の入口でクララと別れて、水野はシャンゼリゼエを急ぐ。いま店をひらいたビストロの表にはもう踊の輪ができて、マンボズボンの女の子と男の子が抱いたり離れたりしながら、水野の知らない新しい踊りを踊っている。街全体がざわめいておのぼりさんの姿がひどく目につくのも、今日だからだろう。

ビバリッジホテルの山尾は、すっかり服をつけてぼんやりと椅子にかけていた。

「何しろ何もわからないので、手も足も出ずだよ。食事だけは、会話の本のそこを指して室にはこばせたがね。あの半月形のパンは大したものだ。あの技術は日本に輸入する必要があるね」

「さあねえ、気候や水の問題ですから――」

と言ったが、くる旅行者もくる旅行者も似たようなことを言うのでうんざりする。

「ときに、変なことをきくが、便所にふつうの便器のほかも一つある便器はあれは、どういう……」

水野はめんどうくさい気がして下を向いていた。

「けさ、あれを使ったら、つかえて実によわった。ボーイをよんだら、何か言って、ぶつぶついいながら出て行ってしまったよ」

「あれは、便器じゃありません。男女のあのあとに使う洗滌器です。ホットオーターとコールドオーターとかいてありましたでしょう」

「へへえ！　おどろいた。さすがはパリだ。そんなものまで……これこそいいみやげ話だな」

彼が、そのことにいつまでも感動しているので、水野はきょうの日程の打合せもできず、高笑う山尾の顔を見ていた。

そのうちに伊佐から電話がかかった。彼の電話の声は非常に高く、ことに最初に相手を認めた感激の瞬間は、きいていられない胴間声《どうまごえ》だった。こんなことがいちいち気になるのは、つまり、水野がいかに長く故郷の慣習からはなれているかということなのだ。

伊佐との打合せで、とにかく大使館に顔を出すことになった。

「それじゃすみませんが、大使館だけ伊佐さんに案内していただきましょうか。その間に僕はちょっと自分の用事をします」

造花の材料を催促しついでに工賃をもらうため問屋に行くことを勿論言う必要はない。

「大使館から一度ここにおかえりになりますね。それから、ソルボンヌ訪問ですね。いいです。ここでお待ちしています」

水野は時間の打合せをして、伊佐のくるのを待った。

彼が室に入ってくると、二人はまた高声で再会を喜び合って、日本の誰彼の話になった。日本のこととなると水野には興味がなかった。そのうちに、伊佐が水野の方を見て、

「この男がまた面白い男で、日本大使館には全然足ぶみしないんだ。尤もこう甲羅がはえては大使館の保護の外にはみ出しているからね」

「いつからだね。パリは」

山尾がたずねたが、水野は答えなかった。

「おもしろいんだ。柔道の連中も大使館の世話にならなくても大金が入るし、ファンやお弟子が世話してくれるので、ちっともあの方角には行かないらしい。こないだ大使に逢ったら、何人来ているのか全然わからないと言っていたよ」

こんなお喋りをしてから、二人は出て行った。水野は二人のかえるのをまつ間に、まず山尾のスケジュールをたてることにして、デスクに向った。それから、造花の問屋に行くためバス

にのった。が、ふとした気持から、アベニュー・オッシュのクララのレストランの前でバスをおりた。

彼は何となくレストランの表を通って見たいのだ。道の向う側を、まっすぐに歩きながら、ちらと覗く。まだ食事時間にならないので、店の中には誰もいなかった。が、やはり、亭主のジョルジュと、きれいに化粧したクララとが、レジスターの所で寄り添って、夫婦のように腰かけている。クララはめかすと二十八九にしか見えないきれいな肌の女である。これを嫉妬せずにいられようか。だが水野の中には自動的にそれを押える力がある。

この調子なら、細君のカトリーヌも、二人の関係を承知で諦めているのかも知れない。あの蒼い顔では嫉妬も憎しみももう泉が涸れているのだろう。

それに、水野が気づいたのこそこの頃だが、この関係は、もうずうっと前からだろうと判断できる。クララが現実の貧しさを慨《なげ》かなくなった五年ほど前ごろからだと推定しても、思いすぎではないだろう。

彼は一時間の間に用事をすまして、ホテルに引き返した。それから、服装をかえる山尾のそばに立って、女のように肩へブラシなどかけてやった。伊佐はオフィスに帰って、山尾がひとり大使館の車で送られて来たのだ。

「君は……」

と突然山尾がいい出した。伊佐が何か喋ったなと思って、水野ははっとする。

「君は……」

とも一度山尾は言った。が、言いにくいのか、そのまま言葉を途切らして、鏡の中で髪を見ている。水野が自分で打ち明けないのに、こちらからあばく残酷さを思ったのだろう。二人は表に出て、街角に待っているタクシーにのった。さっきの言葉は中途で途切れたが、山尾の態度は大使館からかえってから明らかに変った。それと一緒に、日本の官吏特有の粗っぽいお喋りもやんだ。伊佐が水野のことを喋ったのは確実である。

二人はラテン区で車をすてて、一軒ある中華料理屋で時間を調節してからソルボンヌの構内に入って行った。

たった二十年あまりしかたっていないので、水野は時折ここいらで、昔のパスツールの同僚に逢うことがある。が、きょうは山尾に逢ったためかさばさばして、かえって、ここにくると き感じた昔のこだわりが消えてしまった。

水野は夕方までそこで通訳をしてから、妻のクララの仕事の終るまでと思って、山尾をノートルダム寺院につれて行った。鳩の糞だらけのこの繊細な建物は、写真で見るほどきれいではなかった。

「きょうは早くから照明します。そしたら、非常に美しいですがね」

と水野は興味なさそうに説明した。街角の踊りは大きくなるばかりで、どこから来たのかと思うほどバスは鈴なりである。

「これがパリ祭かね。なるほどね」

山尾も本来はそんなことに興味のある男ではないらしい。二人はあちこち見て廻ったが、水野はたえず時計を見ていた。ホテルに山尾を送り込んでから、九時すぎきっかりに、水野はクララのレストランの前をそっと通ってみた。やはりジョルジュとクララとが向き合って、今日のあがりでも数えている様子である。たまに店が空虚の時もあるが、まさか細君のカトリーヌをおいて、二人でベッドに行くほど図々しくはあるまい。とすれば、そういう方面の関係はどういうことになっているのだろう。しかし、ともあれ二人が他人でないことは、小さい店の中の一挙一動で、水野はいつも観察しているのだ。

水野が表から声をかけると、クララはすぐハンドバッグとカーディガンをもって出て来た。水野はカーディガンをもってやった。

「サクレクールはきっと賑やかよ。あそこのレストランで夕飯をたべましょう。オペラの歌手なぞよく来ているわ」

「うむ」

水野はクララと腕をくんで、街角の溜色のタクシーのところに歩みよる。山尾が伊佐から自分のことをきいたと見えて、きょうの日当をうんとはずんだので、彼のポケットは暖い。

「涼しいから風邪をひかないようにね」

水野は、もっていたうすいカーディガンをうしろからクララにかけて車にのる。ふとプラタナスの梢から大きい葉が一枚ひらひら落ちて来て、ステップに立った水野の肩にさわった。水野は何かの幕切れのような気がして、はるかな広場に照明を浴びている凱旋門の方をふりかえった。

〔初出：「太陽」1957（昭和32）年11月号〕

黒い夫

アメリカ南部のサン・ホアン市のアパートに住むミス・ケリーという独身婦人は、非常に熱心な親日家であった。

きょうも保険会社の勤務を終えたあと、一九五六年型の野暮ったい自動車を運転して、横陽のさす住宅地の中を戦争花嫁の会の世話をするためはしって行った。

手入れの行きとどいた道路わきの芝生が境界のないまま住宅の庭と接続して、全然垣というものが見当らない寛闊《かんかつ》な家造りが道の一方につづいていた。市街を一歩出れば、石ころの間に熱帯草が大きい葉をつけている曠野がひらけているけれども、住宅地では夾竹桃《きょうちくとう》が葡萄酒色の花を点々と緑葉の間に点じて、どの芝生でも申合わせたように自動撒水機が平和に水をそそいでいた。

この広大な乾いた曠野に、緑したたる街をつくった人間の努力は大変なものだったにちがいない。ずっと後には背後地の石油の富がその事業に仕上げをかけたとはいえ、やはりもとはこの土地を開拓したオランダ系移民のたゆまぬたたかいのたまものであった。

ミス・ケリーは、以前この地方にはじめて鉄道を敷設して、鉄道王といわれたオランダ系のジョージ・ケリーの曾孫にあたっていた。が、ジョージ・ケリーは、広大な邸宅と蔵書と美術品と大部分の蓄財を、市に寄付する遺言をのこして死んだため、子孫は、かつての邸がミューゼアムになっているわきに、アパートの室をかりて、狭い間取りに満足するくらしをしていた。その子孫も三代目はオールドミスのケリー一人で、誇ある血統はまさに絶えようとしていた。

当日のプログラムは、戦争花嫁たちに料理の講習をすることであった。彼女は、暇にまかせて、先月来一人一人の家庭を訪問することにしていたが、まだ半分も行かない会員の家庭がのこっていた。が、今晩は、白菊会の全メンバーに日本字の案内状を出してあるから、全員三十名が集ってくれるだろう。

結婚生活の経験のないミス・ケリーからみると彼等はみんな幸福そうであった。人種の障壁をのり越えて愛し合ったその結びつきのかりそめでなさを思うと、それが破れることなどあり得ようとは思えなかった。たまにそんな不幸をきくたび、彼女の世話はピッチをあげて行った。一途で世間知らずのミス・ケリーには、不幸なカップルはこんな会には近づかないものだという日本の社会の常識が通じていないのだ。ミス・ケリーは、いわば、戦争花嫁の陽の当る側だけを見ているのである。

シティ・ホールの小集会室の窓の中では、冷房した空気の中に白い肩をむき出したわかい日本女が何か日本語で喋りながらさざめいていた。

そのうちの一人は、肉づきがたっぷりして、肌が絹のようにこまかく、髪の漆黒なのが、白い肌の色に映えて、アメリカ女など足許にも及ばない魅力の持主である。桂子とミス・ケリーは名を覚えていた。

も一人のせつ子も桂子に負けない桜色の肌をして、鼻が小ぢんまりと形よく高すぎないのがいかにも親しみやすかった。そんな所がアメリカの男性に好かれるのだろうとミス・ケリーは自分の鼻の高すぎることを思いながらひそかに解釈していた。彼女は、アメリカの男性が、自分のような女を独身にさせたまま、外国女の魅力に捕えられて行くことについて彼女なりの自己批判があった。ひかえ目な彼女の気持では、とても東洋女の神秘めいた深さには抗しがたいのであった。

も一人の小菊は、一番英語がうまく、あまりかまわぬ服の着付に、ミス・ケリーはかえってくみしやすさを感じていた。他の若妻たちが言合わせたように夫に買ってもらったミンクの毛皮で肩を掩う頃でも、彼女は小麦色の二の腕まで出した化学繊維の服で会合に出席した。笹っ葉のように吊上った目はらんらんと輝き、高い頰骨はその目ざしの東洋的な不可解をさらに強調するように、顔の形をけわしくしていた。が、三人だけをくらべるなら一番男性を惹く力の強いのは、ひょっとするとこの小菊かも知れないとミス・ケリーは結局思った。小菊には、何かかなぐりすてた奔放さがあった。見るからに体温がぼってり高そうで肌がいつもぎらぎらしていた。

ケリーが入って行くと、若妻たちは礼儀正しく挨拶して喋る言葉を英語にかえた。

ミス・ケリーは、材料を用意してあるきょうの講習に入る前に、彼女たちの家庭の雰囲気を頭に入れるため、自慢料理をきいておこうと思った。彼女は桂子をはじめに指した。

「私の夫は日本料理が大好きでございまして、三十哩《マイル》もはなれたラス・ベガスの中華料理屋まで自分で運転してお豆腐を買いにまいりますの」

桂子の言葉は、こんなことをいう時にも甘ったるく上品で、惚気《のろけ》を帯びていた。ミス・ケリーは、その豆腐をソーヤビーンズのペイスト(というのはつまり日本の味噌のことだが)のスープで煮る料理を穏やかにうなずきながらきいてやった。

次から次から色々な料理が披露された。が、いずれも、日本女らしく、材料をこまかく手入れして、野菜にはあくをぬいたり、ゆでておいたりする繊細な準備が施されていた。ミス・ケリーはそれにも感心して肯いた。

小菊の番になったとき、ふと話題が変って、夫の食物の趣味と、自分の趣味をどう調和するかということになった。小菊は、つまんでいた煙草を、ぽんと灰皿のふちに置いて、

「私の所の話なんて、おきかせしても参考にならないでしょうけれど、まあきいていただきましょう。実はね、私の所では、三人がべつべつに三色の食物をたべるんですの」

「えっ、何と仰有いました? 三人て誰と誰なんです」

誰かがききとがめる。

小菊は声をおとして、

「私と姑と夫ですわ」

「へえ！」

という感動には複雑なニュアンスがあった。アメリカで息子夫婦が親と一緒にくらすのはきわめて珍しいことである。彼女は、アメリカくんだりまで来ても姑づとめの軛《くびき》を負っていたのかという微かな同情に似た感動がその一つ。しかし、そればかりではない。彼女が、その姑と夫から自分の食物だけを区別して、自分だけべつの食物をつくってたべるとは、これはまた何という強さだろう。

「御主人、何とも不平おっしゃいません？」

誰かがきわめて常識的なことをたずねた。

「ええ」

小菊は、一種の眩しそうな表情で、ミス・ケリーの方を見た。目だけは、その瞬間にも、表情のつつましさを裏切って、不敵に光っていた。

ミス・ケリーは微笑していたが、小菊の言葉を必ずしも正当に解釈していたわけではなかった。そんな不可解な夫婦親子の在り方は、彼女の想像に絶していた。

「日本にそんな習慣があるのですか」

ミス・ケリーはたずねた。

「いいえ、まさか！　日本だったら三日で離縁ですわ」

と彼女は嘯《うそぶ》いた。

その時から、小菊の言うことが、他の皆と何かしらちがっていることが強く印象づけられた。ミス・ケリーは無邪気な興味をもって、いちいち彼女の言葉に耳を傾けた。

料理の講習は終って、彼女たちは、汚した皿や鍋をキッチンの湯で洗った。ミス・ケリーも一緒になって、ルウのついた皿を自動洗滌器の噴出する湯の上にふせてならべた。厨芥《ちゆうかい》を砕いて流す器具をのぞいていた小菊は、癇癪を起してつかえた芥を手でつかみとりながら、

「アメリカって、何でも便利にできていると思って来たんですの。しかし、これなんぞ、私の宅でも故障ばかりで実用にはなりませんわ」

とミス・ケリーをかえりみた。

「まだ改良の余地がありますね」

ミス・ケリーは穏やかに受け答えた。しかしケリーには、小菊の不平のことばが、一厨芥器よりももっと別なアメリカ生活の何かに対する不満のようにひびいた。ミス・ケリーは、どんな瞬間にも、アメリカ生活が彼等にどんな印象を与えているかを見ようとしているのであった。

小菊の現実の不満はどんな種類のことなのだろう？　ケリーは知りたいと思った。

そのうちに、桂子が白いハンドバッグをもって近づいて来た。

「ミス・ケリー、アイアムソリー……」

「わかっていますよ。立派な方だわ」

ミス・ケリーは、さっき、表にすばらしいビュイックがとまるのを見ていた。桂子の夫の貿易商が車で迎えに来たのである。つづいて、四五台の迎えの車が入って来た。

彼女達にとっては、もっとも幸福で得意な瞬間である。ミス・ケリーは微笑しながら、表まで見に行った。彼女達は、ミス・ケリーに握手して、夫に扉をあけさせながら乗り込んだ。

そのときミス・ケリーのうしろで、誰かが気味わるい一人笑いをしているのに気づいた。

「おや、コギクさんの所お迎えはまだなの」

ミス・ケリーはその一人笑いにギョッとしていた。そしてそんなことを思わず言ってしまってから、しまった、と自分の軽率を恥じた。ひょっとすれば彼女の夫には車がないのではあるまいか。微妙に他のメンバーとちがっているカン所は、そこだったのかも知れない。

「いいえ、ミス・ケリー、うちも迎えに来ていますわ」

「そう、よかったわ。さようなら、御幸福にね、またお目にかかります……」

ミス・ケリーは握手してから、どこに小菊の車があるのかと檳榔樹《びんろうじゅ》の木立の間をのぞいた。が、電燈に照らされている構内には見えなかった。

しかし、ぼんやり立っているミス・ケリーの耳に表の道路で車をかえす音がした。小菊の夫はあんな所に車を置いていたと見える。中に入ってくればよいのに。

が、小菊がのってはしり出した車を見ると、黒人のたくましい男が運転していた。小菊は、運転台にその男と並んで坐って、誰か見ていはしないかと、シティ・ホールの方を見ながらはしり去った。

彼女が、黒い夫を同国人の花嫁仲間に見られないため、夫の車を構内に入れさせないよう、夫と打合わせてあったことは明らかだった。

ミス・ケリーは、小菊の心づかいを憐んでしばらく考えていた。が、結婚せずにいられない程愛し合った二人に、尚そんなよそよそしい見得があったのかと夫婦というものに新しい発見をした心地だった。

それにしても、彼女の夫が黒人であったことは、いま考えてみると全くさもありなんことだった。いろいろな場合の彼女の言動を思い起すと、彼女が、その秘密——である筈はないのだが彼女は明らかにそれを一つの秘密として大切に守っていた——をめぐって、複雑な面持をしていたのが思い当る。

姑が同居しているということで皆意外な面持をしたとき、ミス・ケリーは胸で、黒人社会ならアメリカでもあり勝ちなことだなどと思ったことを思い出す。

小菊と夫のカーク・フランクリンは、サン・ホアン市から十哩のニューシカゴという小タウンに住んでいた。この近くに自動車工場ができて、三間にキッチンの小住宅が建ったとき、一番さきに入居した。それ以来その近所は全部その工場につとめる黒人労働者に占められることになった。

小菊は、この新建ちの煉瓦づくりでも故郷の厚木の農家からみると文化的で勿体ない位だと思っていた。しかし、外から扉口を入って行くと、何かしら獣皮のような匂いがする。そのときもう小菊の機嫌はわるくなる。強いて言えば、彼女はこの結婚を悔いていた。彼が黒いということをのろっていた。カークと同じに真黒な姑は、朝からキッチンで気味のわるい粉をねって何か菓子をつくる。カークは、カークで、夜は血のしたたるビフテキをたべなければ気のすまない男である。この室の匂いはその脂の匂いかも知れない。彼は小菊の機嫌のよい時のほか、彼女に料理をたのもうとはしなかった。自分で、何かいやな匂いのする脂で厚い肉をやいた。

小菊はそのとき大抵知らんふりをしてアイロンかけなどしていた。二人がオーブンをつかったあとで、自分のために、米飯をたいたり、罐詰のおでんをあけてあたためたりするのである。

それでもカークは小菊を熱愛していた。彼女がベッドでの愛撫さえ拒絶しないなら、他のことはどんな風であっても我慢してよいとカークは割切っていた。彼はひたすら小菊を手離したくなかった。

こんな膚の白い華奢な女が自分の掌の中に迷い込んだのだ。彼は窓の中に迷い込んだ雀のように小菊をいたわって、何とか餌づけしようと一所懸命だった。

工場では、まだ徴兵解除したばかりで新米だった彼は、毎週小菊のために、やすい靴やストールやハンドバッグやいろいろなものを買って来た。そんな品物でも気に入らないと窓から外に放ってやる。一度やってみたら、あとでは、らくにそんなことができるようになった。それを見ていながら母のメリーまでカークと一緒に小菊の機嫌をとった。朝は、カークの出勤どきにねている小菊に代って、コーヒーを沸かしてくれる。すまない。日本だったらどんなに爪はじきされるだろうと思いながら、つい、二人の奉仕にのって驕慢になって行く自分がまざまざとわかる。

「コギク、ああ、僕はどんなにお前を愛しているか知れない」

料理の講習会からの帰途サン・ホアン市の郊外の曠野に出ると、瓦礫の野を一筋はしったハイウェイをとばしながら、カークは言った。

「アメリカの男は、一日に三度奥さんにそう言うんだってね」

小菊は冷然と言った。

「だって愛しているんだもの」

「愛という言葉がずい分安っぽく使われるのね。ききたくないわ」

行く手は、人家一軒ない闇の荒野であった。日本なら、人なつっこい電燈がまたたいていそうな場所に、石油を汲みとるパイプが鈍い銀色に光っていた。石油の坑口から噴き出すガスが人魂のように青くぼうぼうもえていた。

「なに！」

さすがに、二十一歳になったばかりのカークは、いまの一言でむっとした。

「コギク、君は、僕を愛さずに誰を愛しているんだ。正直に言ってくれ」

小菊は取合わずにあざ笑っていた。

「お願いだ。言ってくれ。僕は苦しくてたまらないんだ」

そういうカークに、心当りが全然ないわけではない。小菊はカークが出勤すると、すぐ近くのガソリンスタンドの隣にあるドラッグストアに遊びに行くらしい。そこでは、ちょっとした食事をさせた上、ちょっとした化粧品も並べてあり、「サヨナラ」だの「トコリの橋」だのというやすい小説本も売っていた。小菊はそこで、白人の若い店番に目をつけて戯れていた。

「あんた、ジョーゲンソンのこと言ってるのね。大丈夫よ。あそこの後家給仕女が彼にはついててはなれっこないんだから」

小菊は捨鉢に言った。

「だけども君は彼が好きなんだろう」

「そんなこと教える必要ないわ」

小菊は素気ない返事をした。

カークはだまって、広い四線道路を激したようにとばしていた。

小菊は、遠い行く手をぼんやり見ながら、ジョーゲンソンのことを思った。日本で女学校を出ている小菊には、カーク同様、白人のジョーゲンソンの無知なのも慊《あきた》らなかった。けれども彼は白人だった。黒人ではない白人であるということに、小菊は言葉でいえない魅力を感じていた。

カークと一緒に太平洋を渡ってくる気になったのも、ここが白人の国だからだった。カークとしばらくつれ添っている間に、白人が一人位は自分の手に落ちて来そうなものだ。彼女は天に恥じずにそんなことさえ大っぴらに考えるようになっていた。

彼女は、はじめこそ年下のカークの熱情にほだされたものの、毎日くらしていると彼が黒人だということで思いがけないことが多かった。

室に彼の体臭がしみついてしまったことにもついに馴れられなかった。が、そんなことよりも、夜灯を暗くしたベッドで、真黒な彼の姿が何も見えなくなることが異常な経験の一つだった。

小菊は、これ程黒い人間には、何か白い人間と異った生理がありはしないかとふと考えた。

ある時、ニューシカゴでドクターに体を診察してもらったとき、

「ドクター、変な質問をゆるしていただきたいんですけれど、カラード・ピープルの体質は白人とちがって居りますかしら」

と思わず喋り出した。ドクターは、カードに記載されている小菊の名前をじろりと見た。小菊は、アメリカでは、黒人と白人との区別は、いかなるドキュメントにも、憲法の精神によって絶対に記載されていないことを知っていた。

だから、健康保険のカードを見ても、小菊が黒人の妻だとわかる筈はないとたかをくくっていた。

しかし、ドクターには何かカンでわかるものがあったのではなかろうか。

「カラード・ピープルというのはどなたのこと？　貴女のことですか？」

小菊はそう言われた瞬間屈辱で真赤になった。アメリカで有色の人《カラード・ピープル》というのは、黒人に対する婉曲な呼び方である。中国人や日本人をカラード・ピープルとよぶ習慣はない。にもかかわらずこのドクターは、このレディの面から水を浴びせるように、お前もカラード・ピープルではないか、と言おうとしているのである。

「いいえ、私のことではありません」

と言ったものの、これほど激しいしっぺがえしをする人間に、率直な質問なぞする気にならなくなった。

もともと、小菊は、何か、黒人の生理の中に白人とちがうものを見出して、自分の嫌忌《けんき》に根拠を求めようという何かの浮わついた気持があった。いまもふとそれを思い出してこんなことを言出したのであった。

ドクターは、言葉の一撃が小菊をノックアウトしたのを見ると、いささか溜飲をさげたらしく、

「カラード・ピープルと白人との間には全然生理上の相違点はありませんよ。ある病気で、黒人だけかかるものがありますが、それは人種の問題じゃなくて、環境の問題です」

といささか調子を和げて言直した。小菊はむっとしていて、もう返事をしなかった。が、自分をカラード・ピープルの一人に扱ったアメリカ人がいたことは、小菊の面に平手打ちをくれ

たようなものだった。

それ以来、しかし小菊は逆によけい黒人の夫を嫌うようになっていた。何が何でも白い男と一度結びついてみたい。はじめは、ただ身分的な憧れみたいなものだったのが、次第に生理的な要求に変って行く。毎日目に入る南部の黒白差別の風景はよけいに小菊の気持を抉るようになった。

飛行場の待合室やバスの中で、黒白の差別はもうなくなっていたが、屈辱的な場所にかけているより、黒人の有力者は自動車の中で飛行機を待合わせる習慣になっていた。

カークは、こんなとき、いつも小菊に気をつかって、飛行場に行く前に時間を潰そうとする。それにさえ小菊は腹を立てた。

さて、カークと小菊の車は、ジョーゲンソンのいるドラッグストアの前をはしり去った。ストアはしまっていたが、ガソリンスタンドのガラスの中に、彼が喋っているのが見えた。

彼は、車上の二人を見かけたにちがいない。小菊はカークと一緒にのっていたことをジョーゲンソンに見せたくなかった。

ジョーゲンソンには、近日カークと別れると言ってあった。小菊はジョーゲンソンに、もう半年もカークと同じベッドで寝たことがないとか、自分はアメリカの大学で勉強するために来たので、カークとのいきさつは、思いがけないことであったからすぐ清算するつもりだ、などとも言った。

ジョーゲンソンは無表情でき流した。しかし、小菊が日本からもって来た人形や色々なものを贈ると、彼はいくらでも受けとった。

愛していないものなら、そんなに受けとる筈がないと小菊は思った。やはり可能性はあるのだ。もし白人のジョーゲンソンを自分の手につかむことができたら、教養のない粗野な男だけれども、自分は神棚にあげる程大事にしてやろう。白人なのだもの。

小菊はカークが日本で他の女から貰った真珠のカフスボタンもこっそりもち出して、彼に与えていた。カークがないのを見つけて、さわいでも知らないふりをしていた。

「お前、こないだコギクがその抽出しをあけていたよ」

とカークの母がカークに小菊の前で言った。日本の女のように、そんなことでもこそこそ囁く陰険さがないのがよい。

「私知らないわ。そんなもの、日本にかえればいっぱいあるんですもの」

小菊は憤然と言った。小菊は事毎に、日本は富んだ国で何でもあるということと、何でも安いということをカークの母に押しつけるように言う。

カークの母は、いつも、

「そうよ。知ってるわ。そうよ。貴女の国ですものね」

と答えてくれる。その真珠のカフスボタンの紛失も結局うやむやに終った。

けれども、ジョーゲンソンが、そんな高価なものを貰って愛想よくしてくれるのは、ほんの二回だけである。三回目にはむっつりしているのでまた何か贈らなくてはならない。

小菊はどうしてジョーゲンソンを手に入れたものかと、だんだん具体的なことを恥知らずに考えるようになっていた。

折も折カークは小菊の耳に口をよせて、

「ジョーゲンソンがいたよ。喋ってきたくないかい」

と言った。

「ふん」

「僕はいいよ。車の中で待っているから――」

小菊はカークの顔を見たが、だまって、たばこのライターをつけた。ほんとに車は急停車していた。

「じゃあ十分だけね」

「いいよ、二十分でも」

とカークは言った。小菊は、カークがおりてあけてくれた扉から出て、ガソリンスタンドにつかつか歩んで行った。彼の苦渋を小菊は何とも思っていなかった。

「ジョーゲンソン、何しているの。コカコラが一杯ほしいんだけれど、ドラッグストアはあかないの」

「あくさ。お客は二人かい」

ジョーゲンソンは、カークを暗い車の中にのぞいてみた。

「一人よ。話したいことがあるんだわ」

カークのいる所で小菊がそんなことを言出したことに、ジョーゲンソンはわけのわからなさを感じていた。二人はつれ立って、ドラッグストアの扉口から入って行った。ジョーゲンソンがパチッとストアの中の灯をつけたとき、小菊は、カークの所から二人の行動がどれだけ見えるものか鋭くふりかえって測った。

「ジョーゲンソン、わたし、近日サンフランシスコに行くのよ。もうお別れだわ」

「どうしたの」

「離婚の話がまとまったから、大学に入って勉強するのよ」

「それは結構だ」

小菊は、今一度ガラス越しにカークの方を見た。が、カークは、屈辱にたえかねてうしろのシートにねてでもいるらしい。運転台に彼の姿は見えなかった。

「ジョーゲンソン、お別れにはどんな贈物をくれるつもり?」

小菊は思わず、彼のむき出した腕の肌を撫でていた。栗色に陽やけした肌に、金色の体毛がピカピカ光りながらもしゃもしゃと茂っていた。

「何がほしいの。高いものは困るけれど……」

「高くはないわ。ただなのよ。貴方がその気ならただでくれられるものなのよ。何だかわかる?」

ジョーゲンソンには、こんな会話がなくとも、小菊の要求はわかっていた。

「そりゃいいけれどね、カークにピストルで射たれでもしたら大変なことになる。大丈夫かい」

「大丈夫だったら。じゃあした、サン・ホアンまでドライヴよ。あそこのミューゼアムを見に行くの。ね、きっとよ」

と叫んでから、走って車に引きかえした。

その翌日小菊は、カークの車を会社にとりに行って、ドラッグストアでジョーゲンソンをのせた。ゆうべカークが走った道を小菊は大胆にとばして行った。が、市の入口の道路の真中の区分近くで、よたよたとはしって来た車を擦過《さっか》した。

のぼせていた小菊はそのまま走り去ろうとしたが、のぞいたミス・ケリーと顔を合わせてしまってどうにもならなかった。

「おや小菊さんね」

「すみません、ミス・ケリー大変な損害ね」

さすが鈍感のミス・ケリーも一緒にのった男が白人であるのを見ると、何か感じておりて来た。

「車などいいわ。それよりも、貴女にききたいことがあります」

とケリーは激しい言葉で言って、二人を車からおろしてしまった。それからさきの話は、白菊会の活動範囲に入るようなことであった。ミス・ケリーの手にかかると、みんな穏やかに、そして平凡に片づいてしまうのである。

〔初出：「小説新潮」1961（昭和36）年9月号〕

ローザの愛情

ローザとエリスの母子が森の中への逃亡から日本人の伊木と一緒にかえって来たのは、フレドリッヒ大通りに近いアルブレヒト街のこわれたアパートの二階だった。

右を見ても左を見ても、赤錆色の煉瓦の砕けた山が築かれている中に、この建物だけはざくろのような傷口をさらしながら弾痕だらけの壁肌でそそり立っていた。

この建物の好運にくらべると去年のうちにやけた隣りのユダヤ人教会は、みじめな姿を更に焔《ほのお》で撫でられて、まるで埴輪の目のような力ぬけした窓の穴をぽっかりあけていた。

この教会はロシア戦線の形勢がおかしくなって来たとき、ヒトラーの命令で早々と火が放たれたのだった。真昼の青空に、舌のような赤い焔を吐きながら消防車もよばずにひっそり燃えていた姿は異様だった。あの火事を境にユダヤ人地区近くの人々は、先行きどんなことが起るかもわからないと逃げはじめた。ユダヤ人地区の中はすでに空っぽで、時々残された飼犬のプードルが痩せさらばえてさまよっていた。きれいに毛を刈ってあるべき脛や肩のあたりに、汚ない巻毛がのびているのがあわれだった。が、躾のきびしいドイツの飼犬のつねで、どんな時にも人には吠えなかった。

この母子も、伊木という日本人の下宿人がいなければ、あの頃逃げ出していた筈だった。ハンブルクにはローザの弟が造船工をしていたから、倒《さかさま》になって働くつもりなら、何かあそこで仕事が得られたかも知れなかった。しかし、親子は伊木の出現で、ベルリンに居残ることになった。

伊木ははじめ三階の一室に住んでいた。男やもめの一人ぐらしだった。エレベーターが動いていた頃は、新聞紙に包んだ配給のパンをかかえた彼とローザは、エレベーターの中でよく一緒になった。

「今晩は《グーテンアベント》」

「今晩は《グーテンアベント》」

背の高い骨ばったローザは、低い日本人の顔を見下しながら挨拶した。この戦争が始まってから新聞は空々しく日本人のことをほめてかいた。が、彼女は親しめなかった。よく光る小さい吊った目を見ると何を考えているのか見当がつかなかった。それに粗野で、アンダーシャツのまま洗濯干し場にのぼって行くのを見かけた。こんな人種を対等扱いにするとは、何か間違えている。ローザは、ヒトラーが本当はこの民族を軽蔑しているのだと知っていた。

しかし、三階から上が爆撃で吹きとばされてから、伊木は配給の毛布とソース鍋一つで二階に移って来た。

古い隣人が四散したこの頃から、母子は、否応なし伊木と助け合って、警報のたび近くの避難所に駆け込むようになった。煉瓦でつくった地上防空壕は、壁の厚さが一米もあって絶対の安全を専門家が保証していた。が、すでに、この壕に逃げ込む住民も少なくなった。いくら安全が保証されていても、外が炸裂の音響と閃光と地揺れとで最後の審判のような光景を呈すると、この世でここにしか人類が生残っていないのではないかという不安が、ガランとした太古の洞窟のような室内に立ちこめた。

「お嬢《フロイライン》さん、この毛布をお貸ししましょう」

と前には礼儀正しく十七歳のエリスに呼びかけていた伊木が、この頃ではときどき、「貴女」よりも「お前」に近い「ドウ」という言葉でよんだ。伊木は娘のエリスをことのほか可愛がった。彼の中で、この母子がだんだん家族の姿に変りつつあるのがわかる。

寒い壕の中では三人一緒の毛布に膝を入れる。伊木が毛布の下でそっと手を握ってやると、娘のエリスは細くしなう魚のような冷たい指を素直にからませる。が、それは勿論、父親のようなものに対する信頼だった。

母親のローザは四十歳を出たばかりだが、戦争のおかげとドイツ女のつねで、もう年増の華やいだ頬の色を失っていた。しかし、頬から女の若さが薄れても、彼女の中には、大きい体軀全体から押し出してくる熱いものがたぎっていた。それは日本女にはない熔岩のような強烈な熱度をもっていた。

理性をはめ込んだ硬い目ざしをしていながら、夕暮などふと人かげ少ない街角に接吻する男女を見下すだけで、彼女の肉体は何かしらの異常を覚えた。それは一瞬だけれども、堪えがたい感覚だった。

緒戦のときフランス戦線で夫のカイザーをうしなったローザは、ベルリンに秩序があった間は、戦死軍人の家族としていろいろな特典をもっていた。が、この頃ではその一つ一つが失われて、伊木が集めて割ってくれる焼木杭を炉にくべて、その上に鍋をかけてやっとその日の糧にありつくようになった。その糧も伊木が日本人の駐在武官から分けて貰ってくる馬鈴薯や小麦粉などだった。

もと、夫のカイザーは、北ベルリンのターゲルという所にある大きい湖で、タンカーを四艘もって運送業をしていた。が、タンカーは戦争直前に徴用された上、週毎に来たその手当ももう二年近くとまっている。恐らくタンカーも沈んでしまったにちがいないから、この世に財産というものは何もない。

伊木は母子の身の上を知ってから、何かの運命みたいなものを感じているように見える。彼は、ローザが自然にその心持になるのを気永に待っているのではないか。彼は見かけの貧しさに似合わず気品のある行動をする男性である。

ローザは伊木の情にほだされて、自分から彼のもとに身を投げ出す自分をふと想像することがあった。彼女にとって、それはぶるぶるふるえを呼ぶ程醜悪な、思うにたえない民族への冒瀆だった。

世が世だったらこの馴染みがたい体臭のする日本人と口を利くこともなかったろうに——と、わが心の姿勢の乱れを今更のように思い直すとき、いつか自分の矜持がずるずるとずり落ちている実感で戦《おのの》くのだ。

——主よ、貴方はいま、このしもべの上に最大の試みを加えておいでになります。貴方の恩寵の記憶が私の良心を責め、御言葉の条々がこの醜いあわれな魂を鞭うって居ります。主よ……主よ……。

ローザの祈りはいつも熱く殺気を帯びていた。が、どんなにゆすぶっても彼女の神は何の啓示も垂れなかった。

戦局は日々に非で、とうとう四月の下旬には最後の日が来た。ソヴエト軍の戦車が入って来る二日まえに、母子と伊木とはベルリン郊外のワンゼーという湖の近くにある深い森林の中に逃げ込んだ。

夏さえ冷たいワンゼーの水は、四月といっても氷とまがう鉛色で、湖面から吹いてくる風は霜のようだった。この森は唐檜《とうひ》と落葉樹がまじり合った密林で、ときどき汚れた猪がはしっておることがあった。

三人はもって来たテントを小さくはった。最初の夜はその中に母子と伊木とが二つの固りになって、べつべつに毛布にくるまった。覚悟はしていたが凍死するかと思うほどの寒さだった。

停電したベルリンの空は火事で赤く霞んで、ときどき照明弾でぱっとあだ花のように明くなる。飛行機の呻り声は暗い森の木々にこだまして、耳鳴りのようにうるさく途切れることがない。三人は凍死しないため眠らずに夜中、ベルリンの断末魔を見戍ることになった。ローザが虔《うやうや》しい厳粛な面持で祖国の苦悶を見つめているのを、伊木はそっと見ていた。

この森の中には、他にも逃げ込んだベルリン市民がいて、昼の間はテントとテントの間を連絡し合った。が、ローザの家族には、伊木という異国人がいるため、とかく人足が遠かった。

次の夜がやって来た。

「今晩もまた寒いよ。エリスちゃんが可哀そうだ。火を焚いてはわるいかな」

「だめ。だめ。敵の目標になります」

大局のわかるボヘミヤン的な伊木の中では、ほかにもいろいろと心の屈折があって疾くに戦争は終っていた。すでに敗北は決定的で敵愾心は放擲された。しかし、まだ事実上降伏したわけではないのだから、愛国的なドイツ人としてローザの心の中に絶望しきれない張りがのこっているのは当然だと思った。

伊木は彼女のひたむきさに対する尊敬から、ローザの言葉に服して、拾って来た木の枝を燃やそうとは思わなかった。が、それならば、三人一つにかたまって寝るより他仕方がないと心をきめた。

そのチャンスは、天の配合によって、巧まず自然に近よって来たのだ。この天地動顚《てんちどうてん》の環境が彼女のきびしい心の縛《いまし》めを案外たやすくといてくれるだろう。

森の中は真暗で、ひるま湖に浮かんでいた鳥や、猪や、兎や狐を含んでいるのが実感できる。彼等も入乱れた光や騒音に当惑しているに違いない。

闇の中で、伊木はねるため懐中電燈を照らして靴のひもをゆるめながらローザを見た。しかしこんな時でも、ローザは、顔にぽわっとあたった伊木の体臭から顔をそむけた。そして、瞬間の光に照らされた扁平な日本人の顔の中に、新しい発見をしていた。それは脂で光った鼻だった。その鼻は低いというだけでなく、他にまだ何かヨーロッパ人とちがう所があるような気がして前から考えていた。いま懐中電燈の光でちらりと見ると、それは暗がりをのぞけた鼻の穴の形だった。細長く瓜実形であるべき鼻の穴が、豆粒のようにまん丸であったとは、ローザにとって大発見だった。いままで、こんな明瞭なことがはっきりわからなかったところに、彼を見る自分の目に曇りがあった。やっぱり自分の本来の批判力は何かの力で痺れていたのだと彼女は思った。

エリスは、すでに二人のそばで微かな寝息をたてていた。

伊木はそれをたしかめると、ぼんやりしているローザを促して、立上らせた。そして、そばの立木の太い幹のかげに彼女を引きよせて、

「もう、これ以上僕等は、他人ではいられない。貴女もそのつもりでしょうね」

といいながら、ローザの幅ひろい胴を抱いた。

「何を仰有います。貴方の御親切は、そりゃ感激して居りますわ。ですけれどもそんな……エリスもありますし……どうぞ悪くお思いにならないで――」

といいながら、ローザは体をのけぞらせて、伊木の手をゆるくほどいた。しかし、彼女の手はぶるぶるふるえていた。

ローザの言いそうな言葉は前からわかっていた。が、このふるえは一体何のためだ。

伊木は、かたいドイツ女の拒絶に気をわるくするでもなくふりほどかれながら、彼女の手の甲をやさしくたたいてやった。

「そう、そんな気持？　それならむりを言うわけじゃないから警戒しなくってもいいよ。こんな時に、僕を警戒するようなよけいな事していたら、よけいめんどくさいからね」

と言った。いささかは瘦我慢の言葉だった。

「ありがとう。感謝します……」

とローザは言った。やっぱり声までわなわなしていた。この武骨なドイツ女がいまどんな表情をしているか、闇の中で見えないのが残念だった。

伊木は失望したけれども、決定的な時間が少しのびただけだと解釈した。

「それじゃ寝よう。今晩は一緒にかたまった方がいいね」

ローザがどんな風に寝るかと見ていると、彼女は、自分が真中になって、エリスを左側に、伊木を右側にした。

エリスを警戒しているのかな、と解釈すると、伊木は、自分の気持との遠さにちょっと淋しかった。けれども中年の常識にかえっていかにも母親らしい本能だと感心した。

その晩も騒々しく寒く寝苦しかった。伊木は、彼女の大きい体が一廻転して自分の方を向いてくれることを一と晩中待ったようなものだ。が、決して彼女はそうしなかった。

ドイツ女が堅固な城であることは前から承知していた。が、伊木はやっぱりあてがはずれていた。しかし、彼女は夜中時々体を動かしていた。彼女が眠っていないのを伊木は知っていた。

実はローザは、伊木の想像もできない情念に苦しめられていたのだ。異性が傍にいるだけで、何となく息がつまって体がほてってくる苦痛を、彼女は、はずかしいことに伊木の前でたびたび経験している。彼女は、男性の性的アピールの前に最も弱い女であった。その晩彼女の情念がよけいにさわいだのは、勿論、思いがけない伊木のささやきに心がざわめいたためだった。それに、祖国の終末に対する激昂がアルコールのように加わって、彼女は夜中高い音階ばかりのはりさけるような音楽を心の中で奏でていた。

森の中のみじめな生活は一週間つづいた。その間にヒトラー総統の自殺という大事件が織り込まれていたことはあとからわかった。

五月に入って市内を偵察に行った人から、すでにベルリンが陥落して、西からの英米軍と東からのソ連軍とがベルリン市中で握手して、治安が回復したことを知らされた。

ドイツは敗けた。ドイツは敗けた。母子は相擁《あいよう》してとめどもなく号泣した。伊木にも重大な感動ではあったけれども、ドイツ人の愛国心が、何か異質なものに思われて一人取残されていた。しかし、その激情もじき去って、ローザもエリスも、すぐアルブレヒト街にかえることを考えた。

しかし、その問題では伊木が二の足をふんだ。

伊木はすでに敗北した敵国人に変っていた。伊木は、しばしの沈思で、在留した日本軍人や官吏と一緒に捕虜になって運がよければ故国に送られる肚をきめていた。しかし、彼にとって魅力のない故国にかえるため、この母子を置いて行くに忍びないものがある。

彼が愛し得なかった妻が彼の失踪後東京で再婚したということは、もう七八年前に知っている。これだけ運命の大転変があっても、伊木はあの索漠たる東京にかえりたくはない。その口実に選ばれた母子はよい迷惑かも知れないが伊木は、この母子の名に於てそれは許されてよい筈だと考えた。

空に消え去ったその日かぎりの親切ではあったけれども、それだけの誠実を彼はこの母子にささげているといささか満足していた。

すぐ次の日の夕暮、伊木は恐る恐る市内の様子を見に行った。街はあの時からみると更に粉々に砕かれていた。アルブレヒト街に近い総統官邸の煉瓦の山の前は通行禁止になって、多数のイギリス兵が屯していた。ベルリン市内で辛うじて見つけたタクシーにのって、交差点のないアウトバーンを森の中に突走って引きかえした。それに母子と荷物をのせて、とにかくアルブレヒト街にもどった。

あのアパート一つだけが、辛うじて形をとどめていたのは大変な幸運だった。

しかし、食べる物はなく売る物もない。この家ではじまった生活で伊木の立場は、すっかり逆転していた。彼は、こわれた窓のかげで、じっと敵国兵の通行を眺めていた。何ということもなく、在留敵国人の届出も怠った。収容されて行った同国人の仲間からひとりはなれて残った。

「伊木は休んでらっしゃい。エリスと私が働く番だから」

伊木が残ったことに感謝していたローザは、エリスと二人でせっせと壊れた硝子を拾ったり、硝子のない窓に板を打ちつけたり、手の隙いた時には、薪をさがしに行ったりした。

チーアガルテンの樹木が、終戦になってから盛んにきりとられているという噂をきいて、ローザとエリスはおのをもって早速出かけて行った。

「ドイツ人の気持が変ったことが目のあたり見えましたね。戦争中の苦しい時にさえきらなかった木を今頃きるんですからね」

そう嘆くローザも、重い薪を抱えられるだけ抱えて引返した。見ていられない程の重労働だった。しかし、ローザには寧ろ労働に苛まれる自己を喜んでいるような自虐性が見える。

街には、ソ連兵と一緒にアメリカ兵とイギリス兵がジープを駛らせていた。いままで見たこともない黒人兵というものをはじめてドイツ人が見かけたのもこの頃であった。

その黒人兵や他の外国兵と腕をからませて歩む娘がどこからかどっと押出した。人々は驚いて噂したが、じき見なれて顔をそむけるだけになった。

「エリスはよくパンや肉を持ってかえってくるようですね。市役所雇いの煉瓦拾いにしては、報酬がよすぎると思うが……」

ようやくタブロイドの新聞が出るようになって、世間の様子が報道されるのを伊木はよんでいて首をかしげた。が、エリスが何をしているかたしかめるため、自分から外出することは、ますます困難な周囲の状況になっていた。

「実は、変なことがありました。こないだ窓から見ていたら、フレドリヒ通りから、エリスがアメリカ兵と腕を組んで歩んで来ました」

ローザはうなだれて言った。

「えっ、それはどうかしている。訊ねてみたの」

「いいえ、私には何もきけません……」

とローザは、首を振った。かと思うと、伊木の胸にもたれてさめざめと泣き出した。彼女は母親だから、娘の微妙な変化を前から気づいていたのだ。

「そうか。どうもそんなことではないかと心配してたんです。さあ……どうするか」

伊木は自分にたずねた。「せめて僕という負担だけなくなれば、貴女がた二人なら何とかやれるだろう」

「いけません。貴方はいま外出したら、スパイ扱いされます」

アルブレヒト街がソ連の占領地区であることも不運なことであった。せっかくこわれのこったこの棲家をすてて、英米仏地区に逃げ出す外、身の自由を確保する道はないだろうと伊木は言った。

「いいえ、それはまちがいです。あちらはよく管理が行きとどいていますから、かくれるのがむつかしいと思います。いまのようにしてもうしばらく様子を見ましょう」

幸か不幸か、このアパートの持主のユダヤ人は行方不明で、家賃をとりにくる者もない。それにこの家族の他にこのこわれたアパートにかえって来た間借人もなかった。

「伊木……」

ローザは小さい伊木の上にかぶさるように体をもたせて、

「わたしずっと貴方を侮蔑していましたね。許して下さい」

「何をいう。貴女の民族的矜持をいつも尊敬していたんですよ。僕は。僕はどんなに貴女の純粋さを……」

これが、伊木のながい間空想したその瞬間であることがひとりでに直感できた。中年の二人が寄り添うにはいかにもふさわしい花束も音楽もない祝典であった。

小さい伊木は、大きいローザを抱いて寝台につれて行った。――

その日から、ローザの姿勢が何となく変った。重くかぶさっていたふたを伊木からとって貰ったように、彼女は軽やかな身のこなしで、エリスにも伊木にも向かった。

エリスは、やはり崩壊建築物の煉瓦を拾い出す臨時雇の仕事に通っていた。が、身なりが次第に派手になって行くのが二人の目に明らかだった。

「弱ったな。まだエリスちゃんは、何かやっているよ。こないだもっていた口紅は、アメリカ製のルビンスタインだった」

伊木は言った。

「ええ、わたしもそう思っています。でも、それをとめるのにどんな方法があります？」

ローザは言った。が、二人は、それを話し合っただけで、ではどうしようという結論も出さず他の話題に移ってしまった。

伊木も、ローザも、しいて言えば幸福だった。浅い酔いではあるけれども肉体の幸福に酔っていた。つきつめて、エリスのことを考える心のゆとりが一時的に失われていた。

ローザは、神に祈らなくなった。強いていえば、神と顔を合わせるのをさけていた。彼女は、あれほど嫌っていた伊木の体臭のぷんぷんするパジャマを、薪で沸かしたあつい湯で洗って干してから、何となない満足でその干し物を眺める。

彼女は伊木の求めるままに、レタスを漬けた漬け物をつくったり、米の飯をたいたりした。それ所か、何かでよんだと見えて、日本の神棚をつくらなくてよいのか、と伊木にたずねてくれた。知れば知るほどローザは家庭的な女である。

伊木は事毎に彼女に感謝していた。この上、彼女の面相から男を叱っているようなあの硬さがとれたら、どんなにいいだろう。日本の女の年増時代はながいのに、ドイツ女は、どうしてこんなにすぐ実用一点ばりになってしまうのだろう。こんなことを彼はついでに思った。

そのころエリスが家出した。ローザが一寸したことを注意したのがきっかけだった。しかし、あとで考えると、ローザと伊木との関係を嫌ったのかとローザは自分を責めた。が、戦前風な考えのローザとちがって、エリスは人種的な観念など持合わせていないように見える。こんどの家出も、エリスが、黒人兵をつれて来たことからだった。

ひょっとすれば、エリスは黒い人の子でも孕《みご》ったのではないか。ローザは伊木に言えない取越苦労をしていたが、やはり、現実の幸福にまぎれて、その心配もとぎれとぎれだった。

この頃になると、伊木も、かくれ家から西ベルリンに煉瓦拾いのしがない失対事業に出て行くようになった。敵国人は皆追い出されたのに、ローザ親子の必死な庇護で、彼は急場をかくれ了せた。

占領軍のソ連と他の三国との間の対立が日毎に露骨になって、もう、旧敵国人を追究する段階ではなくなっていたのだ。

彼は、労働になれない細い体で、大きいドイツ人の失業者と一緒に、三国側の占領地区で崩壊した建物の煉瓦を拾い出す仕事に従事した。

インフレのため一ドルで十マークもくるほどマークはさがっていた。が、煉瓦拾いは一日二マークである。

それでもローザは、たった二マーク握ってかえる伊木を室の入口に待っていて、

「可愛い伊木……」

とささやきながら太い腕で抱いてくれる。彼女は、彼の靴下をぬがせ、焼埃《やけぼこり》の浸み込んだ足や肩を湯で洗わせる。そしてたらいのうしろに、大タオルをひろげて待っていて裸の伊木の背からそれをすっぽりかけてくれる。ついでに彼女はまた伊木に抱きついた。

伊木は、こんな時にもローザとちがってやはり冷静だった。ローザの若い時こんな風にタオルをかけてもらったカイザーという男の姿をふっと想像したりしていた。

実は、伊木にはいうに言えない悩みがある。あの頃あれ程伊木をつよく拒絶したローザだが、こうなってみると彼女の欲情は言語に絶していた。

この年齢で、と、時には、少し病気ではないかと疑いたくなる程、彼女はそれのつよい女である。夕食後の一と時、椅子にもたれて何か喋っていると、彼女は必ず伊木の坐っている長椅子の傍に寄って来て小さい彼を小脇にかかえる。

そんな時彼女は少しやぶにらみになって、視線のピントが霞んだようにあいまいになる。苦しそうな息を吐きながら、伊木の体毛の乏しい腕を静かに撫でている。

ああまたか、と伊木は見てとると、つい知らぬふりをする。

「伊木！」

と彼女は呼んで、伊木のネクタイをわくわくした手でといてやる。

その夏は、エリスもいないし、寝室のドアはあけ放しだった。毛布もシーツもぬいだままネグリジェを大きく足で波うたせたローザが、背を向けたがる伊木を太い腕でつかんだ寝姿が、隣室の縁のある鏡の中にうつっていた。

「あれを見ろ」

と伊木はつかまれたままローザを冷静にするため鏡をあごで示してやる。が、ローザは、鏡面の中のみだらな寝姿を見るとけだものみたいな歓喜のうめき声をあげた。淑やかな女のようでもこんな時の呻声は日本人の常識外れがしていた。そして呆れている伊木をやすやすと操って、自分の思うとおりの位置に置こうとする。

はげしいひるまの労働と栄養不足と、彼女の欲情とに挟まれて、伊木は憔悴した。

何かの任務で占領軍につれられて来た日本の官吏の仲介で、日本の通信社が彼にベルリン駐在員就任を求めて来たのは、この頃だった。

東独と西独とはその頃、政治的に次第に離れて、独立国家の形になった。人手も不足で瓦礫を片づける者もなく、赤旗を立てたトラックが赤軍兵士を満載してこわれた道路をはしっていた。

彼は、その頃も、ずっと西ベルリンに行っていろいろな臨時雇いの仕事にありついていた。が、西でごくたまに逢う日本人には、決して東独に住んでいることを告げなかった。そのため身辺が何となく不明瞭で、スパイではないかと噂を立てる者もいたが、それでも彼は事情を打明けなかった。

その理由を彼はときどき自分で省みた。人の恐れる共産地区に住んでいるということは、彼にとっては内的に大したことではない。彼が強制退去させられずに居つづけられたのは、政治力の浸透が弱い東独地区だからだった。だから、彼は、ある意味で共産地区に感謝していた。けれども、彼は、祖国のない自分の心情だけは、日本人に包みかくしていた。ローザとの成行も、その心情の具現したものとしてやはり日本人には言えなかった。結局住所を教えることは自分の正体を現わすことであったから言えなかったのだ。

しかし彼は通信社の駐在員を仲介した日本人官吏だけには、東地区に住んでいる事情を打明けた。勿論ローザのことはぬきにして。

ところが、その事情がことの外東京の通信社の本社の気に入った。西ベルリンの通信は、英米通信を通じてでもとれる。東地区の偽りない実情の通信を、日本人自身の手でとれる便宜は稀有のものだとその通信社は考えた。

ある日、伊木がこわれたアパートで扇風機の風に当っていると、突然日本人の訪問者があった。

「Herr 伊木！　Ein Japaner gecommen!」

とローザが耳なれない敬称をつけてよぶので、階段をのぞくと、胸のうすい貧弱な日本人が、帽子をとって立っていた。

それが、パリからさし廻されて、伊木の就任をすすめに来たその通信社のフランス駐在員だった。伊木はとっさにローザに目顔でかくれろと合図した。

あとで考えてみて、伊木は、瞬間の自分のその判断をひどく恥じた。けれども、それは、自分の何も予期しない時に働いたごく自然な本能みたいなものだった。

相手は伊木によばれて階段をのぼって来た。ローザは、伊木の合図にしたがって、キッチンの中にかくれて、終りまで出て来なかった。

客の用向は、こないだから懸案の駐在員の問題だった。

「はア、ま、一つお役に立つかどうか、やってみようと思っています。何卒よろしく」

と伊木は挨拶した。

「そうですか。それでよかった。わざわざここまでうかがった甲斐がありました」

と相手は言った。相手はそのとき何となくうしろを向いた。明け放った扉の向うに、日本より大型でがっしりしたキッチンの戸棚があって、そのガラスにさっき見かけた中年婦人の立姿がうつっていた。

相手は、彼女が茶でもはこんで来たら、じっくり観察するつもりで心待ちしていた。常識で考えて、伊木が東ベルリンにもぐったまま今日まで過せたのは、ドイツ人の妻がいてかくまってくれたからだろうと判断していた。

が、その妻らしい女はかくれて出て来ない。けれども異国人同士の間ではありがちな欠礼だから、相手は何も思わず、それからいろいろと事務的な話をはこんだ。

しかし、手当などのこともあるので相手は、

「御家族は?」

とたずねた。

「家族はありません」

「じゃ貴方お一人ですか」

「はあ」

と伊木は言ってしまった。

「さっき見えたのはメイドさんか……」

相手は拍子ぬけがしたように言った。想像したのと、ちょっと勝手がちがったので戸惑っている格好だった。

しかし、そんなことはどうでもよい。相手は西ベルリンの目抜となったクルフュルステンダムのあるビルディングの一室に、外国通信社と共同で一室をかりることや、電話の手配など、こまかいことを土地に明るい伊木にたのんだ。

「時に、僕実は、ベルリンは、戦前戦後を通じてこんどがはじめてです。アメリカ通信社のジープをかりて来ましたから、一つ東と西を貴方にざっと案内して貰おうか」

「いいです」

伊木は自分で抽出しからワイシャツを出して着て、ローザにことわりもせず出て行った。

東地区では、さかんに、こわれた建物の中から、鉄筋を拾い出していた。

「マルクス・エンゲルス広場……なる程なあ。さっきも同じ名前があったじゃないですか」

と喋りながらはしって来た所で、伊木は、瓦礫の山を築いた通りをさして、

「これが、ウンテル・デン・リンデンですよ」

「ホー、見るかげもありませんね。僕等、本でもよんだし学校でも、ベルリンといえば、ウンテル・デン・リンデンと習ったものでしたがねえ」

二人は東地区を一とまわりして西地区に入って行った。

「時に、お近づきのしるしに今晩一緒に食事して下さい。ホテルの食事がどうやらたべられますよ」

「ありがとう。うかがいます。どこですか」

「ホテル・アム・ツーです」

「ああ、あそこの近くには、毎日煉瓦ひろいの仕事に行きました。オペラの近くです」

二人は、それから、三四十分程あちこちを見て廻って、ホテル・アム・ツーに行った。

「実は、妹をつれて来ているんです。生意気なやつでしてね、パリでアブストラクトの画を描こうというんだが、ものになるかどうですか」

二人は、エレベーターにのった。総ガラスでできていて、乗客がすっかり透けて見えた。

「ドイツはえらいですねえ。外貨のとれるホテルを先に復興して、国内の消費の機関の復興はすっかりあと廻しですからねえ。それにくらべると日本に行ってごらんなさい。一番さきに建

てた建物は何だと思います？　料理屋ですよ」

伊木は、そんなものか、と故国の噂をしんみりきいていた。しかし、ドイツの息づまる合理主義の壁にかこまれていると、東洋的なあいまいや不合理にむしろ惹かれる気持があった。

その男の室には、顔の細いきゃしゃな娘がつくねんと椅子にもたれて、絵はがきを見ていた。

「妹です。あき子といいます」

あき子は立って伊木に挨拶した。小柄で細い浮世絵の女そっくりの日本女に、伊木は久しぶりに逢った。胸の突き出したドイツ女とちがって、そのあたりがうすくなだらかに腰に向いて細まっているのが、いうに言えない風情であった。

あとであき子が自分の室に着替えに行くと彼は、

「どうです。あの妹を貰って貰えませんか。女だてらにアブストラクトの画かきなど志すより、結婚して貰った方が兄貴にはどんなにか有りがたいですよ。大体、アブストラクトなるものは、それだけ主観を歪ませ得る人間にだけできることです。おセンチな女がアブストラクトなんて、おかしくって……」

伊木はだまっていたが同感だった。彼はパリにも住んだことがある。女の画家が自己の小さい主観のからをかぶったまま、芸術という最も客観的であるべき表現手段にたよろうとしている滑稽といおうか悲劇といおうか、をずい分見て来た。

「いつパリにいらしたんです」

「やっとまだ三ヵ月にしかなりませんがね」

危ないなと伊木は思った。少しながくいる女画家が、男画家の慰みものになって、画をすてて行く成行もこの目で見て来た。

「どうです。貰って貰えませんか」

相手は冗談めかして本当のことを言っているのだ。彼には相手の妹に対する危惧が充分肯けた。

「ええ、いいです。妹さんさえ御承知になるなら――」

と伊木はあっさり言った。

「ほんとうですか。じゃあ妹に話して見ます。有難いなあ……」

相手はこんなことを言った。

それから、いろいろないきさつがあった。あき子側から要求して来たことは第一に、伊木が東京にのこした先妻と戸籍の上で正式に離婚することだった。伊木は勿論承知した。たまらない後めたさが、それを承知する胸にぬめぬめしていた。「先妻」といわずに「ローザ」と先方が言って来なかったおかげで、伊木の良心の真中は射抜かれなかったのだ。

これらの交渉は、新しくひらかれたクルフュルステンダムの新しい事務所をアドレスとして行われた。勿論東ベルリンのアパートにそんな手紙が来た所で、ローザによめる筈はないが――。

話が解決すると、あき子がすぐパリからベルリンにくる手筈がきまった。伊木は、その話にのりながら、一方では、通信社をやめて、ローザをつれてどこかに姿を消すことを考えていた。ローザはますます若やいで罪がなかった。エリスのことを言わないのがあわれだった。そのエリスのためにこの頃伊木は西ベルリンであちこちをたずね廻っていた。

彼女が常時現われたというホテルのロビーや、街角に立っている女たちなどに、伊木は根気よく声をかけて、少しの物いりは惜しまなかった。

しかし、誰も知っている者はなかった。恐らく彼女は、ベルリンにはいないものと思わなければならない。伊木は、意識したわけではないけれども、ローザを渡すために彼女を求めていたのか、とあとで自分を批判した。

ほんとうに肚がきまらないうち、あき子が来たという電話が、飛行場からある日オフィスにかかって来た。伊木はあき子一人なのかどうかをたしかめてから、自分で車を運転して飛行場に行った。

彼はとりあえずあき子をホテルにつれて行ってから、自分で、近くにパンションをかりて、二人で台所道具を百貨店に買いに行った。その次の日の晩が結果として新婚になってしまった。すべては不本意なようでいながら、てきぱきとうまくはこんだ。

彼はローザに因果を含めることができずこの年月、二つの世帯の間を往復してお互いをかくしておいた。

去年の八月十三日の閉鎖で、伊木は西へ来たまま東へかえれなくなった。すでに痛風を起して、髪も白いローザに、気違いのように伊木は手紙をかいたが、とどかないと見えて、何も返事は来なかった。

〔初出：「小説新潮」1962（昭和37）年4月号〕

リンデン樹の下で

昔のウンテル・デン・リンデン街《ストラッセ》のことは、言い伝えにきくだけで、どんな街だったか知らない。

以前二度の旅行で見たそこは、瓦礫の山で人通りもなく寒い風がふいていた。三度目に行ったら、とにかく片づいて、建物も修繕されていたが、ぬり直した色は街全部が砥石色でその単調さが堪えがたく思われた。人通りもいたってばらばらで、まっ黒なスターリン像を振りかえって見る人もない。それにくらべると、ウンテル・デン・リンデンに代っていま西ベルリンの銀座になったクルヒュルステンダムは、目立って繁栄している。勿論、ベルリンは運命がきまっていないためか、ハムブルクやデュセルドルフのようにいんしんをきわめているというほどではない。東ベルリンに対抗するために、西ベルリンを政策的によくしているという説は全然当らない。東ベルリンの野暮ったさとおっつかっつに西ベルリンも野暮ったいのである。ここでの商売は資本がふえず、地価もなかなか騰《あが》らないそうである。街を行く女性も、何人に一人位しか流行の髪形や服をつけていない。東京の方が何倍か豪華である。ドイツ美人やドイツの贅沢さを見たかったら、ハムブルクに行かなくてはならない。

それに、ベルリンはストリップ劇場まで市営なのだから面白くないこと限りない。ウインドウの写真を見たとき、いやにお行儀がよいと感心したが理由を知ったらなる程と思った。なぜ市がストリップ劇場を経営することになったかというと、商人がベルリンの商売を見限って逃げ出すのにまかせておくと、街が寂れるので、市がそれを引受けるのである。ストリップは、ベルリン性に合わないのか、他の都市とちがって、観光客も少ないためか、ストリップ劇場経営者も逃げ出すことになったので、市が引受けたというわけである。

私はこのクルヒュルステンダムからちょっと入った横町のパークホテルに宿をとることになった。——私はいまこの文章をオスロでかいて居り、この旅でのドイツ入りはあとのことだからいまかいているのは、前回の旅行の経験である。ところが、こんども旅に出て、淋しい北の国の旅宿の室で、見なれない小鳥を塔の上に眺めていると、東京では思い出したり忘れたりしたその記憶が妙に甦って来て堪えがたいのである。——

——そのパークホテルに宿をとったのは、その前の旅行の時泊ったのでたまたま思い出したというわけである。私は東京を、ホテルの予約もせずにとび立って、フランクフルトで同乗の日本人達と別れ一人でふらりとベルリンのテンペルホーフ飛行場におりたった。アラスカのアンカレッジで温度は十度だったが、ベルリンの温度も九月十五日だというのに十度だった。おまけに雨がふって傘もない。飛行機が共産圏の上をとんで、いよいよ共産圏の中の島のようなベルリンに近づくと、さすがにホテルの予約のないことが心細かった。が、偶然にも、飛行機の片隅に日本の大学の助教授がのっていた。彼は半年も日本人と逢っていないのでなつかしそうに話しかけて、いろいろと最近の日本のことをきいた。それがきっかけで、二人喋りながら税関を出て行くと、彼の友人だという大学生が迎えに来ていた。

私も送ってやろうと言ってくれたが、私にはホテルのあてがない。その時、前に泊ったホテルの名がどうも「パークホテル」といったように思い出されたが、ドイツ語でないから記憶ちがいだろうと思った。

「私は前にパークホテルという所に泊ったように思うんですが、そんなホテルはないでしょう?」

と学生さんにきいた。

「ありますよ。おつれして交渉してあげます」

と親切に言ってくれた。そういうわけでパークホテルに泊ることになった。

ホテルの受付主任はいかつい顔をしていた。が、

「他の国の人ならいきなりとび込んで来る客はことわるが、日本人だから泊めてやろう」

と親切に言ってくれた。そこで、荷物をおろして、やれやれということになった。

翌日外に出て歩いてみて、そこが、西ベルリン銀座のクルヒュルステンダムを横に入った通

りであることがわかった。

ウンテル・デン・リンデンの通りでなくともこの横町にも菩提樹《リンデン》の木がしげっていた。道はドイツ人の合理主義から戦争でこわれたビルディングの煉瓦をはめ込んでかためてあった。西陽がさして、その木のかげが街路にうつっていた。左側の家並みの無表情なのが、いかにも黒く武骨である。

その一つのビルディングは、足場をかけて修理をしていた。

実は、このベルリンの飛行場におりたったとき、私には、人に言えぬも一つの感情があった。というのは、私が前回ここに来たときと、今回来たときとの間に、私の別れて死んだ夫がこの土地に来て一年くらしているのである。

彼は、それから日本にかえって、私と正式離婚し自分が子供を生ませた道ならぬ女と結婚した。そして筆舌につくせぬ苦労をして死んだ。私のかけた呪いが十二分に成就したことに私は呻きつづけた。

彼は、その女と子供と、私とを日本に置いて、この土地でくらしたのである。そのときの、彼の孤独とさまざまな思いは、どんなものであったろう。彼は女と子供と自分の将来の計画とを引替えにして友人からも離れた。それはいわば世を憚ったかくれ人のような姿だったろう。が、心は、女と子供と私との三つ巴の煉獄をさまよって、恒寒と恒熱との試みの中をさまよい歩いた妄執の男であった。飛行機からおりたったとき、私の胸を最初にしめつけたのはその思いだった。私は他の用向きをもって来たが、実は彼を弔うためにだれかからここに派遣されたのではないかとさえ思った。日本では磨滅しがちな彼の姿がここにくると、生々しいそのままの姿で泛かんでくるのが、いかにも堪えがたいことであった。

私がホテルからすぐ電話をかけたのもやはり、前夫が日ごろ繁くこの地で往復していた山田氏だった。私はやはり彼から前夫のことをききたいのだ。山田氏は、私の話をいっぱい前夫からきいている。彼にとって、私はしょっちゅう会っている人間のような印象であるらしい。

彼は異国にながく住んだ人らしくすぐ花束をもって私をたずねてくれた。

「御主人はお気の毒でしたね。日本から来た人に御逝去をきいたときには、一夜眠れませんでしたよ。我々は兄弟程仲よく往復しましたからね」

「あとで考えてみると、ここで死ななかったのがせめての幸だったと思います」

と私は言った。彼もそうだと相槌をうっていた。

通り一遍の意味としてもそのとおりだが、私には、尚深い意味がある。

私は、この地でのたうっているあわれな前夫に、「いっそベルリンで死んでくれ」という呪《じゅ》咀《そ》のきわまった手紙を二度も出したことがあるのである。

彼が煉獄の苦しみで、この地まで逃げて来た所へ追討って、私は死ねとかいてやった。灼かれて苦しんでいる人間に油を流してやったのである。

山田氏は、クルヒュルステンダムでお茶でも呑もうと、ホテルから私をつれ出した。コツコツと煉瓦をはめ込んだ道を歩いて行くときの角度と同じに菩提樹《リンデン》の樹のかげが横にながいかげをひいている。

高い建物が武骨な姿をして通行人に向いているのも同じである。山田氏は、その建物を見ながら歩いて行った。ふと、足場を結ってあるビルディングの前に立ちどまった。

「このアパートですよ。御主人がずっと住んで居られたのは――」

「ここですか」

という言葉はごく普通の語調だったが、私は、ぐんとどこか深い所にめり込んでしまった。

前夫とは、夫の任期がきれて日本にかえってから、別れているとはいえいくども逢った。彼はドイツで習いおぼえた酒のために人相さえすっかり変っていた。

「よく二人で屋台のソーセージをたべに行ってね――」

前夫にもその話をきいたことがある。彼は、そうして安酒を呷《あお》っていたのだ。

前夫は、ここに彼のつとめていた新聞社の支局をひらくためやって来た。インド人の助手を一人つかって、ここを事務所としながら自分もそこに住込んだ。

勿論、自分のアパート代を倹約するためである。

「日曜日といえば自分で洗濯さ。洗濯代を倹約しようと思ってね」

と前夫は何の気もなく私に話したことがある。しかし、私は、話す方ほど何の気もなくきいていたわけではない。

それほどにまでして女と子供のために金をのこそうとしたのかと思うと、私は全く絶望する。自分が年をとっていて子供が幼いという彼の焦りがもうこのときからはじまっていたのである。独り言をいいながらアンダーシャツ一つで洗濯している彼の姿が浮かんでくる。白い浴槽もタイルの床も壁も、浴槽とならべておいてある便器も男が洗濯をする姿の背景としては、いかにも西洋くさい。

私には、褌《ふんどし》と丹前姿の彼しか泛かんで来ないが、彼はこの地では、そんな男に変っていたのか、と私は思った。すでにその姿すら、私の夫とはいえないものに変っていたのだ。

彼は、自分だけの子供にも、私との間にある子供にも、私にも、いろいろなアクセサリーやショールなどを送ってよこした。私にはトッパーズの二匹虫の入った指輪も送って来た。

彼はどんな気持でそれを買うのだろう。私は、そんな指輪を指にあてがってみることすらせずどこかへしまい込んだ。彼の女だけは、あるとき逢ったら、首から似合わないブローチをぶらさげていた。

ついでに、彼女の服の色が似合わないことまで私は見た。あとで彼が日本にかえってから、そのことを前夫に言った。

「うん。あの女は、そういうことは全然だめなんだ」

と彼はあっさり承認した。が、弁解がましい口調や、ほかによい所があるのだが――という意味が匂っているのが、やっぱり私の心をふつふつと沸らせた。

ああ、その建物は、いま、繃帯《ほうたい》のような足場をかけて修理している。パークホテルに宿をとった以上、毎日ここをとおることになるのは仕方がない。その建物を見るたびに私は苦しい思いに息を詰まらせるのだ。

彼は何故死んだのだろう。あんなに苦しんだあげくに。

彼の苦しみは、女や子供の前途のこととからんで、自分の生涯の仕事が挫折したことでもあった。それが一緒に来たことに、彼はよく堪えられたものだ。

彼がベルリンの支局をひらく大命をもらったのは、社の前幹部の恩恵だった。彼は、菲才《ひさい》の身をもって、ベルリンに行った。前幹部は、前夫をこのもつれから逃げ出させてくれたのである。

彼は一年間、できない会話の能力に苦しみながら働いた。

しかし送ってくる電報は、殆ど新聞にのらなかった。彼にきいたわけではないけれども、その成行はひしひしと日本にいる私にわかっていた。彼は、前幹部の知遇のために人から憎まれていた。

彼は独学だったから教養がムラで大学を出た人にない欠陥もあった。しかし、前幹部は、ただ同郷だというだけで前夫を遇したわけではない。前幹部は社の重大なあることに対する前夫の努力に感謝したのである。勿論彼は会社のためにそれをしたのではない。彼の持前の理論からだったが、会社がそれで助かったのは事実である。しかし、社の仲間が、彼を憎んだのも私にはわかる。その成行を知らない人々には、全くわけのわからぬ知遇だったにちがいない。どこにもある不合理な人事であることは言うまでもない。

ところが、もっと悪いことが東京で起った。彼をベルリンに送った前幹部が、ふとした風邪から肺炎になって、病院であっけなく死んでしまった。

それは、噂によると全く病院の過失だったという。が亡くなった人はかえらない。

彼の死を新聞で見たとき、私の目の前は暗くなった。この世でただ一人の同情者だった彼が喪われたのである。

私はすぐベルリンにあてて彼の死を知らせる電報をうった。彼に今後の運命について心の準備をさせるためであった。

私は、不運な前夫のために慟哭した。前夫のためにひらいていた最後の一つの窓も冷酷に閉ざされてしまった。彼はどうしてこれから生きて行くのだろう。

しかし、考え直してみれば、彼には女と子供がいる。子供は、彼の人生のすべてと交換してもよいほどの天の贈物だった。私と一緒にくらした頃、夫は、外出からかえってよく、一度ぬいで洋服箪笥にしまった洋服の内ポケットから何かとりに来た。その洋服箪笥は、私が机を置いている室にあった。

私は、洋服箪笥の前で何かしている夫をじろりと見てやった。私は、夫が私にかくした金をもっていて、それを気にして引き返して来るのだと解釈して気をわるくしていた。

ところが、あとで告白をきくと、そのポケットには子供の写真が入っていたのであった。彼は、しげく女の所に行くことができないので子供の写真をポケットに入れて時々眺めていたのだ。彼はいまの仕事を失っても子供がある。その幸福は理屈としてわかっても、実感は私にはわからない。そこに私の不幸がある。しかし、社の前幹部の死は、やはり私にはひどく重大だった。いまどき、大病院が単純な肺炎患者を死なせるような手落ちをしたのかといつまでも恨んでいた。しかしそんな感慨とかかわりなく前幹部の死去と一緒に予想どおり帰国命令が出た。私は、夫の子供のためにつくった可愛い服をきせ、夫と私との間の養女もつれて羽田にむかえに行った。

このままで私はまだ戸籍上彼の妻だった。離籍するという話まではまだしていなかった。というのは、私ばかりでなく、夫もまた私と離れるほんとうの肚がきまっていなかった。

これは、私の身勝手な断定ではなかった。彼は、六歳にもなる子供の籍をまだ入れてなかった。私生児にするには忍びないし、私と離別して自分の籍に入れる決心もついていないことがそのことに現われていた。

その子供の籍を入れることを私は前夫にたのまれていた。前夫はそのため私に実印をあずけてベルリンに出発した。彼のつもりは、とりあえず、自分の庶子にすることであった。私もそのように入籍しておくと受けあっておいた。が、実印をもって子供の入籍のためあちこちして――というのは、どこかに入籍してあるのではないかと、前住所や、女の本籍に問合わせたりしているうち、私の心境はだんだん変化した。私は子供の籍も入れてやった代り、その印鑑で、自分の籍もぬいて、協議離婚を勝手に成立させてしまった。

すべては、その行為で決定したようなものだった。私はさばさばして羽田に行った。飛行機のタラップをおりてくる前夫に向かって、社が、彼に退職命令を伝達するという劇的なシーンもあった。毒を食わば皿まで、という毒々しい諺が、そのときの私の心境だった。

夫と子供が羽田近くの友人の家に泊ったのでながい羽田からの道を泣きつづけて自動車で戻った。

早いもので、あれからもう七年の年月がたった。前夫がドイツから送ってくれたトッパーズがふと抽出しから出て来たのは去年のことである。

それを手にとってはめる気になったのは何という心境変化だろう。七年の間に私は夫をあっけないほど宥《ゆる》した。私は、夫の気持のよくわかるお婆さんになってしまった。この旅で一緒の友人は、ドイツに行ったらトッパーズを買おうとたのしみにしている。が、私はそれに何も関心がない。

「私はもうそれを一つもっている」

という気持がある。

ドイツが近づくにつれて、やっぱり私は前夫がそこで苦しんだ修道院か道場に行くような気持にはなっている。が、ドイツを思うとき心の中に巻き起る悲痛な渦の力はもう弱くなった。しかし、この変化を私の修養の結果と考えたら大変な己惚れになる。

事実は、あのような人生悲劇に対して心が激動し得ない老いと色気の喪失とが私にやって来たのだと私は解する。あのはげしい悲しみと憤りとが失われたことがいまの私には悲しいのである。

〔初出：「小説新潮」1964（昭和39）年9月号〕

行く雲

女礼《めれい》は里子の息子の仙一の妹に当る。死んだ山口と里子との間に仙一が生れたあとで、女礼がよそから、山口の戸籍に入ったのである。

という意味ありげな言い方をするわけは、女礼が他の女性を母として他の場所で生れてから、山口の娘として認められたためである。

人間が生れるということは、生涯にたった一人しか生めなかった里子には、奇跡に思われた。世間では珍しくもない奇跡であるにしろ、里子には奇跡だった。ところが、他の場所で山口の子供が生れたということは、それ以上の奇跡だった。

これ程里子が驚かされたことは、半生の間にない。その驚きの遠心力で、里子は山口とすぱりと別れてしまった。刀でなぎ払ったほど、その別れの切り小口は美事だった。

山口は、それまで女礼を自分の庶子にするつもりで、里子に手続一切を任せて印鑑をあずけた。里子は、ある日、その委託をはたすため区役所に行った。そして、それはすませたが、入れちがいに、あずかった山口の印鑑をつかって自分の籍を夫に相談なしに抜いてしまった。協議離婚といっても、事実は、何も協議する必要はない。自分が持参した二つの実家の姓の判をつかって、ことわりもなく同姓の親戚二人を保証人にした離婚届を代書人にかいて貰った。その達筆すぎてよめないような書類を窓口にひょいと出したら、万事終りだった。

皮肉なことに、里子は、二十年まえ協議離婚という、世界に珍しい簡易な離婚の法規に反対だった。国会の各党の代議士控室をその陳情のためある婦人弁護士と一緒に廻り歩いたことがある。

それは、弱い妻の座をまもるための反対だった。その知識をこんな風に逆用して、夫の座を引っくりかえすことになろうとは、思いがけないことだった。協議離婚は、里子がその時恐れたようにやはり便利すぎるわるい制度である。

その届けを出したときの気持をあからさまにいえば、すべてが堪えがたくて夫と一緒にいられなかったからであるのは勿論である。が、その上「えい、こうして、あの女と夫とを一緒にさせてやれ」という気持が蜘蛛糸みたいに絡んでいた。

こういう復讐心理には沢山の説明がいる。その再婚は、里子の謀ったものであるということである呪いをかけられたのと同然な暗いものになるだろうと里子は信じた。

それに、すべての男はその相手の女を知らずに相寄るものだから、この二人の組合わせは必ず後に悔いをのこすだろうということも里子は信じて疑わなかった。それが第二の理由である。

現に山口は、里子と結婚する時にも、ほんとうに彼女がどんなに不出来な女か知らずに結婚した。その結末が他の女による女礼の出生となった。そして、こうして別れることになったのである。彼は、あの女でその悔いをまた繰返すのだ。繰返させてやらなければならぬ。

里子と山口との間はそれでも二十年保った。その標準で予測したら、あの女と山口との間はせいぜい七年か、五年……或はもっと短いかも知れない。が、里子とちがって、あの女は陽性でないから、山口が逃げ出さない限り、自分から離婚届を出してとっとと出て行くことはあり得ない。彼のお荷物になってからにも、あの女はそこに坐っている。そのとき重いつづらの方を選んでしまったことに彼ははじめて気がつくのである。

登山者が重いリュックサックを負って険しい山路を登って行くように、彼もあの女の入った重いつづらを背負ってこの険しい人生の道をうんうん呻きながらのぼって行くだろう。それは、ほんとうの登山のような遊戯でないから、気の向いたときおろすことは許されない。どちらかが死ぬまでその苦しい登り坂はつづく筈である。

世の男性には、癇癪を起したとき、物を投げつけるという発作がある。里子は女だから、まだそういう方法で、いかなる溜飲もさげたことがない。が、里子はそのときだけは一世一代の力を揮ってあの女を山口の横面へ力いっぱい投げつけてやったのだ。こういう別れ方もあるのである。

そして、結果は、図ったとおりに着々とすすんだ。

世帯は二つにわかれても、二つの家に共通した友人があるので、互いの家の様子がすぐ伝わる。

里子は、山口が女を知らないということばかり考えていたが、女は、それ以上に山口がいかなる男性か知らなかったらしい。

彼女は、まず山口の貧乏なのにおどろいた。そして軽蔑した。いつも罐詰ばかり食べさせる女に山口が、

「たまには、料理をつくったらどうだ。お前は、料理学院を卒業したと言っていたじゃないか」

というと女は冷たく笑って、

「この台所じゃあねえ……それに天火《てんぴ》がないから何もできませんわ」

と言ったそうだ。さもあらん。さもあらん。あの女なら、その位のことはいう筈である。そのとき、山口は勿論、かっとした。そして、遠い百貨店から、重い鉄製の天火を買って、よいよいかついでかえって、

「さあ、天火を買って来た。さあ料理をつくれ」

とつめよったそうだ。愉快な話である。そう来なくてはならぬ。

女は、山口が十日分位のつもりで渡す生活費を、一日で使ってしまう。

「これぱっかしの金……」

という軽蔑から、それがいかに少ない金額であるかを山口に思い知らすためである。山口がどんなにうんざりしたか見えるようで、この話も甚だ痛快な思いを里子にもたらした。それ以

来かどうか知らないが、山口は自分で一家の財布を握ることにした。

言いおくれたが、山口は、その頃、観光旅行の外国人のガイドをしていたので、客について家をあけることが非常に多い。里子と一緒のころは、ある官庁にいたが、女札出生にまつわる身辺の行跡が上司の耳に入って、詰め腹を切らされたのである。

女は、山口が、末は、局長か課長にでもなる人間のつもりでいたらしい。ところが、実際は、通訳をしたり、官庁の印刷物の校正や封筒かき位の仕事しかしていなかった。収入も少なかった。自由職業でもシーズンには、ガイドの収入の方が多い位である。

ところが、山口が出張中の生活費をおよそ計算して女にあずけて行くと、女は、すぐその金を使いはたして、彼がかえって来てみると、母子は、買って来た煮豆を包んだ箍の皮ごと卓上にひろげて、それだけで食事をしているという。

彼がどんなにうんざりしたか、里子には手にとるようにわかる。が、里子は、いい気味だ、思い知れ、と思う。そういう思いを一生させてやろうと思って里子は、身をひいたのだから。

またある日、山口の機嫌のよい時彼が言ったという。

「俺も思いがけずこんな商売になって、身なりをずい分ととのえた。こんどはお前達の着る物をつくってやるからな」

すると女は「ふん」と鼻でわらって、

「いままでにだって着物も服も一枚も買ってくれやしないじゃないの。あてにしないわ」

あわれあわれ。この話をきいたときには、何故かしんとして、山口が可哀そうになった。が、女が山口にそんな憤懣をぶっつける気持もよくわかる。里子も、彼との全結婚生活中に三枚位しか着る物を買って貰ったことがなかったのである。そして、里子は、もっと辛辣な言葉を山口に投げつけたと思う。ひとが言ったのをきけばおどろくが、自分の言ったことはそれ程に感じないのが人間であるから。

さて、こういう話をいくつか並べると、まるで、山口は辛い針の山の上に住んでいるかのようである。が、結婚生活のベテランである里子は知っている。これらの話は、いわば、たまにある波の頂きで起っている出来事である。そういう波がしらと波がしらとの間には、平穏で睦じく、また甘ったるい日常生活がいっぱいにみちているのである。

それに、第三者は、里子が喜びそうな話だけもってくる筈である。その上、その話は少なからず取次ぐ人の手で里子向きに修正されているかも知れない。それを喜んできいている里子の歪みをその人はよく心得ているのである。——と考え到ったとき、すでに、里子の執念はちょっとさめてちがうものに変っていたと見ることもできる。

そんな時にも人はいろいろな話を里子にもってくる。山口は、他の二つの辞典と一緒にブリタニカを売ったらしい。アメリカ女性で、フランスの後期印象派の運動に参加していたキャサンドラという人の六号ばかりの画を家宝だと称して大事にしていたのに、それさえアメリカ人に売ったらしいという情報も入った。

ああキャサンドラ。この未知の婦人画家の名が里子にもこんなに身近く思われるのは、彼がその家宝を自慢にしていたからである。が、それよりも、彼が、その画を、花よりも愛でている女礼への遺産として残したいと他で色々無理をしていたのを嫉きながら見て知っていたからでもある。

彼は同じ子であるのに、仙一にそれをやろうかと思ったことは一度もない。彼は女礼の方ばかり哀れがった。一方には憎々しい里子というものがついていたからにちがいない。里子は仙一のために暗然とした。

が、それはそれとして里子は、いつのまにか、女礼をキャサンドラとよびたい程二つの名を混同した。実は女礼はそういう名でよんでもよい程目がぱっちりして、あの女から生れたとは思われないように色が白かった。

里子が、山口の所にいる頃よく仙一が連れに行くと女が女礼を山口に逢わせによこした。幼いながら性格が明るくて、賢かった。憎いあの女がいないなら、女礼を仙一と同じに可愛がって育ててやるのに、と里子はいくども思った。が、それは、惚《ぼ》けてはじめの憤りがとおせなくなって降伏せざるを得なくなった年齢の証拠であったろうか。

そのキャサンドラの画が売られたとは大変なことだ。里子はいい気味だと思いながら、山口の苦労が如実に見えて、彼の家庭の中にいきなりとび込んで行きたい没義道《もぎどう》な衝動を感じた。しかし、自ら籍をぬいて出て来たのである。自分で、橋をこわして退却してしまったのだ。

そんな日のある夜更けに電話がかかって来た。山口が家の表で、自動車にはねられたという。

「わあっ」

と仙一は声をあげて泣き出した。

「泣かなくてもいい。人間は怪我位でそんなにたやすく死ぬものじゃない」

里子は仙一を叱咤した。どんなにでもして、自分の力で山口の怪我は治してみせる。

表に出ると、もう夜ふけの三時頃で、昼間よりも道路がばかに広かった。車は一台も通らなかった。仙一のすすり上げる声は広い道路の上で冬の凍《し》みる時家が鳴るような音にきこえた。

里子は素直に自分の心をそんな仙一にあずけて自分は泣かなかった。

「さあて、と――」

口ではてれかくしにそうつぶやいた。泣くよりも、もっととらえがたい茫漠とした大きな絶望に向かい合っていた。里子は、女の電話の口調を反芻して山口は死んだかも知れないと想像した。が、彼女の看病でなく、自分だったら必ず生かしてみせたのに、と見ないうちから残念がった。

小さい救急病院の裏口があいていた。扉の中に一歩入った瞬間線香の匂いがした。里子はぐらぐらとよろめいた。

もう未亡人になった女が、白い壁ばかりの衛生陶器のような死亡室に小さく坐って、祭壇のろうそくを取換えていた。女は素直な眼差で大仰に緊張している里子を見て頭をさげた。

「どうしてよいかわからなくって……」

と女はつぶやくように言いながらハンケチを出した。里子は自分の粗削りな心のきめをかえりみもせず、

——自分の亭主を殺して何をぼやぼやしているのだ——

と女を見てかっとしていた。考えてみると彼女が夫のかくし女だとわかってから、今日はじめて逢ったのである。里子は、かつてこんな夕暮の光のような眼差で相手を見たことがない。いつも里子は真昼の中に住んでいて、ぎらぎらした視線しか持合わさなかった。

里子は、女を指図してあちこちに電話をかけさせた。病院の希望で、遺骸は、火葬場に行く時間を待つため一たん家に引きとることになった。

「いいです。車の会社との連絡をお願いしますよ」

と里子は自分が未亡人であるかのように事務員に答えていた。

「あの、火葬場などの手続はどうしましょうか」

女は甘いいい声でたずねた。人づてで考えた女の声とは大分ちがっていた。

「それは、家にかえってから。お医者さんの診断書をもらって、それを区役所にもって行って——」

里子にも経験のない事務だったが、里子は、かすれた例の男のような声で言った。

こんな事を知っているという事で里子は、この女に敗けたのではあるまいか。男は何も知ら

ない女が好きなのである。里子は里子なりに、溢れる悲しみに堪えていた。

言っても人にはわからないし、他のどんな表現もできない別な次元の悲しみが生き物のようにのたうち廻っていた。山口と別れたという痛恨事がその悲しみの中にまじり込んで廻っていた。

「パパのお墓はどこにするの」

仙一が山口の家に行く二人だけの車の中できいた。

「お墓どころの話じゃないわ。まだ、まだ大変なのよ」

里子は、子供の質問をはぐらかした。実は自分の目で、山口の死が事実だとたしかめられた時里子にも仙一と同じに、墓の事が浮かんだ。

「自分も墓はほしいのだからついでに山口の墓もつくってやってもよい」

と里子は思った。が、あとで、この女がぬけぬけと彼女の戒名をその墓石に彫り込ませることになったら、自分はいい面の皮だ、と思った。といって、自分と山口とを一つの石に刻みつける口実を見つけることはむずかしい。やめだ。やめだ。と里子は、その想念から離れたが、またいつのまにかそこに戻っていた。

彼の家に行くと里子は、年の功で女を指揮して座敷を片づけさせた。里子は離婚以来はじめて二人の家を見るのである。

別れる時に分けた同じ柄の座布団がある。丹前にも見覚えがある。マホガニーのデスクの古くなったこと。

「女礼ちゃん。お兄さんと一緒にしばらく、あちらに行っていてね」

里子は仙一と女礼を向うの室に追払っておいて、

「真理子さん、この家では保険をかけていた?」

「さあ……」

里子は、女がこんなことを知らないのに驚いた。

「轢《ひ》いた自動車の会社からはあまり貰えませんよ。こちらがぐでんぐでんに酔って、むりな横断をしたらしいんだから」

「そうでしょうか」

これでは話にならない。が、こんな清楚な言葉で里子は人に受け答えをしたことがない。いつまでもその答えのひびきをきいていた。

女は立って行って、山口が使っていた鞄から鍵を出して抽出しをぬいて持って来た。

「見て下さいませんか。これが大事な書類を入れといた箱です」

里子は、帯の間のサックから老眼鏡をぬいてかけながら一枚一枚紙片をとりあげてよむ。

「ないようだわね」

里子は、それを言うときはじめて心から女を憐れんでいた。

「いつどういうことがあるかわからないから、生命保険にだけは入っておくべきだったわ」

「わたしもそう言ってたんですけれどね」

里子は、相手に喋れない一つの団《かたま》りを胸に抱いていた。というのは、里子の方は、山口が前に生命保険に入ったのを、ずっと今日までかけつづけていたからである。そんな金が山口の死のおかげで入ってくる事など、里子は、さっき保険の事を言い出すまで、自分でも忘れていた。

この保険についても里子には、山口に対して恨みっぽい記憶がある。

山口の知人の細君がその外交員でしつこくすすめに来たとき、山口は、里子を入れようとした。すでにそのとき、この母子は他処《よそ》にかくしてあったのだから、彼は、その秘密と一緒に、自分が不老長寿の契約でも天との間に交わしているような気持になっていたのだろう。

「お前が入ったらいいよ」

「貴方は、私の方が先に死ぬと思ってるのね」

里子にはゆるせないことだった。そう思うと、意固地になってどうしても自分が入る気にはなれなかった。

「保険は一家の主人が入るものですわねえ。山口にしておいて下さい」

二人の口あらそいを、勧誘する細君は見ていた。この時すでに後の破局を彼女は見抜いたと人に語ったそうだ。

その予感どおり何年かたって、二人は別れることになった。

「えい、こんな保険はすててしまえ」

里子は彼にかかわったものなら保険さえ腹立ちの種だった。が、考えてみると受取人は自分になっていた。山口が死ぬと思ったわけではないけれども惰性でその保険は今日までかけつづけて来た。

しかし、里子は勿論、この際女に、そんな保険のあることなどおくびにも出さなかった。葬儀はそんな成行きのあとで、とにかく終った。母子は、気まずい思いで女の実家にかえった。下町で自転車の販売と修繕をしている弟が引きうけたが、すぐ女はホテルの食堂に働きに行った。

女礼は、叔父の賑やかな家がいやなのか、父がいなくて淋しいのか、よく仙一に逢いにくる。

「お兄さん……」

といきなり仙一の室の窓を覗く彼女は、以前にも増して可憐である。

仙一が男の子であることを物足らなく思っている里子は、女礼の木戸のあけ方はすぐにわかった。

「女礼ちゃんじゃないの。こちらからお入んなさい。仙一は二階よ」

「今日は」

と行儀よく女礼は挨拶する。大きくなった女礼は、目がぱっちりとして、背丈もすらりと高い。女優にでもなれるきりょうだ、と里子は世の母親が盲目になるのと同じ気持を味わった。が、しっかりしたしつけする者のない娘に、そういうことを教えてはなるまい、と里子は自分を戒めた。

仙一は、離れてくらす女礼に何かはにかんでいた。妹でもあまり美しいので眩しいのかしら、と里子は思った。とすれば兄妹でも将来二人の間は注意していないと何か起ったら大変だ、などとも思った。

女礼がよく遊びにくるので、里子は少なからずよい気持になっていた。父のない義理ある娘になつかれているという淋しいすがすがしさ。もう、さすがにしつこい里子にも、山口の記憶は遠い山のように色がうすれて少しずつ美しくなっていた。

「女礼ちゃん。どうしてここが好きなの」

「あのねえ、この家は、万事デラックスだからよ」

「えっ、デラックス……」

里子は苦笑した。頂門《ちょうもん》の一針《いっしん》といった皮肉のある答えだった。しかし、女礼がこんな外国語を使うようになったのはたのもしい。

離れてじっと女礼のことを考えると、里子の山口に対する思いは、自然に女礼の上に引き継がれていた。

山口がどれだけこの娘に心を注いでいたかを思うと、彼の心をうけて、女礼を見戍ってやりたかった。殊勝になると、全く殊勝な里子である。

その母親に対しても気持は幾変転《いくへんてん》した。仲直りはするつもりだったが、ついこないだまで、せめて、横面を思うさま一つ撲りとばしてから宥してやろうと里子は思っていた。それだけの貸し方の意識はどうしても拭えなかったが、逢うとそういう妄執の魑魅魍魎《ちみもうりょう》はどこかに消え失せた。石のように身をかたくして縁どおくくらして来たオールドミスが中年になってから、山口のような半端者にせよ、男性と出逢って一と時でも命華やいだことを祝福してよい気持になった。その彼女に、女礼のような娘が授かったということは、大変な天の恵みである。これから女礼が大人になるまでしばしの苦労も、それを償ってあまりある筈である。

それから、またしばしの時がたつ。子供たちは成長する。

「仙ちゃん、この頃女礼ちゃん来なくなったじゃないの」

「うん」

仙一は、それに気がついているのかいないのか、要領を得ない返事をしていた。女礼のために買ったワンピースは、よその娘さんにやってしまった。この淋しさはひとにはわからないだろう。

里子にとって女礼は山口だった。あの脂ぎった山口が深山の谷間の雪のようなものに晒《さら》され晒されして、樹氷の精のように純化したのが女礼だった。女礼がこの頃どんな気持でくらしているのか、里子には見当がつかなくなった。

「三人でパパの法事をやろう」

と里子は言い出した。三人とは誰と誰なのか、仙一にはわからなかったらしい。

「仙ちゃんとママと女礼よ」

仙一はだまっていた。そこに、女礼の母親が加えられていない不自然さを考えているにちがいない。

「仙ちゃん、女礼ちゃんに電話をかけなさいよ」

仙一は、里子の思いつきを不思議に思っていた。それに、一緒にくらさなかった女礼に対して、仙一は、里子のような執着を感じていないらしい。その方がむしろ常識的だった。

電話は要領を得なかった。翌日里子は、仙一が学校からかえってくると、またしつこく女礼のアパートに電話をかけさせた。

仙一が用向きをいうと、女礼の答える声がきこえた。

「何て言ってるの」

「ママ、貴方がたがするパパの法事に私は関係ありません――といってるよ。何と言おうか」

「ええっ」

里子はあきれて二の句がつげなかった。

「いいわ。あとでわたしがまたかけるから」

と電話を切らせた。生れる前から女礼の心の中に畳み込まれていた敵意が、成長と一緒に扇をひろげたようにひろがって来たのがはっきりわかる。

「熊はどんなにやさしく飼っても、大人になったらやっぱり野性に戻ってだめなんだってね」

「熊だって。ママの話は時々変だ」

仙一のつぶやきに説明を加える必要はない。こんな思いあがった比喩には彼だって兄妹だから怒るかも知れない。

さる者は日々に疎し。里子は、弱く浅くだけれども、も一度山口との別離の記憶をおさらいしていた。やっぱり未だ少し狂おしい。

或いはもうこの地上のどこにも、山口などという平凡で特徴のない男の記憶を持ちつづけている人はないのかも知れない。女も女礼も、いつまでも昔のことを忘れない里子を煩さがっているのだろうか。

皆がすっかり忘れ去ってから、自分はゆっくり、彼の死を深く深く悲しんでやろう。それは涙の出るような悲しみとはちがう。永遠というものと向き合ったとでも言ったら、それに近いかと思われる悲しみであった。

〔初出：「小説新潮」1966（昭和41）年9月号〕

良人の求婚

ある日、正子がぼんやりしていると女の声で電話がかかった。

「まことにつかぬお訊ねですが、おたくさんの電話は、御主人さんの持ち物でいらっしゃいますか」

「は?」

正子には、質問の要旨がすぐにはのみ込めなかった。

「いえね、電話帳で見ますとおくさんと御主人と両方の名で出ているので、どちらの持ち物だろうかと思ってね——」

「ああ!」

正子には、やっとたずねている事柄がわかった。べつに、正子のものというわけでもなく、西方のものともいえないが、近所の知合いに電話を押しつけられたとき、こうしたら便利だろうと思って、電話帳に特別料金を払って二人の名を掲載させることにした。

そのことを電話帳で発見して、どちらの所有なのかと、ぶっつけに訊ねてくる程興味をもっているのは一体どういう人間なのだろう。

正子は不機嫌な声で、

「西方のものですが、そのことと何か御関係がおありですか」

と険のある反問をした。が、その瞬間、借金のかたに押えられでもするのか、とぎょっとして、まずいことを言ってしまったか、と悔いた。

その前に次のようなことがあった。

ある日、正子が箪笥の書類抽出しを引っくりかえして血眼で探し物をしていると、年配の手伝い娘がそばによって来て、

「奥さんの探していらっしゃるのは家の権利書じゃないですか」

「そうよ。よくわかるわね。権利書って知ってるの」

「権利書は知ってますよ。だけどありませんよ。こないだ旦那さんがさがしてどこかにもって行きました。そのとき、さかんに権利書がどうしたとか電話してましたからわかったんです」

「へえ！」

と正子はあきれた。

「実はね、よけいな告げ口をしても、と思ってだまっていたんですが、こないだ変な人が来て家の広さを測量して行きましたよ」

「そう！　じゃ、家はきっと抵当に入れられたんだわ。早く言ってくれればよかったのに」

しかし、正子は、手伝い娘の気持の中に入っていた。彼女は、この夫婦の場合では西方に同情する気持がつよくて、こんな成行を知らぬふりしていたのかも知れない。

この家では正子が威張りすぎるというのが彼女の考えであった。正子が二階の室をとって、西方が階下にいるということでさえ、彼女は正子を非難した。

「旦那さんを足の下に住ませるということはいかに何でも……」

と彼女はいくども正子に忠告した。

「じゃあビルディングなどで一番上の階をかりる会社が一番偉い会社ということになるわね。——ところが実際は、そんな高い所をかりる会社はボロ会社よ」

と正子は出たら目を言って、彼女の口をふさいだ。が、彼女は正子が夫に対して不遜だという考えをかえていない。

ところが、こんなつつましい手伝い娘にも、ある種の観念上の盲点がある。

ある月末、正子がしきりに魚屋、酒屋と台所口にくる商人に支払いをしていると、便所に行きかかった西方がふと覗いて、

「へえ、今日は月末か」

とつぶやいた。正子はその気らくな言葉に苦笑した。が、手伝い娘は目のいろをかえて、

「奥さん、何とか言っておやりになればよかったのに。貴女の唱えている思想と正反対じゃあ

りませんか」

「べつに、旦那に月末の勘定を払わせろという思想を唱えてやしないわ」

と正子は手伝い娘を思いきり挫いてやった。金を稼ぐ高や、社会的地位によって、男性の価値がきまるものと、彼女は信じて疑わない。それが、毎日一緒にくらすと事毎に現われていて、煩わしかった。こんな彼女だからある日、何とか会社の社長と称する人から面会の電話がかかると、正子に取次ぎもせずに、承知してしまったりする。正子が、そんな人は知らないから会いたくないというと、

「奥さん、社長ですよ。社長さんが会いたいと言っているのに会わないんですか」

「だから何処の社長なのよ。社長だからって会うとは限らないわ」

「えっ、社長に会わないんですか。失礼だけれどもこの家へ社長のような人がたずねてくることはめったにないじゃありませんか。お会いになった方がいいですよ」

こういう娘と、ああいう西方とをかかえて、三人三様の思惑でくらしているのであった。しかし彼女は、やはりとかく西方に同情する。

「奥さんが夕飯のときに待っていないから、旦那さんがおそくかえるんですよ。私はそう見ましたね。こんどは、十二時までても待っててごらんなさい。きっと責任を感じるから。それが世間のあたりまえなんですよ」

と彼女が口をきわめて言うのに、正子は、七時ころに、彼女と二人ですませてしまう。

ある日、彼女の主張をいれて、十時半ころまで待っていた。というよりも何かで偶然におそくなってしまったのだった。そしたら、十時半にかえって来た西方は、

「何で待ってたんだ。俺は、自分のために、人を十時半まで腹を空かせておくのは嫌だ。そんな悪趣味はもたんよ」

と、虚勢ではないらしい真剣さで怒った。

正子もそうだ、と思ったから、こんな嘘は一度きりでやめた。が、手伝い娘は、

「やめるんなら、やめてもいいでしょうがね、これではやはり私は旦那さんが可哀そうで味方するわ。こんな家ってめったにない」

と不満を言いつのった。

さて、はじめにかえって、正子は、電話の持ち主の問合わせに対する通話をしばらくは、差押えか抵当のため、と考えていた。家を抵当に入れたやり方で、また電話を金にするつもりかも知れない。

これに対抗するにはどんな方法があるだろう。こういうことに考えが集中してくると、正子は全く執着の鬼だった。夜も昼もそのことを考えつづける。

――要するに、まずこれは自分のものだということが証明されれば防げるんだ――

と正子は結論した。それには、いくらか、新聞の家庭欄でそのことについての法の条文を読んだことがある。

こんどは、家を抵当にされたようなうっかりしたことをしないために、遮二無二自分の稼いだ金で買った電話だということをこじつけておかなくてはならない。正子はある女友達に打ちあけた。

「それには、弁護士をたのむんだわね。いい人を紹介してあげるから。玄人の力をかりた方が金はかかるけれど結局勝ちよ」

この電話は、公定価格の二十倍位の値段を吹っかけられて買った電話であったから、その金の出所はあやふやではすまされない。

とにかく弁護士にたのむことにして、友達に教えられた番号に電話をかけると、事務員が出て、一人弁護士を派遣するから、その人に用向きを説明してくれという。

夫婦の間に弁護士が挟まるのは、石か砂が挟まるのも同然であった。砥石のようだった接触面はすでに、石ころ道のような粗いものに変ってしまった。ついでに正子の心もその位荒れていた。しかし、正子はそんなことを感慨してはいなかった。すでに知らぬ間に、そんな段階は通過してしまっていた。

ある日その弁護士が来た。きいたこともない中年男だった。もとより弁護士に知合いはないから何の感情の抑揚もなく、用向きを喋った。相手は要点を筆記して、やはり、この電話が、実は奥さんのものだった、と証明されれば、抵当になることは免れられる。それには、それを買った金がどういう風に支出されたか一応人を納得させるだけの書類を揃えて貰いたいという。

正子は弱った。どういう風にしてその金ができたか、すっかり忘れていた。が、弁護士のさしずにしたがって何とかつくった。

その間、高い薄い鼻をもったその弁護士は、折々きょろりきょろりと鼻のかげから正子を見た。相手が今何を考えて自分を見ているのか、見当もつかないということは気味悪いことである。正子は、居心地悪かったが、とにかく、彼の指図にしたがって、電話を抵当にすることができないように手続きして貰った。

この弁護士が自分を見ている理由はわからなかったが、いずれ、手伝い娘のように、この家ではこの細君が尊大すぎるからこんなことになるとでも思っているのだろうと見当をつけた。そんな事は大した悪事じゃない、と正子は、なれた反駁をこめて、いくども彼の視線を追いかえしてやった。

ところが、ある晩、西方は酔って女を一人つれてかえって来た。

「あがれよ。いいじゃないか。おい、あがれよ」

という言葉が何十遍となくくりかえされて、一人の女が軋むようにやっと玄関をあがったらしい。返事の声が全然きこえないので、正子は連れが女だと判断した。

どうせ商売女だろうとたかをくくったから、正子は出て行きもせず室でスリッパの音をききながら襖を睨んでいた。

「おうい、お茶だ」

と西方は手伝い娘をよんだが、そのとき、もう訪問者は、かえるために立上っていたらしい。一分位しか女は応接間に坐っていなかった。

正子は、女がガラガラと商売女らしく喋らないところに、何がなし重大さを感じた。襖をあけて、ちょっと覗きたくなったのもそのためである。襖をあけた時、意外にも、その外の廊下を、学校の先生のような女が西方と一緒にとおりすぎる所だった。

「紹介しよう。これが家の偉い奥さんだ」

と西方は言った。が、女は頭をさげもせず、運搬されるマネキン人形のようにまっすぐを向いたきりだった。

正子も対抗してしいて無表情だった。が、夫の紹介の言葉には、やはり一と殴り、したたかぶん殴られていた。

女を送り出すと、西方は、正子の手紙をかいている机のそばによって来て、

「俺はあの女と結婚する。姉さんにも逢った」

と言った。

「そう、それもいいかも知れないわね。しかし、あのひとはああ見えても水商売の人でしょう。どうせ結婚するなら堅気がいいわ。私と変り栄えがしないじゃないの」

正子は忠告のつもりで言った。が、喋っていると自分の言葉に全然温度のないことがしらじらと感ぜられた。

「いや、まだ水商売に入ったばかりで、水商売気質に染ってやしないよ。お前に干渉されることはない」

「それはそうだけれど――」

といったとき、ふと、正子には、あの電話をかけた主は、この女か、その姉さんではないか、というカンがピーンと来た。彼等は西方の求婚をうけるかどうかをきめるについて、電話が彼の財産であるか知りたがっているのである。

そういえば、今晩の訪問も、彼の懇望もだしがたく、というよりも、彼の家とくらしぶりをたしかめに来たという感じであった。

そうでなければ、妻ある男から求婚されている女が、その家をぬけぬけと訪ねる筈はないし、訪ねる勇気のある図々しい女なら、何くわぬ顔で正子に愛嬌をふり撒く位のことはして行く筈である。財産調べをされるという事がこの結婚話を限りなく悲しいものにする。

いずれにしろ正子は、西方の目ざしている新生活の方向に暗然とした。

そして、とにかく、弁護士に依頼した、電話の処置を取消そうと思ったが、その日にまたあの弁護士が来て、すでに出来上った書類を置いて行った。

ある日、役所から、電話に対する処置ずみを知らせる文書が来た。運わるくそのはがきを受けとったのは西方だった。

彼はいぶかしそうにはがきをよんでいたが、文面にかき込んである里野喜太郎という弁護士

の名前を見ると、

「何だって！　里野に何をたのんだんだ」

と忽ち彼の顔は和紙を揉んだように皺だらけになった。

「この人ご存じですか」

「知っているさ。ばか野郎。俺達はいまこのグループと喧嘩しているんだ」

正子はあきれて、も一度その名前を見たが、てれかくしにすぎなかった。はがきは一間も向うにひらひらと投げつけられていた。

「ひとに恥をかかせやがって――」

その罵言は薄荷を塗ったようにいっそひりひりと快かった。

〔初出：「小説新潮」1967（昭和42）年8月号〕

熊

きぬ子は、すみれ荘の管理人室から家に電話をかけた。

「もしもし……」

とよぶとすぐ花江が出て例の風邪をひいたような声で、

「あ、奥さん？　いまかえった所です。障子も貼りましたし台所道具も百貨店から一と揃いとどけさせました……」

「あら、障子があるの」

「はあ、近頃よく雑誌などに出ていますでしょう。あんな風な日本的な洋間で、カーテン代りに大きいこまの障子がガラス戸と重ねて入っているんですの」

「へえ、クラシック・モダンという所ね」

きぬ子は、花江に任せて探してもらったそのアパートの室を目の奥でちょっと想像した。誰が見ているわけでもないけれども、その目ざしには、てれたようにちらっと光るよけいな光が点っていた。

場所の地図は、ぬかりのない花江がこまかくかいて、けさきぬ子に渡していたし、鍵も一つずつ頒けているので、早速きょうかえりにきぬ子が寄っても差支えないことになった。

「装飾品が何もないのはおかしいと思って、あの熊ちゃんをもって行って棚の上に据えておきました」

「いやだわ！　あんなもの……」

きぬ子は吐き出すように言った。近頃趣味が大分洗煉して来た花江だが、あんな熊を飾り物だと考えるとは、やはり田舎者だ。

それは、夫の安川が北海道旅行のみやげにもってかえった黒い熊の彫り物だった。北海道に行けば、どこの土産品店でもいやという程見かけるマンネリズム的なポーズをしていた。勿論、きぬ子がそれをそんなに嫌ったのは、それだけの理由からではない。

きぬ子は、その電話を切って、渋谷のボーリング場にいる子之山にかけた。子之山には、一時間以内に、連絡するとさっき電話で約束してあったから、彼は待っていたと見えてすぐ電話に出た。きぬ子はそれを殊勝なことに思って満足した。そして左手の腕時計を見ながら右の耳では、彼の若々しい水っぽいような低音に触れていた。

「じゃ、四時には行って待っていますから、あまりおくれないようにね——手紙であげた地図はそこにもってらっしゃるでしょ」

待合わせる家をさがすのに必要な地図をきぬ子が送っておくのに、それを忘れて出てしまうことが子之山にはよくあった。時間の不確かなことにいたっては毎度である。

きょうは時間のことは、特に念入りにたしかめた。こんな不束《ふつつ》かなきぬ子でも、家で一応は主婦らしい地道な姿に化身しなければならない時間がある。それは夫の安川がちゃんと時間どおりかえってくるものとしての夕飯どきであった。

多分きょうも彼はあちこちの馴染みを呑み歩いて、やーさんなどとよばれてよい気になって、時間どおりなぞかえって来ようはない。が、万一ということもある。かえってくるとすればおよそ六時ころだから、それまでにたった二時間しか時間がない。

子之山は、いつも時間ぎりぎりにせっぱつまっているきぬ子とちがって、時間の観念が茫漠としていた。一時間も待たせても謝り一ついうでなく、そんな負目は年齢の不均衡で支払わせたつもりでいるらしい。それが小生意気で憎らしかったが、きぬ子は、子之山に対しては、無限といってもよいほど寛大だった。息子の荒人の言葉づかい一つもゆるがせにしない厳しさとくらべて、雲泥の相違のあることを自分で何と解しようもなかった。

そのくせ彼が約束の待合わせ場所に三十分もおくれるたびきぬ子は、もうきょうこそ彼が来ないのではないかと思った。いつもその強迫に怯えていた。そのくせ彼がくると急に心がおごるのか、こんなくだらない所に来ないようなら、彼も見どころのある男性だが、ちゃんとくるんだから——などと幻滅に近い感情を味わった。

だからきぬ子自身も「いつでも好きな時に去ってくれ。こんなばかばかしい関係から解放されるためには、自分にとって、その方がどれだけ救いなのか知れないのだ」と思うことがたびたびある。

しかし、結局それも仮構の呪詛であった。多分彼が去らないだろうという自信の上に立って、彼に対する気持を手の中で弄んでいるのかも知れない。

きぬ子はよく人のいない所で、いやなにたにた笑いをしていることがある。それは、その矛盾した自分の気持を自分で甘やかしている時であった。たまには、こんな自分を責めて、何故一途に自分のしていることに殉じないのだ、と俄に虔しくなる瞬間もないのではない。

しかしきぬ子は、そんなときには最初の出発点にもどって「いや、自分には、こうしなければならぬ天の使命があってしているのだ」と思い直す。その使命の意識がこの関係の出発点だったのだ。だから、この行為を他人や夫にはかくしても天には恥じない言い分がある。その言い分は何だときかれれば、ちょっとは怯むけれども。

きぬ子は、このすみれ荘に高等学校レベルの地方の娘たちを四十人程あずかって、受験や洋裁その他の勉強ごとの面倒を見てやるシステムの女だけのアパートを経営していた。

地方の世間知らずの娘が男性というものを知らずに、ちょっとした感動からある男に自分の生きる場を軽率に託することがある。材木でいったらいつまでも生木でふしぎに乾ききらない日本の「結婚自由」の合言葉は、うかうかともたれかかると大変なことになる。その失敗を失敗とも思わずに喪に服したような一生を送るのを、きぬ子は自分の身にくらべて見ているに堪えない。

他人はこのアパート商売に中年女のあくのつよい金もうけ主義を見ているらしい。

それはある点ぴったりとそのとおりであった。彼女は中年になって思いがけないほど利にさとくなった。娘だけのアパートという構想は、地方の物持の親たちが娘を遊学させようというときの心配をそっくり引受けたため非常に繁栄した。それの当たることが、前もって計算できた彼女の目さきの鋭さはいっぱしの商売人であった。けれども、きぬ子は、何とかして年頃の娘達にこの胸の何ともいえない失望を伝えたかった。恋愛も結婚も絶対と云ってよいほど信じてはならないことを警告したい無償な願いも、物慾と同じ位つよかったのである。

こんな境地に達するまでに、きぬ子は自分も十五年という年季を入れた。その経験の幅と丈のリアリティはとても一片の理論では云い現せない紆余曲折だった。夫がこんなにもけちであったこと、身内の者にばかり奉仕すること、それよりも幻滅的なのは、職場で金を廻して利息を稼いで小遣いにしていることである。その金も、半分でも家にもってかえって何かきぬ子のものでも買わせるならとにかく、彼の同僚にきくまで、そんなことをしているとは、きぬ子が知らなかった程秘密にしていたのである。

などなどは外形的なことであった。その精神に溯って考えるとだんだん興ざめがしてくるのだ。女は、夫の身内に対しては、一種の嫉妬から命がけで夫をうばい合いたい情熱を感じるものだ。

はじめは、夫を身内からとり戻すために、きぬ子は大童《おおわらわ》で夫婦げんかをした。そのうちあんな男は、あのいやらしい身内に呉れてやってもよいと思うようになった。そんな外部の成行とは別に新婚当時は穢《きたな》いと思った夫の湯呑の、のみ残りの茶が、後には平気でのめるようになった。その後にまた穢いと思いはじめてだんだんのめなくなって行くのだが、そのけんかする段階はのめるようになったときと同じなのだからおかしい。こんな変化は、自分自身の物差が変るのか、愛情そのものがあじさいのように変色する性質をもったものなのか、そこまではまだきぬ子にも云えない所がある。そのせいもあって、

「恋愛なんてたやすくするものじゃないわよ。これはという男性なぞめったに居やしないんだから」

彼女の忠告の表現はほんとうの気持とはなれて、往々こんな浅い形をとってしまった。甘美な夢に憧れる年代の娘たちは、抱いている五色の風船を潰されでもしたような味気ない面持で、

「そうかしら」

と疑問をひびかせてつぶやくだけで、彼女の忠告をまっとうにのみ込んでいる娘は一人もいなかった。

彼女たちの胸の中には、そう言い切られた瞬間理窟ではない、ある抵抗が起っているのがまざ

まざと見えている。若い生命力に逆おうとしているのだからそれがむりなことは当然であった。人間——と云うよりも女は、そのように軽率に出発して失敗し、その間に夫婦間の真理を悟ると云うマイナスな満足、つまりあきらめを得て死んで行くものなのだろう。

きぬ子の夫の安川は官吏で、上から下まで算盤珠のようにつながる階級の、下から三粒目位のところに位置していた。

洋服が清潔で、他人と話すときには声に節度があり、享楽よりも本をよむのが好きでウエルズの世界文化史大系を一冊のこらずよんで、黒人と白人とがいつ分化したか、と云ったことを話題にしている青年だった。後に賢くなってから考えれば、要するに、一定の箱の中のような環境でたてよこを制限されてそれに順応した育ち方をしただけのものである。

多少教育のある妻が中年になってから、夫を発見する規準になるものは、大抵こんなかつてよんだ、アンナ・カレーニナあたりからかりた眼鏡と相場がきまったものだ。

そこには、夫の水分を失って行く姿と一緒に妻の固定して行く目の高さも語られているわけだ。ところで、きぬ子がそんな夫の全身像を何歩かさがった遠景で見ていた頃には夫はもう次の形に変りはじめていた。

彼はいままで無関心だった菊が無性に好きになった。菊の芽を小さい箱に入れて、日向に出したり入れたり、食物のような赤い土に金を出して種物屋から買って来たりしていた。

菊と云う脆さの足りない花に、彼が頻りに何か格式を見出しているのをきぬ子は横目で見ていた。それもある年齢の特性を語っているのだ。

買えば一鉢百円位で買えるものを、何が面白くて、あんな手数をかけるのだろう。百円の菊を百鉢買ってもたかが一万円だときぬ子は、その「一万円」につよいアクセントを置いて考える。きぬ子がそう考えたのは、彼女が家庭から一歩出て横縞編物の講習で月に三万や四万の金ならくに懐中に流れ込むようになっていたことと照応していた。

ところがこの頃そんな驕った心境とはうらはらに彼女は、結婚直後いろいろと発見があってから何となくいとわしく思いつづけた夫のことを、いまでは単純に厭だといえなくなっていた。そこには、決して好きという言葉では云い現しがたいけれども厭だともいえない微妙な狭い地帯がある。彼女はそんな所に落ち込んだまま結局は夫の存在の中に首まで浸り切っていた。

「安川が……安川が……」

と自分の中で醱酵し切ったその名を友達との会話の中でよぶチャンスがやたらに多くなった。ひとが聞いたら古漬けの匂がしやしないかと思うほど、その名はきぬ子の中で古く漬かり切っていた。

そのころからきぬ子の経済力は思いがけない程向上して、前記したアパートを建てることになり子之山と云うどこの馬の骨ともわからない生っ白い青年とすみれ荘で知り合いになった。マフラーを買ってやったり借り自動車の借賃を払ってやったりしたのが手はじめで、だんだん見ては居られない関係に入っていった。

子之山は、大学中退だと自分で云っているインテリ崩れである。それはきぬ子の年代の女達が郷愁のようにもっている永遠の男性の風貌と、眉に皺をよせてもの思いする一点だけ似かよわせていた。

大学は中退だし、職業は長つづきせず、親兄弟には容れられない孤独な魂をもつこの社会のよけい者――きぬ子は夫の安川の個性から感じるものと正反対な語彙だけを選んで彼を形容した。そんな風にいえば悲劇的なひびきがあるけれども、要するに、この社会で独立の生活を営む能力に欠ける意志薄弱者である。

しかし、彼は抽象絵画を論じても、ジャズを語っても、きいている素人のきぬ子には、彼が専門家の域に達しているとしか思われない。彼女は見下すような目つきをしていても、肚の中の感動をかくすことはできなかった。

「貴方、その云っていることを文章に書いてどこかに売りに行ったらお金になるわよ。きっと」

「ほんとかい。お世辞じゃないだろうね」

子之山も安川と同じように、きぬ子には粗末な口をきく男である。しかし、きぬ子は、安川の口のきき方と子之山の口のきき方とに微妙なニュアンスのちがいを見出していた。安川はきぬ子を見下しているのであり、子之山はきぬ子に甘えているのだと彼女は思う。

同じような言葉づかいをしていても、安川の言葉からはかさかさに乾いてこちんとした中年男の心情欠乏が送られてくる。それに反して子之山の語情から送られてくるものには、未熟で未完成なものが母性に甘えかかってくる蜜の流れのような甘さがある。

子之山は、きぬ子と知合ったはじめは安川家に出入りした。

安川は、自分の硬化した昭和初年ころの福本和夫の本を暗記したりした教養に、きめのちがうジャズの話などが注ぎ込まれることをたのしんでいるように見えた。きぬ子は自分の心の裏側を見ながらぬけぬけと夫に相づちを打った。

「ね、めずらしく教養のある青年でしょう。貴方もきっと好きになると思ったわ」

きぬ子は、その前から、何かもやもやしたものをこの青年に感じはじめていた。ははあ、これは——と年齢が年齢であるだけに、きぬ子はすぐかつて肉体が妊娠したときのような異状を自分の気持が抱きはじめていることをさとった。

——わたしの心はあの青年を身籠って妊娠したらしい——

肉体でいえば、いま悪阻がはじまった所であった。

彼から電話でもかかってくるとその言葉の青っぽい余韻をいつまでも耳の中で味わっている。時にはにやにやと一人で笑っていることもある。

鏡を見れば、きぬ子は、勿論年齢相応のふてぶてしい顔をしていた。

しかし、体の中にいる自分は、繊《ほっそ》りときゃしゃでいつも小さい花をもってうつむいていた。ところでどんなに行違っていても夫婦は夫婦であった。夫婦の心と心の肌はいつも磨き上げたものを二つ合わせたほど滑かに触れ合っているものだから、こんな違和がすぐざらざらした夾雑物《きょうざつぶつ》のように知覚されるのはあたりまえである。

安川が何か感じたらしいこともまた、すぐ違和となってきぬ子に伝わった。が、そのとき、きぬ子は、

「かまうものか」

と心でひらき直った。

安川もこの頃、菊の趣味と一緒に、銀座うらあたりの「物いう花」に興趣を見出しているらしい。その花は、とても菊の荘重な格調には及ばない赤いチューリップのようなおセンチな花であった。

いつか安川がひどく酔ったとき、役所の大金の入った鞄を心配したのか、そんな種類の女が二人安川を家まで送って来た。

二人を応接間にあげて明るいランプの下で見ると、一人の女は三十すぎて、狐のようにやせた病気でもありそうな女であった。も一人は、二十四五で、ぱちりと目が丸く、脣《くちびる》がみかんの袋のように厚くて小さい笑くぼが頰に愛嬌をそえている。

「こちらの女だな」

ときぬ子はすぐ直感した。しばらく前安川がきぬ子の長顔を悪しざまに言って、

「丸い顔の女と恋がしたい」

と言ったことがある。四十をすぎてから彼はひょっくり、こんな不謹慎なことを口ばしる男

になっていた。

勿論、きぬ子も、そんなことを言われてもせせら笑う年齢と心境になっていた。しかし、やっぱりこの言葉はきぬ子の耳に録音されたようにいつまでものこっていた。だから、いまそのわかい方の女を見たとき、そのまん丸な西瓜のような顔をした女が、彼の何かであることが天の啓示のような重々しさで伝わった。何か、といっても、大したものではあるまい。

失礼だが、官吏は、賄賂でも貰わない限り水商売女のパトロンなどになれる筈がない。きぬ子は、それにくらべると塾のようなアパートの持主として娘たちから「先生」といわれるような女になっていた。そういう「女史」としての重々しさの上に、金まわりは悪くない。すみれ塾は、他のこんな塾の慣習にしたがって一年分の食費と下宿代を四月に前払いさせてうけとることにしている。ときどき塾を出て行く娘があっても、前払いで受けとったものは払い戻さないという規則は申渡してあるから、むしろ出て行く娘が多い程きぬ子のふところは豊になる勘定である。

この頃の娘には、忍耐や努力が足りないのか一年まるまるすみれ塾に落着いている娘はわずか半数位しかない。すみれ塾から駅に行く道は、新学期には白青朱のスカートがひるがえって華やぐのに、秋になると、ひっそりとして、現れはじめたはしりの焼芋屋がコンクリ塀越しに白い煙をあげながら塾をうかがっているだけである。――というわけであったからきぬ子は、いま、相当な金を握った女としての落ちついた目ざしで、二人の女を応接間に見つめた。

「これが……うちの奥さんだ……見ろ。こわい女史だろう?」

呂律のまわらぬ安川はこんなことを言った。きぬ子はちょっとびっくりした。家の中のもちゃもちゃを、安川がこんな女に喋っているかも知れないとは想像したが、その度合いは思った以上だった。ようし、覚えていろ。

「こわい奥さんじゃありませんよ。ねえ。いまあたたかい五目蕎麦でも御馳走しますから、話していらっしゃいよ」

大抵の水商売女なら、肚に一物あればある程こんな挨拶にそらぞらしくとびついてくるものだが、意外にも二人は顔をそむけて一言もうけ答えをしない。

それは安川のあくのつよい言葉と照応して、話にきいていた悪妻に一所懸命で悪意の無視を送って安川に忠勤をはげもうというポーズであった。

女達もかえり、まだ何かあくどい言葉でどなっている安川をねさせてから、きぬ子は、女中の花江と二人になった。

「奥さん、あの若い方のちょっとおせんちな目つきをした女は旦那さんとよっぽど深入りしていますね」

「どうしてわかった?」

「旦那さんの呑みのこしのコップの水をぐっとのんだじゃありませんか」

「へえ! そう? どうだかねえ」

きぬ子にも充分覚えのある女の習性である。が、きぬ子はわらっていた。水商売の女には不潔感覚がないからあんなことがたやすくできるのだ。きぬ子はついでに、そんなことを知っている花江を横目で睨んで、

「あんたも隅におけないじゃないの。この若さで何でも知っているんだから」

「その位のことはわかるんですよ。男と女の問題は案外本人よりも外から見るとわかるもんですね」

へ、こんなことをぬかす、ときぬ子はも一度花江を睨んだ。きぬ子が、人もあろうにあの子之山という風来坊に熱をあげているのを、花江は早くも気づいていたのである。

しかし、恋は、秘密でありたがるのと同じ位、人にひけらかされたい衝動をもっているものだ。花江にあてこすられた瞬間、きぬ子は、手頃で危険のない打明け相手を彼女に見出した。

彼女は、時々子之山と市内のどこかで待合わせて逢っている打明け話をすっかりしてから、

「ねえ、わたしがこんなことするの悪いと思う? よく考えてみたら、あんな亭主に対する反抗の手段はこれっきりないのよ。私の学校の同級生の町さと江ね、知ってるでしょう? 前に××省ではじめての女課長だなんてさわがれたひと——。あのひとがやめたのは、下僚の青年と恋愛したためだったらしいけれど、やめてからが大変だったんだって。大げさな話だけれど東京中の待合という待合を二人で歩いたという話だわ。それというのも、御亭主の町教授が封建的というよりも残忍な男で……」

「でも、奥さん、それなら、どうして別れないんでしょう。男なんて、あんな穢いものと別れてしまったら、きれいさっぱりで、毎日がすがすがしいですよ。わたしは、どうしてあんな亭主と一緒になったのかといまの気持ではふしぎでならないんです」

経験者の彼女にこう言われるときぬ子は、ちょっと怯む。なぜ別れずに、居坐ったままその結婚生活を世間の言葉でいえば「穢す」のかきぬ子自身にもはっきりした説明はできない。

しかし、説明できないというのが一つの説明である。この家に対する執着は四方八方からみ合って、とても直截《ちょくせつ》にときほぐせるものではない。この家庭や息子の荒人をすてて、不満ではあるけれども自分の夫である男をすててこの家の外に自分の生きる場を新しくつくることなどとても考えられない。この家庭は自分が粒々辛苦《りゅうりゅうしんく》積み上げた自分のものだ。

貯金が自分のものであるのと全く同じ意味で、この家庭も自分のものだ。荒人も安川もみんな自分が所有している。自分が溜めたのと同じ努力で築いた自分の財物なのだといってもいい。溜った貯金をすてる阿呆がないように、自分の持物である夫や子供をすてて空手空拳外に出て行くばかはめったにいない。

とすれば、ここに居坐ったままで自分は救われなくてはならない。これらを皆所有したままで救われる途は、象が針の穴をとおるよりも難事であろうか。

武者ぶるいのような戦慄がきぬ子の全身をぶるぶるとふるわした。

――わたしはやってみせる。自分のために。そして世のすべての不満な家庭を負った女のために。

それ程の決意ではじめた情事の相手が子之山であることは、自分ながら大山鳴動鼠一匹の感がしないでもない。

きぬ子は、子之山との交渉が秘密をおびて行くにつれて相手不足というか、自分の役不足というか、いつも半端な思いに悩んでいた。

しかし、家庭で夫が子之山に対して軽蔑と憎しみをつのらせて行く度合いが辛うじて、この幻滅を崩壊にもって行かない外からの支えになっているのかも知れない。

たとえば、夫の子之山に対する態度は次のようなものである。

ある晩安川が例によっておそく酒気を帯びてかえってくると、荒人がまだ起きていた。彼は、玄関をあがる時気持の解放感に任せて安っぽい流行歌を大きな声でうたっていたのを恥じて、

「子供は早くねなくちゃだめじゃないか。いままで何していたんだい」

とてれかくしに叱った。と荒人が、

「だって僕のねる六畳で子之山さんが御飯たべていたんだもの」

「子之山さんが御飯たべてたんだって。いつだ?」

「さっきまでよ。夕方からずっとだから、僕宿題もやってない」

「夕方から? そんなに時間がかかったのかい」

「氷水とウイスキーまぜてのんだり、粉コーヒーにレモンをのせて洋酒を注いだりして、英語

のジャズをうたって、愉快だ。愉快だ。なんて言っていたよ」

「何が愉快だというんだ。ばか野郎」

と安川はいきなり荒人の顔のうしろに見えた子之山の影像をにらみつけた。荒人はあっけにとられて、べそをかいた。

「僕、知らないよ。子之山さんにきくといいんだ」

「あんな奴は絶対によせつけちゃいけない。こんどあいつがこの辺にうろうろしているのを見たらただじゃおかないからな」

まだ十一歳にしかならない荒人は、父親の勇ましい言葉に満足して六畳に去った。

安川はそれから服もぬがないまま台所の方に行った。そこいらで、洋酒の壜の出ているのを大あわてに片づけているきぬ子と花江とにちょうど安川の顔が合った頃、例によって賑やかな言合いがひびいたあげくぱちんと安川が平手できぬ子を殴る音があざやかに家中にひびき渡った。

こんな風にけわしくなってからこの家庭には、「わかれる」という言葉が電話の「もしもし」と同じ度数位ひびく。しかし「もしもし」と同じに、その言葉は全く無意味で、全然誰の行動をも制肘《せいちゅう》しないからふしぎである。

——夫婦とは、こんなものなんだわ——

ある感激に似た感慨がきぬ子の胸を往来する時がある。八方破れでありながら、破れ散ろうとはしないこの精神的あばら家を守るためには、自分は、やっぱりいまの道をすすむより他仕方がない。

「いいことがあるわ。花江さん。いっそどこかに室をかりて彼と逢うことにしようかしら」

「いよいよ本格的ですねえ……」

彼女はなかなかしゃれた言葉をつかう。そして何と彼女は冷静だろう。

それからのいきさつは、はじめにしるしたとおりである。

きぬ子は、花江から貰った地図をもって、気のきいた花江がかりて家具をそろえてくれたアパートをさがしさがし行った。時間はやっぱり年上の弱味で子之山と約束したよりもおよそ一時間も早かった。

見ると、花江が言ったとおり、白いすがすがしい障子がはまっていて棚の上に黒い木彫の熊が四つ足で下を見下している。

「いやだわ……」

きぬ子はも一度つぶやく。

夫の安川がみやげに買って来た熊が見下している所で逢引するのは、あまりよい気持のものではない。それに、きぬ子は、こんなことがなくとも、一度北海道に行ってアイヌ部落で同じ形の熊が大量生産される所を見た。

それは人手でかたい木を彫るのだから、機械がつくり出す同型の品物とはちがう筈だ。が、つくる手つきといい、できた品物といい、寸分ちがわずテクニックがきまっていて全く機械生産と精神の上で変りのないのを感じて幻滅もしたし感心もした。

夫の安川は、それをいくつもみやげに買ってかえって、役所の同僚皆がするように形式的にくばったらしい。彼がそんなことをするとはやっぱり歳である。

あんなものがみやげとして横行するだけでも役所という所がいかに貧乏ったく人間性の涸れた所かきぬ子にはまざまざとわかる。つまり、熊一つでもけっきょく夫批判の種になるということだ。

きぬ子が、夫の配りのこした最後の二つの熊を邪魔にして便所に行く廊下の棚にあげておいたのを夫が見つけた。

「何だ。これをこんなところにおいて」

夫は憤懣に堪えない面持で、一つだけどこかにもって行った。知らない間にのこりが一つになってそこいらにころがっていた。横にたおれても、あの固い熊は、やっぱり同じ形に四つ足を突っぱっていた。いやな奴というほかない。

子之山は約束の四時より三十分もたったがまだ来ない。きぬ子は、家にかえらなければならない時間に食込むのでいらいらしているうち、スイス製の高級腕時計の方も信じられなくなって、それをつけた左腕をふってみたり耳に近づけてセコンドの音をたしかめたり、次第に昂って来た。

しょった男。二言目にはきぬ子は子之山をこんな言葉で心に罵っているが、それは、そのままきぬ子の彼に負けている弱味を裏から語っているのである。

きょうというきょうこそ子之山が来ないのかも知れない。ときぬ子はまた考えはじめた。こんな所まであんなおばさんの冒険の相棒につれ出されて何の得があるのだ、と彼は言っているかも知れない。年齢の重圧に抗っている哀れな女の魂に慰藉《いしゃ》を与えてやろうとした若者のふとした善意にぶら下ってとことんまで若さをしゃぶろうとするあくのつよい女、といっているかも知れない。

みんなそのとおりである。思わずきぬ子は卑屈な目ざしを、棚の熊のあたりに投げてにたにた笑いをする。

十分。十五分。やっぱり来ない。陽は落ちないまま空の彼方にかかって、卵の黄身みたいに光を失って行く。近くの天理教会で太鼓の音がした。銀いろにまぶしく昼の光を透した和紙の障子がぱっとオレンジ色に染まった。が、忽ちそれも褪せはじめて、鼠色の夕暮が静に浸み込んでくる。

きぬ子は、おどろくほど謙虚なつつましい女になっていた。子之山との関係が忍耐とたえざる反省をしいてくれた点をきぬ子は感謝している。が、勿論それは、反省そのもの忍耐そのものの喜びではない。そんな陳腐な道徳にまできぬ子を追いつめて行った子之山というくだらない男のもつ奇蹟的な神通力に対する讃仰である。

あと三十分で子之山は来ても来なくてもきぬ子は家にかえらなくてはならない。

立って行って、家に電話をかけて女中の花江をよび出すのは、苛立ちを一時しずめるだけの冗な動作である。

「もしもし、まだ子之山さん来ないけれど、何かそちらに言って行かなかった？」

「奥さんですか？　ちょうどよかったわ。いまお電話しようと思ったけれど番号をかいた紙をなくしたので、電話帳をくっている所でした」

「何かあったの」

という不安は、勿論夫の安川が勘づいたかという最大のおそれと直結している。

「あの……旦那さんから電話ですぐ来てくれるようにとのことなんですの。すぐおかえり下さい。大変です」

「どこへ。お役所へ？」

「いいえ……」

「あのひとどこにいるのよウ。言ったらいいじゃないの」

「それがね……お目にかかってお話します。すぐおかえり下さい」

花江の風邪をひいたような声は、さらにうわずって、同じことをくりかえしているだけで何とも歯痒いものだった。

「お目にかからなくたってそこで言ったらいいじゃないの」

きぬ子は近頃の弱い雇主としては最大の圧力を花江の頭の上にふり下したつもりだが、三十すぎて世間を知っている花江はゴムのような弾力でうけとめた。

「……どうぞかえって下さい。奥さん大変ですよ。旦那さんは病気らしいんですよ」

「えっ、どこにねているの？」

ときぬ子は立上っていた。ハンドバッグの紐をちゃんとにぎりながら。そんなことがいつかありそうな気はしていた。

子之山にはすまないが、すぐかえって事情をきくより他仕方がない。とっさに彼女は判断をきめた。子之山に対するみれんなどすぐ吹きとぶのはさすがである。

「――それではね、家は荒人ちゃんにしばらく一人でいて貰って、私がそちらに行って奥さんを御案内しましょう」

「どこに御案内するの」

とまだたずねかえしているうち電話は切れていた。彼女は憂えにたえずにきょろきょろとあたりを見廻した。

きぬ子の心はそのときさっと入替っていた。子之山がいまここに来ないことを廻れ右して彼女は切に願っている。夫はどこで病気になったのか、花江の言葉ではわからない。が、彼女は、いつもこんなはっきりしない言い方をする女である。こういう茫漠をもっているのがこの女の偉い所で、親類や近所の人は、性格の割り切れた雇主のきぬ子以上だとほめたり、恐れたりしている。その「恐れ」には、大味な雇主の隙間に入り込むことのあらゆる種類が含まれているらしい。

きぬ子は目をぎらぎらさせて、こんどは花江の来かたのおそいことにいらいらしていた。ここにぐずぐずしていたら、子之山が来てしまう。ここまでよび出した相手を夫が病気だからと断れないのですぐには行けなくなる。その間に夫はどこかで死んではしないか。

きぬ子がいらいらと窓から見下していると花江がぬけ目なくハイヤーにのって、すうとそのアパートに横づけしたのが見えた。よかった。が、少々憎らしい。きぬ子が忙しく外出している間に彼女がちょいちょいハイヤーを使っていることをきぬ子は気づいていた。勘定がきを見るわけでもなく払いは任せてあるので、万事こんなことになっているのである。

そのハイヤーをそこに待たせておくのまで花江は全くぬけ目ない。

「いいわ。あのひと時間どおりに来ないんだから、何もかきのこしておくこともないわ。ね」

きぬ子は花江に向って攻撃的に言った。

花江は無表情に何かの意向を託して、だまって障子をしめ、湯わかしの電気こんろをひねる。

「ねえ、安川はどこにねているの」

花江の表情がきらきらっとそのとき変ったが、彼女はあいまいに笑って、

「いまおつれしますから——」

きぬ子が不安な目ざしをする間に、二人をのせたハイヤーは家からそう遠くない路地の奥の小さいアパートについた。それは、きぬ子のかりたアパートと、ちょっと雰囲気のちがう苦労

人らしくだけた建物だった。

花江がガタガタとベニヤのレディメードらしい戸をあけると、まっすぐに見える神棚らしい棚に、北海道みやげの木彫の熊が例の形の四つ足で立っているのがすぐきぬ子の目に入った。目をそらした所に安川がねていた。そばに坐って顔をふせている女を見たら、いつぞや、年増女と一緒に酔った安川を送って来た若い女だった。

「誰があんな熊をここにもって来たの」

きぬ子はこんな室があったことよりも、その熊のことを憤る形式をとっていた。

「わたしです」

花江が例の無表情で答えた。

安川は軽い脳出血だと診断されて氷枕に氷嚢をあて、足には湯たんぽを入れて身うごきもできないほど重そうな蒲団をのせていた。

「いまうつらうつらしたら、アルベール・トーマの姿が浮んで来てね……」

彼は、きぬ子にこんな室を見られても何も感じていないらしい。大したことはなさそうだが大分興奮しているな、ときぬ子は思った。

「アルベール・トーマってなによ」

きいたことがあるような名だがきぬ子は病人へのいたわりもなく無慈悲にききかえした。

「ほら、フランスの社会民主主義者だよ。昔彼が日本に来たときトーマ排撃のプラカードをつくって東京駅に行ったことがあるじゃないか」

そういえば、そんなこともあった。彼はまだ役所に就職して居らず、子之山に似た風来坊だったが、本だけはよくよんでいたっけ。あのころのことが何かと思い出されて、きぬ子は、安川に結びついて行くため一所懸命だった自分がなつかしい。

「どうなさる？　すぐ寝台車で家におかえりになる？」

「大変だよ。動けないんだもの担架でなくちゃ階下におりられないだろう」

「いいえ！　何としてでもおろします」

きぬ子は言い切った。安川がかえりたい様子を示したことが、彼女をこんな高姿勢にした。

寝台車がくるまでには一時間も時間があった。きぬ子は、こんな室に居たたまらず外に出た。ここからは、バスで行っても自分のかりたアパートは十分位しかはなれていなかったが、子之山の姿は急に遠く小さくなってしまった。うっかりと色男ぶってアパートの二階にのぼって行った彼はとざした扉にぶっつかって、今さらのように不誠実を反省しているだろう。いい気味である。

寝台車が来て、運転手と助手が安川を担架で階下にゆさゆさと上手にはこんだ。きぬ子は、

「いろいろお世話さまでした。では失礼いたします」

などと女に切口上で挨拶して、扉口にくるとき神棚の上の熊をひょいととってふっと埃を吹いた。階下におりて寝台車の毛布の上にそれをほうり投げるように置いて自分はわきに腰かけた。

「すまない。きぬ子。俺はお前にお詫をしなくちゃならないだろうな」

きぬ子は安川のあやまり方が不足できこえないふりをしていた。花江はいびつになった唇で、目をふせている。

「貴女いつからあの室知っていたの」

きぬ子が安川の言葉を無視してたずねると、

「はじめから――」

と花江は手みじかに答えて知らんふりである。それ以上はもうきかなくても、自分のかりたアパートの成行で、花江がどんな働きをはたしたか充分に想像がついた。

しかし、きぬ子は、自分がしたかったことや、そういうことをするに到った動機についても少しも天に恥じる所はない。天はそうしろと自分に命令したのだ。が、あんなことをした安川にもいっぱしの理窟のあるらしいことが無念でたまらない。ひょっとしたら天は彼にも似たことを命令したのではないだろうか。

〈初出：「新潮」1964（昭和39）年1月号〉

秘密

雨の日にひょっくり兄が来た。雨粒のついた服で茶の間に坐ると、いきなり、何も言わないままがっくりうなだれて二三分坐っていた。その面持を見上げていた花子も、何か言おうとすると、変に言葉がもつれた。兄よりも思いつめているかも知れない気持をかくすためにうつむく他なかった。

何も語り合う必要はない。今までにもこの問題で改めて語り合ったことはないのに、刃物の切っ先が鋭く二人を貫きとおったようにひやっとしていた。

「もうおっつけ四月にもなるのに電話も何も来ないんだね」

「ずっと音沙汰なしよ。貴方の所にもないなんておかしいわ」

と花子は言った。が、尚じっと兄の顔を凝視しつづけていた。もしやその表情の上に、黒い蝙蝠《こうもり》のようなものが羽搏《はばた》いていはしないかとおそるおそる――

「俺の所はわかってないんだから、言ってくるとすればお前の所だが、何も言って来ないのかなあ」

「来ないのよ。だけどおかしいじゃないの……」

あの時の兄の話では、例によって正夫は銭ももたずに、サンダルを突っかけたセーター姿で出て行ったということだった。嫂《あによめ》の話だと、シャツやズボンを入れた紙バッグをさげて行ったということになっていて、少しちがっている。けれども、兄は会社にいて、実際に見てはいないらしい話である。

もし、正夫が家を出る所を見ていたなら、たとえ年中行事であってもなぜとめなかったろうという不満が実父の彼に対して残るのは仕方がない。嫂に対してもこんな継子をもったことに同情する段階はすぎていた。そのあとにつづいた個々の処置を咎めて不満を感じる段階さえすぎていた。いつぞやも、正夫が出たままかえらないと彼女が相談に来たとき花子は嫂のじめじめした言葉にひびき返すように言った。

「探さなくてもいいわ。きっと親切な人が使ってくれているのよ。人手不足だから、あれでも何かの役に立っているんだわ。もういちいち気にしないことにしましょう」

嫂にとって、正夫は先妻のこした継子であった。彼女がかたづいて来た頃、正夫は外見にはまだ四歳何ヵ月のふっくらした子供であった。そのふくらんだ中身が空洞だったとは誰にも想像できない奇蹟のようなものだった。次々に二人子供をうんだ嫂が、とんでもない人間になった正夫をうとんじるのは仕方のないことであった。

あの頃花子は実家に行ったとき、生きていた母が幼い正夫をにらみつけて叱っているのに怖えて訝しさに堪えなかった。孫に甘い日頃の母のねむそうな瞼の中に目玉を一と皮剝いだ銀色のぎらぎらした発光体のような目玉がむき出して正夫を睨んでいた。

「この子ったら！　お前なんぞどっか行っておしまい！」

「可哀そうに――何したんですか」

「台所で踊りを踊って鍋をみんな引っくりかえしてしまうのよ。朝から晩までこんなことばかりしているんだもの」

幼い子供だから、そんな事もあるだろうに、と花子は母の無慈悲さが信じられなかった。

正夫は父と一緒に小笠原から引揚げて来たのだから、中途で一緒になった水臭さなのだろうか、と花子は判断した。それにしてもこんな冷たい母を花子は生れてはじめて見たのだ。が、その一途な怒りの屈折した意味があとでは自分の身に引きくらべてだんだんわかった。

その頃、入学した小学校から、「お宅の子は精薄児らしい」と改めて知らせがあった。兄はとっくに承知していて学校から何か言ってこないかと毎日一人戦いていた。が、気弱な兄は、呼出しをうけると改めて弾丸に射たれでもしたようなショックで、その晩は酒をしたたかのんだ。

あくる日、会社を休んだ兄は雨降りなのに用意したレインコートも忘れて学校に出かけた。教室に入ると、皆が教壇に向いている中で正夫だけがこちら向きに何か手にもって弄んでいた。

「うちお客人よ。先生がそう言った……」

正夫は父親を見ると人なつこく頬笑んで得意そうに説明した。正夫は、小笠原島から引揚げた兄につれられて終戦のずっとあとでかえって来たが、何年たっても島で使った言葉を改めないのだ。

「ばか野郎。何故皆と同じ方を向かないんだ」

そこで兄は正夫をはりとばして先生にとめられた。

「こういうお子さんにはとり分け愛情が必要です。貴方の扱いは問題ですね。ますます悪くなりますよ」

先生は憤慨した。それからの兄はよく会社を早退けした。正夫が学校からかえってくる道をうろうろと行ったりかえったりして待っていた。正夫が今日何を教わったかを叱り叱り問いただしておさらいさせるために、彼は終日落着けないのだった。花子はそんな兄が哀れであった。が異常児の父親として板についていないのはまだ覚悟ができていないからだと心で責めた。

「もういいわ。学校の成績なんぞ。それよりも他人に迷惑をかけない人間に躾けることが第一だわ」

花子のいうことばもまた自分で面映ゆい紋切型であった。しかし自分の身辺の問題となってもこんな抽象的な言葉より他出て来ないことを発見したのはよい反省の材料であった。

実は、そのあとで花子は、ふとした思いつきで「ねえ、画を描かしてごらん」と軽々しく弥次馬のように口ばしった。天才的な画家の某氏がこんな少年だったらしいことが頭に泛んだのだ。すぐ自分の不謹慎な言葉に恥じて取消すようなことを言った。が、その言葉はいつまでも記憶の汚点になって残ってしまった。花子はその汚点のおかげで、正夫のこととなると考え考えものを言うようになっていた。——が、それはともかく、そのとき兄が正夫のことを話したあとでこんなことを言った。

「実はお前にだけ話すが、内地へ引揚げるとき、どさくさにまぎれて船着場ではぐらかして置いてくるつもりにしていたんだよ。自分の名前もいえない子供だったから、大丈夫わかりようがないと思ってね。しかしさすがにできなかった……」

「ええっ！　自分の子を！　兄さんは恐しい人ねえ」

花子は目玉をむき出して兄を凝視した。そんな恐しい血が兄の体の中には流れていたのか。花子は兄と血のつながる自分に対しても考えた。

正夫はその後六年間、教室で勝手に遊ばせてもらった。そして、あとの三年間は通学免除をうけて家で弟のお守などさせた。

彼の弟妹も年ごとに大きくなっているが、正夫のにょきにょき大きくなるのが特にその家では目立った。四肢がよく発達して、胴体は、何が詰っているのかと思われる程米俵みたいに重そうだった。彼一人の存在で室の中はいっぱいになった。

兄は何もこぼさずただ酒をのんだ。

「狂暴性があれば入れてくれる施設はあるのよ。けれど、大人しいからだめなのよ。いまはどこも一杯なんですからね」

花子は兄に言った。彼女はこの方面のことなら知っているわけがあって、あちこち当ってみた。兄は、正夫に狂暴性がないのを残念そうに、

「面接の時だけでもいいんだがね」

と言った。

しかし、その間に、正夫の大きい体を見て、「簡単な仕事だから」と彼を借りにくる近所の百姓や土建やがちょいちょい現れた。兄はかりそめでない顔で鼻のかみ方や歯の磨き方を教えて送り出した。こんな便宜が授かったのかと彼が天に感謝して荷をおろしているのがまわりにもよくわかった。が、百姓家の草とりも、工事場の片づけも二日とはつづかなかった。もって行った歯磨までちゃんともって彼はかえって来た。

たのみにくる人達は、もとより彼なら賃金がやすいだろうという事が目当だった。たしかに安い代り正夫は草をとらずに立ってばかりいて何杯も飯をたべた。雇う人は、仕事を休んで道のわからぬ彼をまたつれて弁解がてら返しに来た。そうでない人は何か安い代用食をあてがって使おうとしたが、正夫は家にかえると言いはって仕事もせずに立ちつづけた。

花子は、正夫が、知合いの百姓家の畑で夕暮のながい影を引きながら立っている姿を通りかかって見た事がある。そこに彼がいると知らなかった花子は、人の姿が少しも動かないので丸い郵便ポストがあるのかと思った。彼の不動の姿勢は、信じられない程同じ形でながく続く。

家で机に向わせて勉強させると、何もしないまま半日でも同じ姿勢で動かずに坐っているのである。

花子は「もういいわよ。謝ってあげるからかえりなさい」と畑の外から声をかけた。が、たとえ二三日でも、正夫の不在という気楽さを味わってからの嫂は、正夫の帰宅ごとに言葉にならない不機嫌を示した。それはいかにもむりのないことだった。実父の兄さえ嫂と同じように正夫の帰宅を呪っていた。が、兄の方は正夫への情にひかれて泣いたり、憤ったり嫂を憎んだりして愛憎にさだめないだけだった。兄は自分のそんな気持の原因を嫂の存在に帰して、

「後妻というものはだめなもんだぞ。俺は運がわるかった」

何でも打明けられる花子に兄はたびたび言って、別れた前の妻をなつかしがった。しかし、兄がほんとうにうとんじているのは正夫を邪魔にする嫂ではなかった。兄がうとんじているのは可哀そうな当の精薄児の正夫であった。何ということなく花子はそれを感じていた。花子は嫂よりもそんな兄を憎んだ。というよりも、憎め憎めと、自分で自分に命令したといった方が適当であった。それは花子にも、兄が不具の正夫を憎む残酷な気持がふしぎに抵抗なく通じて来るからであった。

兄は、この頃では、ろくに相手の仕事や人柄を知ろうともせずに、正夫を借りにくる人がありさえすれば承知して出してやった。正夫も出て行きたがった。

「こんな家にいちゃろくな者にゃならないや」

結構世間ずれのした言葉をどこかから覚えて来て継母や父親に投げつけるようになった。彼の心に写る実世界の断片は皆リアルだった。その断片と断片とをつなぐ時にアブストラクト画のような独断が行われた。

二三日しかつづかないことはわかっているのに、彼は自分の貰い集めたシャツやセーターをまとめてもって出ようとする。彼は、自分をとりまく世界を全然信じない。彼は岩や礫の曠野にただ一人だけの生物としてくらしているのである。

彼は人間くさい金の計算にも全然興味がなかった。金属の美しい金だけが財布にじゃらじゃら音をたてていた。彼は美しいものが好きである。金は交換のためではない。きれいな所有物として光った金だけを彼は大切にした。彼は学校で習った字を覚えていて日記に、誰にも通じない言葉をしるした。

こういう児童は、二年生頃までは、ある程度に智能がのびるものだと花子は専門家にきいたことがある。「おれはおこるぞ」と彼は働きに出た家で憤りをしるしている。親や他人にこんな待遇をされながらまだおこらずにこれからおこるのかな、と花子は首をかしげた。

「じきかえるから、それまで、弟と妹の月謝は何とか払っておいてくれ」

という正夫の手紙が、番地不明のため二三ヵ所廻り歩いたあげく兄の所にとどいたことがある。くらしがらくでない現実もこの精薄児にはいつのまにか、水がひとりでに浸み込むようにしみ込んでいた。後になって気がつくことは、精薄児にも結局すべての世界がひどく速度がおそいだけで皆しみとおっているということだった。
兄はその手紙をもって泣き笑いした。親ともなれば、こんな子供でも自慢したい時があるのである。

さて、この兄の妹の花子は、中年の教育者あがりである。夫が退職金をのこして死んだとき、一たん仕事を退いたものの、何事かに精力を注ぎたい若さを残していた。

ちょうどそのころ、昔同学だった後輩がある特殊学校の建設を厚生省に運動する仲間に誘った。花子は兄が苦しんでいる精薄児の問題と取組むよい仕事だということも考えに入れて仲間に加わった。それ以来専門家扱いされてたまにはその方面の問題で公聴会に出たりする。が、実際に問題へ首を突込んでみると、財政的にも人手も不足で案だけはあっても手も足も出ない状態だった。花子はそんな事だろうと大きい期待はしていなかったけれども、やはり、はじめの期待が色褪せて行くのはどうしようもない。

しかし失望はしても兄の子の正夫がどうにもならないことが花子の関心をこの問題にしばりつけていたことは事実である。自分は、正夫のような哀れな子を護ってやるために、後半生をこの仕事のために費すのだ、という出発点の気持に虚飾はないし、動揺もなかった。

が、それはそれとして花子は、自分の甥にみじめな少年がいることは、かくすという程の気持ではないにしろ誰にも言わなかった。

べつにかくす必要もないが喋る必要もない、と花子は思っていた。が、精薄児の親たちが集って、一人一人がきくも無慙な我が児の精薄ぶりを訴え合うときにも、花子はうかうかと誘い出されて自分の甥についての告白をすることなどは絶対になかった。

あとでかえりみて、自分の屑があの時岩戸よりも重かったのは何故だろうかと考えることはある。が、不幸にめげて精薄児の日常の愚行をとめどもなく羅列する親たちの仲間に加わって、同じような愚痴を加えることもあるまい、と自分に都合よく解釈した。

しかし、こういう経験が積重なったあと、自分の心の底でその事実は岩よりもかたい秘密の塊になっていることにだんだん気がついた。

が、そんな事はどうでもよい。要するに正夫のような精薄児を救う仕事にこれから献身するのである。花子は、こんな心の矛盾の詮索を愚かしいと自分で断じた。

この頃、兄は正夫のことで、すっかり神経を弱らせていた。正夫が働きに出て行ったりすぐかえって来たりすることは前と同じだった。正夫はそれにつれてだんだん人柄が摺れて来た。家にかえってくるとふてくされて大きな体のまま畳に転がっていることが多い。この頃では、煙草もどこかで吸いならった。兄は他に問題も多いのに正夫が一人でマッチを扱うのを危んで家にいるとそれをかくす所ばかり工夫している。

「お前達のいうそんな収容施設が早くできればほんとうに安心だがな。どうなっているの。俺が死んだら、あれに誰が責任をもってくれるだろうと思うと目の前が真暗になる」

花子には、安易な慰め言葉は言えなかった。彼女の後輩が主に動いている施設の運動に、財界はなかなかのって来なかった。政府も思うように金を出さず甘いものでないことが現実にわかった。世論だけがいたずらに上ずって高鳴っていた。その下で地道な進捗といえば近県で土地を獲得することさえ実はできていなかった。

それやこれやするうちちふと、ある宗教の仲間の人にこの家の不幸が知れた。彼はしげしげ折《しゃく》伏《ぶく》のために通って来た。

「正夫君は私が引きうけます。私が知っている所であずかってくれますから。なあに、こんなにおとなしいし、そんなにひどい症状ではないんだから、きっと、何か仕事を覚えますよ」

兄は半信半疑だったが、藁一本にでも縋《すが》りたい行詰りは以前以上だった。

「その代り貴方は率先して御本尊さまにおまいりしなくちゃいけませんよ。お題目をすぐうけて下さいよ。あとで一緒に行きましょう」

兄はたのみ切った無言でつるりとした小ぎれいな男のきびきびした行動を見戌った。男は靴をぬいでことわりもなくあがっていた。

「第一こんなものがあるのがよくない。何よりの障りだ」

彼はすでにこういう仕事にはなれているらしく、道具もちゃんと用意して来て、仏壇に並んでいた金箔つき漆塗の位牌をとると薪割でパンパンと片端から二つに割った。徳川時代あたりにできてただならぬ年月の威厳を帯びた位牌が無慙な二つ割りに裂けて、庭にほうり出された。兄の目から、思わず涙がポロポロとこぼれた。しかし、正夫を救って貰うために、ひいては、自分が救われるために、兄の気持には背に腹はかえられぬ判断があった。けさまで崇めて茶や花を供えた絶対力の象徴が、薪割りの一撃でつまらぬ古木に還った成行を、じっとひと事の様に見戍った。

「まだお札とかお守りとか何かあるでしょう。皆出して下さい。そうでないと、本尊さまは救いのお手がのばされないんです」

兄はかしこまって、箪笥や戸棚の抽出しをがたがた言わせた。

男は、いま破って庭にすてたお札や位牌を靴の足で一箇所にかきあつめて火をつけた。

「言っときますが、これからおうけする御本尊様をこんな風な火におかけしたら、貴方も同じに火でやかれますよ。しかし、この位牌は邪教のしるしだから、何も報いはありません。気にすることは絶対にありませんからね」

「はあ」

兄は信心も誓わないうちからその言葉にすがっていた。そんな支えがなければ正夫の為とはいえこの背信には堪えられなかった。やがて、男は、正夫をうまくなだめて、わずかな衣類と一緒にどこかにつれて行った。

が、二日すると、その男がやっぱり同じ荷物をもった正夫をつれて戻しに来た。

「永久におかえしするわけじゃありません。私のお題目が足りないために、正夫君はどうも落着けないようです。しばらく待って下さい。必ずつれに来ますから」

「何しろ、我儘な子ですからね。すみません」

その男は真面目な男であった。ほんとうに一週間すると、また来て正夫をつれて行った。が、また戻しに来て、自分のお題目が足らないことを謝って、じき連れにくると言った。兄は他力本願の正直者だから、毎日待っていた。

しかし、それきり彼は来なかった。誰にも当然な成行すぎて、嫂さえ一度も彼が来ないことを話題にしなかった。

兄だけは仏具のなくなった仏壇を見るたび、他人をわらうように自分をせせら笑った。彼はやっぱり失望していた。それに後で冷静になると、兄には祖先の位牌がすっかりなくなったことは重大なことだった。これも、正夫の出生と同じに彼の悔恨となってのこった。

しかしとにかくじき、嫂がそこに置時計や博多人形を置いて、それを見なれさせてしまった。いただいた称号の掛軸は、無視の現れとして埃のままずっとかけ放しだった。

正夫にはその頃になると、あごに薄い鬚らしいものが見えはじめた。何かといえば父母に幼稚な口答えをする。

「年頃になったら始末がつかないわねえ」

嫂は正夫をこわがるようになっていた。

前途にはいろいろな問題がある。兄は、酒をのむと「俺は死ぬんだ」とよく口ばしる。まさか、と思うけれども花子は兄もこわくなった。

「――じゃあ仕方がないから、私の家にしばらくつれてって見ましょうか」

さんざん思案したあげく花子がしぶしぶ言い出したのは、その頃だった。

花子は夫の遺産を僅か持った未亡人で手伝娘と二人でくらしていた。この頃、施設の運動をはじめてから人の出入りが多いので、二た間の家から四間の家に替った所だった。

「正夫は、奥の室に坐らせて、字でも習わしておけば、人前にひょろひょろ出てくることはあるまい」

花子は目論んだ。正夫は字をかくのが案外好きであった。

「そうしてくれれば有難いんだ。拝むよ」

兄の喜び方は一とおりでなかった。彼は、自分の息子の事でありながら、花子に任せれば任せ切って、すっかり親としての自分の肩までぬいてしまう男である。

花子とすればその申出は、必ずしも彼女の内的な要求とはいえなかった。どう理窟では逃げても自分が見てやるべき時らしいという義務感だけが重くのしかかって、彼女の本然の要求が不自然に圧迫されていた。が義務感即ち意志とはとてもいえなかった。ちょうど、花子が、施設の運動に加わった気持と似ていた。花子は何人もの正夫のために、何人分かの家を建てようと動いているのであった。

花子はこの決心をした時から、二つに裂けた自分をはっきり意識した。しかし、気がすすむすすまないにかかわらず、こうするためのつよい意志だけはあった。

すぐに正夫と一緒の寝起きがはじまった。

二三日は平穏だったが、ある朝見ると、正夫はズボンを前うしろ逆にはいていた。

「あら、お便所に行った時どうするの」

事情を知りぬいている手伝娘が誇張的に笑ったのが、正夫の気にさわった。とかく落ちつきかねている彼の機嫌にうす雲が刷いた。

その後も彼はよくズボンの前とうしろを逆にはいていた。そのたび笑う手伝娘と口争いになった。彼はおこるぞおこるぞと日記にかいた。

次の問題はテレビジョンのことだった。その頃彼の家にテレビジョンはなかった。正夫はこの家に来てからテレビに食い入るように見ていて、その番組が終ってもスイッチを切ることを承知しなかった。彼は、テレビは朝起きた時から夜ねるまで見つづけるものと考えていた。そのことで、手伝娘とまたいざこざした。

「ニュース解説わかる?」

と娘がたずねると、

「わかるさ。漫画だってわかるんだぞ」

と彼は口惜しがった。

ある日、机の上に、彼が父親に出そうとかいて宛所がわからないまま、置いてあった手紙を手伝娘が花子の所にもって来た。

「おとうさん、この家ではテレビを途中でやめてしまうからつまらない。僕かえってお金をうけるからテレビを買って、皆見させて下さい」

という言葉が幼くかいてあった。

花子は暇つぶしに正夫をからかう手伝娘に注意を与えて、愚かしい手紙は破ってしまった。が、この手紙がとどかないと知ると、正夫は家にかえるつもりで無断外出した。

しかし、彼は一人で電車にはのれなかった。彼は、ズボンの前うしろを逆にはいたまま、見るからに変った風体で駅のまわりをあちこちしていた。

あまりながく変な少年がうろついているので、交番の巡査が声をかけた。

「おい、おい、お前はいつまでこの辺を歩いているんだ」

「道がわからないんです」

「お前の家は何番地の何という家だ」

「三木花子という家です」

父親の名前さえろくに言えない正夫が、叔母の名前だけは覚えやすいせいか、ふしぎに覚えていた。

「三木花子?」

巡査は二人しか家族のない花子の家のことを考えて、少年が嘘を言っているかも知れないと思った。が、人手がなかったので道を教えたきりで、ついても来なかった。

三木花子、と言っただけですぐ巡査にわかったのが、正夫につよい感銘をのこした。いままでにもいくどか交番の世話になって家にかえることがあったが、父を割り出す交番の操作はいつも大変だった。そのため警察に泊ったことさえあった。

こんどの経験が正夫の行動を気やすくした。

ある日もちょっとした手伝娘との争いで、彼はとび出した。

彼はこの前に行き当った交番のまわりをうろうろした。また以前の巡査がいて、

「お前は何でまた来たんだい。そこいらをうろうろしていちゃいけないよ。三木花子さんはどうしているかね」

「僕出て行けと言われたんです」

「どうしてだ」

巡査は、花子が精薄児対策の事業を企てているのを知っているので、正夫をどこかに収容するためつれて来た一人かも知れないと思った。こんな精薄児を追出す所をみると、よくある見かけだけの社会事業家だなと思ったが、やはりこの少年が嘘を言っているかも知れないとも思った。

そのとき花子は家で何かしていた。正夫がまたとび出したとは気がつかなかった。が、交番

から電話がかかった。

「まことに失礼な御尋ねで——どうぞ間違えていたらおゆるし下さい。実はいま、お宅から追出されたという変な風体の少年をここに保護しているんですが、まちがいでしょうか」

「私の家の者です。追出したというのはちがいますがね」

花子は肚を据えていた。正夫は恐らく、花子の甥だということも喋ったにちがいない。

巡査は正夫を家までつれて来た。収容者を虐待しているようにとられては、と思って、花子は正夫が自分の甥であることをはっきり言った。

巡査ははじめ花子が自分の甥だといったときには、きこえないふりをした。が、そんな態度が花子をいたく反撥させた。彼女は、必要以上にいくどもはっきり自分の甥だとくりかえして言った。

正夫は、自分を扱うこの巡査の態度が、いままでさんざん面倒をかけた他の巡査よりもやさしく遠慮がちなことでよい心持になっていた。彼にはこの経験が一つの智恵になった。

それからは、何か面白くないことがあると、家をとび出してその交番のまわりをうろうろする。もう巡査には事情がわかっていても、

「どうしたんだ」

とたずねると、

「叔母さんに出て行けと言われたんです」

「三木花子が追出す筈はない。かえれよ。道はわかるかい」

「わかりません」

それも嘘だった。が、彼は、巡査に送らせて家にかえって、よく小言をいう花子や生意気な手伝娘を押えつけて貰うことを考えているのだった。

その間彼はいくども、おこるぞ、おこるぞ、と日記をつけていた。

正夫はそれからも何度かその交番のまわりをうろついた。巡査が出て来て、家まで送ってくれることが目当てだった。が、この頃では、巡査は送る代りに電話をかける。

正夫は送って貰えないことに失望していた。が、何度となく正夫のことで電話をうける花子の身になると、それ所ではなかった。たとえ正夫が精薄青年でもそんなに何度もとび出すのは、花子の愛情が足りないからだろうというのが世の常識である。

花子はかえりみて、そういう通り相場の正当さを肯《うべな》う他ない。正夫を小笠原島の港にすてて来ようとした兄の妹なのだから、その位の人間であっても当然であろう。どこか他の血統とちがっているに違いない。

とすれば、交番と彼女との間の小社会に露出する彼女の恥辱にも、堪えなければならないのは当然であろう。

花子は、正夫と二人でさし向いになると、いつも花子の心にある相手のハンディキャップがいつか消えて、対等な人間どうし二人が向き合っている気持になっていた。いろいろな要求をもった。勿論表現しはしないけれども自分ははたして憐れみということを知っている人間だろうか。

死んだ夫も心から愛したとはいえなかったが、正夫に対する気持にも似た所がある。出発点の義務感はしばしば本然の恣《ほしいまま》な感覚にとって変った。

のちに彼が、花子の家を出てから、花子の家に泥棒が入ったときいたとき、

「いい気味だ」

と口ばしったときいて花子は愕然とした。が、そんなものかと頭を俛《うなだ》れた。やっぱり肝腎な中身が不足していたのだ。

愛情というものを合成するむずかしさ。天然の麻薬と同じものを人手で合成するのはむずかしいといわれているが、それよりも愛を手でつくり出すのはずっとずっと至難のわざであった。

正夫は、ある日とうとう家にかえるからつれて行ってくれと言い出した。交番に七八遍厄介になったあとで、交番も相手にしなくなっていた。

花子は兄の当惑を思ってとめた。が、彼の主張は、物理的な強さだった。彼の頭はいつも一つの考えではち切れそうに充満する。二つの案が入る余地のないことに、花子は正夫の特徴を見ていた。

花子は手伝娘に荷物をわけて持たせて送らせた。

二人がいなくなってから、強烈に正夫の体臭のこった室に突立って、花子はほっとした。

明かに、花子は正夫が家にかえってくれたことに解放を感じていた。

甥のために当惑して考え込んだり黯然としたりする自分を、偽善かと省みたが、それも嘘ではなかった。この気持は複雑で説明しようがなかった。

手伝娘は、正夫を送りとどけるとかえって来て、

「あちらの旦那さんが『花子に言って下さい。僕は正夫と一緒に死ぬからって』と言ってましたよ。冗談ではない深刻な顔でした」

「いやだわねえ。私がかえしたのでもないのに私を恨んでるのね」

「ええ、そのことは、よく言っておきました」

花子は兄の切羽つまった事情を考えると、やはりかえしたことを悔いていた。

「大丈夫ですよ。死ぬという人が死んだためしはありませんわ」

手伝娘は、花子の気持を覗き込んだように世俗的なことを言う。花子はこんな小娘に教えられる様なことを言われても返すことばがなく、

「まさか死にはしないだろうけれどさ……」

とつぶやいた。が、そのあとでぎょっとしていた。体の大きい正夫がまた一人押し込まれた兄の家庭で誰かが死を思うのはあたりまえである。

しかし、所詮、正夫の問題は兄の問題だった。花子は、自分の用事で忙しく出歩いた。たしかに自分は肉親に対して薄情らしい、と花子はたしかめ得たような心地である。他人の

精薄児のためなら、相当な犠牲でも惜しくない気がするのは、他人の要求は着弾距離でないへだてた所にあるからであろうか。

その頃のある夜更けに、ききなれない男性から電話がかかった。

「僕××組の現場で役附をしている××という者ですがね」

と前置して、

「貴女の甥御さんをあずかっていますよ。大人しいし、手助けにもなりますから、僕は面倒みてあげたいんですがねえ、何しろ一緒の飯場の者が穢がって……」

正夫は兄の所からまた家出したらしい。花子はそんなはずかしい状態を明ら様に終まで喋られたくなかった。いそいで言葉を奪って、

「有難うございます。いつ家を出たんでしょうか、家出がくせでして皆さんに御迷惑をおかけします……」

花子は電話口で顔をあからめていた。正夫の問題が近所の交番と自分との小社会での出来事であった間は、いま考えればまだしもだった。こんな男性がかかわって、問題はいよいよ広い場所にもち出されたような気がする。あの時にさえひどく恥辱を感じた自分だったが――。

「こんなことがこれからもあっては堪らない」

花子はつぶやいた。

翌日、兄の会社に電話して、すぐ迎えに行くようにたのんだ。が、兄には花子のような恥辱

感はなかった。それよりも、また正夫がかえって来る失望で他の事を感じる余地はなかった。

「そんな所がいいんだがなあ。あいつをあずかって貰うには。も一度たのめないだろうか」

「だって、先方が迎えに来てくれと言っているんですもの」

花子は、兄の当惑を考えるよりさき、自分の当惑のやり場がなかった。

兄は、正夫をその飯場から引きとってから花子に電話をかけた。その声にも父親の責任感が充実してはいなかった。

「一体どうなるのかねえ。正夫の将来は。施設は遠からずできるだろうか」

「それはできるけれども、正夫さんがそこに落ちつくかどうかわからないわ。むしろ私は、施設を待望する無責任から、こんなことになったと思うの」

「俺がか。俺がそんなに無責任だったかねえ」

花子はそんな質問をする兄に考えさせようと思って言っていたが、自分が共同責任者の意識にならないのは、兄の当惑を頒っていないからだという論理に中途で気がついた。

それから五六日目の夜更けに、またかかった電話で、正夫が新宿駅をうろついていることがわかった。

「あんた三木花子さんか」

その男性の声ははじめから掩いかぶさるような異様なひびきを伝えた。

「そうですが……」

「大体、偽善者だよ、お前は。身障者を救う仮面をかぶって、自分の甥が飢えて行き倒れになっているのを何と見ているのかい」

「お言葉をかえして失礼ですが、あんな甥があるからこそこんな仕事も……」

「うまいことをいうが、本人は二日飯をたべていないと言っている。赤の他人の僕が蕎麦をたべさせてやった。早くつれに来給え。屁理窟はあとでいい。すぐだよ。もし、これだけのこともしないなら、世間にお前の鉄面皮を剝いでやる」

夜ふけで兄に連絡する方法もなかった。花子はすぐ車を拾って、電話が指定する甲州街道口の改札口へのりつけた。

正夫は相変らずの風体で、燈のきらきらした所に黒い大きな背を向けて立っていた。父親ならば、不愍で涙の出る姿だ、と花子は思った。

どこにも落着けずにさまよっている彼の魂をつなぎとめてくれるものは、一体何なのだろう。と花子はため息をついた。それは愛だ、とすぐ答えがあった。だが、その愛が、彼の要るだけは満ちて来ない。

「一緒の人はどうしたの」

「あの人は電車でかえった。お蕎麦をたべさせてくれた」

「よかったわね」

と花子は言った。その人と会わないですんだことにほっとして寛大になっていた。

「そんなに家をとび出してばかりいちゃ仕様がないでしょう。それに出たら出たで、もう子供じゃないんだから、一人でくらしを立てることを考えなくちゃだめよ。何かしたいことあるの」

花子はいまの気持でむだな事を喋っていた。正夫は、お説教には馴れているので、ただおとなしく言葉の終るのを待っているだけだった。

車にのせてから、兄の所へ行くか自分の所につれて行くか、一瞬考えた。兄の子なんだからというきわめて薄情な思案があった。が、兄の当惑ではなく嫂の当惑を思って家へつれてかえった。

それから、何日目か忘れた。もう寒い頃になっていた。霜のこおる夜更けの三時頃、池袋の交番から電話があって、甥の正夫が浮浪している。親の所がわからないからすぐ連れに来いと言った。

彼はやはり何日も食べずによろよろしていた。

花子は、正夫が何も食べずに、この寒い夜によろよろしているということで胸を突かれた。が、寝巻をぬいで厚い防寒の支度をして、寒夜の表でなかなか来ないタクシーを待っている間にははじめのショックは入替って気むずかしい顔になっていた。

一体誰が悪いのだろう。社会が？　社会もたしかに悪い。が悪いのは社会だけか。

正夫には三木花子という名が、奇蹟をよぶ呪文のように思われたにちがいない。自分の家の所番地は忘れ、ただ父の名だけを言って助けを求めた以前の頃には、こうすべてが手早くははこばなかった。家から父が迎えにくるまでに三四日かかったことさえある。

或は、新しく発見した花子の名の奇蹟を試みるために彼は、家出を弄んでいるのではなかろうか。

が、そんな正夫をつれて乗りつけるとたんに兄の家は、いつもはじめてのような押えつけられた重い当惑で沈んでしまう。

兄は、正夫がいくどかえって来ても、決してもう出さない工夫はしなかった。それは、誰の力をもってしてもできることではないにしろ、また家出すると、こんどこそもうかえらずに何か落着ける仕事にありつくだろうと、性懲りもなく期待した。そんな期待があるからこそ、かえってくるとひどく失望する。期待の数だけ失望があった。

「永久にかえって来ないという勤口はないかなあ」

兄には、妹が深夜にはしらされた上、恥をかく苦衷はそれ程でもない。やはり、正夫が戻って来たということが、いく度出遭っても大事件であった。

「永久なんて若い人のようなこと言ってるわね。何か技術の講習でもうけさせてからの話よ。それを考えるべきよ」

「しかしいまのようにすぐ逃げて来ては、技術まで覚えられっこないな。何とか方法はないだろうか」

このことなら花子の方が知っている筈だった。が、実際、これという施設はなかった。すでに子供の施設には彼の年齢は多すぎた。

二人が話している向うの室で、嫂が黙々と一人分の蒲団を出すため押入れを軋らせているのが、いつものとおりであった。

正夫が帰宅した瞬間のあきらめたような物静かな嫂から、兄の身の置き場もない程の圧力が発散しはじめているのだ、と花子は兄の身に置きかわって感じた。が、花子は無辜《むこ》な自分のうけるとばちりと思いくらべても、嫂にはやはり同情できた。自分は正夫の母親でなかったことをどんなに感謝していることだろう。

「おやすみなさい」

兄は戸口まで送り出して、

「じゃあすまなかった。こんどはよけいな人の名は出さないように、家をよく教えてかいて持たせておくからな」

「たのむわ。前からそうすればよかったのよ」

と言ったが、そんな些細なことでも、兄の力で正夫に強制できないことを知っていた。兄は洒脱な方だが、この晩だけはほとほと万策つきたという面持だった。

ところが、あるときからほんとうに正夫は、花子の名を家出さきで持出さなくなった。夜更けに身柄をうけとらせる電話がぷつりとかからなくなった。そのおかげで、正夫は家にいるのかいないのか花子にわからなくなった。

そうなると気になって、兄の会社に電話をかけた。

「どうしたの。この頃。私にはいいことだけれど、正夫さんの消息がわからなくなって物足らないわ」

「俺にもわからないんだよ」

「よほどよい所にぶつかったのね。一度もかえって来ないの」

「全然だ」

兄妹は電話で話をした。それだけの話ではいつもの家出が永びいているだけのことであった。兄は喜んでいるようでもあり、気にしているようでもある。

が、花子は兄が或は正夫をどこかの飯場に置いて来たのだろうかと見当をつけた。筋肉の弱そうな正夫には、土運びなどはむりである。が、芭蕉ならずとも、自分の運命の拙いのをあきらめて働くより他、自分も他人も救われようがないのである。

それからまた日がたっていた。

花子は、そろそろ正夫が先方をやめてかえって来て、また家出する頃だと思った。が、年中くりかえすその循環はまだ一ヵ所でとどまったままだった。

正夫のことがないとこの兄妹は日常にかかわり合う用事があまりないので、時には半年も顔を見ないことがある。

花子はあれ以来、この四ヵ月ほど兄と逢っていなかった。その間に三度電話で、正夫の消息をたずねたが、彼は一度も家にかえっていない。

花子は、先日来、じっと考えていることがある。外出しても、必要な会話の合間には思わぬことに思索がそれていた。

そのこと、といっても、かっきりした形のあることではない。きわめて、根拠の弱い、大空のように茫漠とした何かであった。何か思っていたとき、想いが自由に翔けようとするとふと何かその微かな抵抗感にぶつかってあとにかえってしまう。

花子は、そんな感じに脅されて考え深くこの日頃をすごしていた。

しかし、忘れているときでもその何か、は、決して花子の身のまわりから消え去りはしなかった。雲のような半透明体の緩いかたまりになって、花子のまわりにたえず立ちこめているのである。

このあいまいなものを絞ってつきつめると、食物の極端な味と何か共通して花子の肉体を内部から責める感覚になる。正面からそんな味を味わいたくないから、それを味わいそうになると自動的な自衛作用で逃げることになっていた。

心臓もこの頃どうかしていた。時に搏力《はくりょく》が俄に弱くなって、胸がしめつけられるように苦しい。狭心症は、前から警戒していたが、一段と血管の硬化を来たしたように思われる。

或る晩はひどくうなされたと手伝娘が教えた。

「どんなことを言った？」

「さあ、言葉はわかりませんでしたけれど、あまり長いので、こわくて蒲団をかぶってしまいました」

花子はそのあとも引き立たない思いにしずみ込んでいた。頭の中に一寸触ればすぐに触れるものがある。それに触るのがいやさに避けつづけて来たのである。

ある晩いやな夢を見た。表通りには花が植え込まれて、青いあじさいがこんもり咲いていたがどうやら、それは、刑務所らしい。花子はその中で死刑を言渡されているのである。

若い頃、花子はよく自分が死刑を言渡される夢を見て、ぐっしょり汗をかきながらもがいた。目がさめたとき、それが夢であったことをどの位感謝したか知れない。

しかし、年をとるにしたがって、そんな夢をみても、死ぬものなら仕方がないから、死んでやろうという諦観をもつようになった。今考えてみるとあのもがきがつまり旺な若さを意味したのだ。

しかし、先夜見た夢では、あじさいの咲く刑務所で、花子は、夢現になっていた。死も生もごく淡い感覚で、どちらでも差支えないといいたい位にしか花子を支配していなかった。

そんな淡い現実感の中でありながら花子は、耳のふちに流れて行く涙に触れていた。やっぱり花子は泣いていたのだ。

兄が、正夫の行方をたずねて雨の日にひょっくり来たのは、この頃だった。

花子はゆうべまでの胸苦しい夜の物思いをあとかたもなく忘れてただ一人の肉親に対する寛

ぎから、甲高い声で喋りまくった。四ヵ月も正夫の行方不明をほうっておいて今頃——という遠慮のない非難を花子は兄の鼻さきにつきつけた。兄は非常に忙しかったのだと反駁した。二人は口さきだけだけれども大声であらそいをした。

ひどく思いつめて駈け込んだ兄だったが、

「なあに、便りのないのがよい便りだよ。どこかで可愛がられているさ。何しろ賃金がいらないんだからな。こういうことだってあり得るさ」

「でもねえ、あの子の性質ではこんなにながくつづく筈は絶対にないんだから」

と自分で自分に言った。兄は来たときとはちがういつもの隙だらけの気分で、ビールのしゃっくりをしながらかえって行った。

しかし、兄の足音が鋪道に消えるか消えないかから、花子はけわしい顔になった。さっきの兄の挙措をはじめから終りまできびしく反芻していた。兄にも自分の顔を見たい時があるのだったろうか。それはどういう時なのか。そんなことまで詮索した。

あのとき、二人が一緒に、二進も三進も行かない崖に立ったように切羽つまった瞬間を覚えたのは、どういう成行からだったろう。花子は、兄を目尻で横から眺めた。その目つきを兄も変な顔で見返していた。二人とも何も言わなかった。男女が恋愛するときによくこんな行きちがいと一致がある。そんなぬきさしならぬ瞬間であった。

その晩も、花子は、床の中で兄のことをしきりに考えた。虚弱児の兄は、卵のようなこわれものとして父母に扱われた。牛乳の嫌いな兄を誘うため、父は兄の好物の葡萄豆を甘く煮させて、それに牛乳を注いで与えた。それでも兄はいやがった。さんざん強請した父があきらめて、「えい、俺が食べるわ」と奇妙な味の豆を父がスプーンでやけに掬っていたのをよく覚えている。兄は、ある学校の入学試験に落ちた。それから、アマチュア野球の選手になった。投手だったが捕手のうしろの審判が、兄の投げた球を「ボールファー」とよぶと「え?」とききかえす。審判がも一度くりかえすと、「そうかなあ」とグラブの球を弄びながら首をかしげて審判に考え直して貰いたいような顔をする。

兄は、野球選手のときばかりでなく、いつも人生は、やり直しのきく稽古のようにたやすく思っているらしく見えた。自分で前の妻と離婚しながら、あとで田舎にいる仲人に手紙を出した話も、花子には打明けていた。

花子は、今日逢ったばかりなのにその晩、「あしたは、会社の兄にぜひ電話をかけよう」と心にきめた。会社がいましまっているのが残念でたまらない程気持はいら立ったが、そのうち眠ってしまった。

翌日になると、何故か触れたくないものがあって、ぐずぐずに電話をかけるのはやめた。翌日もかけなかった。

そのくせ、兄に対する思いは、底のない所へ引き込まれて行くようだった。

どう考えても、正夫から四ヵ月も聯絡がないという不可解な事実に花子が囚えられていたことが、兄の訪問以来自分の中で避けられずにあからさまになった。もっとじっくり考えたいと考えたのもそのことだったし、触れるのがいやなのもそのことだった。

またそれから日がたっている。兄からはあれっきり何とも便りがない。正夫からも勿論便りがない。

花子は、たった一人の家族の手伝娘に、

「ねえ、縁切榎《えのき》ってそこを通ると夫婦の縁が切れるんでしょう」

「知りません。そんな榎がどこにあるんですか」

「だって貴女、江戸ッ子でしょう」

大抵の話題が、へだたった二つの世代の間ではこのように断絶している。

「江ノ島の弁天様位は知ってるわね」

「知っています。弁天様はやきもちやきだから一緒に行ったら恋人を別れさせてしまうそうですよ」

花子はそれで満足してそれきり喋らなかった。何かの講談できいたかよんだか、したことがある。実際は弁天様にも生きた人間どうしを別れさせる神通力はない。が、別れたい二人がそれを目あてにあそこにまいると、島の裏側に白い波頭の打ちよせるあらい岩ばかりの重畳とした高い崖がある。別れたい男は大抵女をそこから突落して一人で戻って行く。結局やっぱり、弁天様には別れさせる力があるのだ、というおちになる。——

——そこで兄はどの方法で正夫と縁を切ったのだ、——とあからさまに考えたとき、花子はふらふらと目まいがした。

江ノ島の外海は、花子も友人と一緒にボートで廻ったことがある。真白にさらしたサテンのような浄い波が妖怪のように岩に這い上ったり這いおりたりしていたっけ。

〔初出：「新潮」1967（昭和42）年10月号〕

P+D BOOKS ラインアップ

散るを別れと　野口冨士男　●伝記と小説の融合を試みた意欲作3篇収録

白い手袋の秘密　瀬戸内晴美　●「女子大生・曲愛玲」を含むデビュー作品集

ゆきてかえらぬ　瀬戸内晴美　●5人の著名人を描いた珠玉の伝記文学集

愛にはじまる　瀬戸内晴美　●男女の愛欲と旅をテーマにした短篇集

お守り・軍国歌謡集　山川方夫　●「短篇の名手」が都会的作風で描く11篇

演技の果て・その一年　山川方夫　●芥川賞候補作3作品に4篇の秀作短篇を同梱

P+D BOOKS ラインアップ

断作戦	古山高麗雄	●騰越守備隊の生き残りが明かす戦いの真実
龍陵会戦	古山高麗雄	●勇兵団の生き残りに絶望的な戦闘を取材
フーコン戦記	古山高麗雄	●旧ビルマでの戦いから生還した男の怒り
地下室の女神	武田泰淳	●バリエーションに富んだ9作品を収録
裏声で歌へ君が代(上下)	丸谷才一	●国旗や国歌について縦横無尽に語る渾身の長編
手記・空色のアルバム	太田治子	●〝斜陽の子〟と呼ばれた著者の青春の記録

P+D BOOKS ラインアップ

銀色の鈴	小沼丹	●人気の大寺さんもの2篇を含む秀作短篇集
怒濤逆巻くも（上下）	鳴海風	●幕府船初の太平洋往復を成功に導いた男
香具師の旅	田中小実昌	●直木賞受賞作「ミミのこと」を含む名短篇集
燃える傾斜	眉村卓	●現代社会に警鐘を鳴らす著者初の長編ＳＦ
EXPO'87	眉村卓	●EXPO'70の前に書かれた〝予言の書〟的長編
秘密	平林たい子	●人には言えない秘めたる思いを集めた短篇集

（お断り）

本書は1968年に中央公論社より発刊された単行本を底本としております。あきらかに間違いと思われるものについては訂正いたしましたが、基本的には底本にしたがっております。また、一部の固有名詞や難読漢字には編集部で振り仮名を振っています。

本文中には飯場、妾、淫売、気狂い、どもり、女中、老婆、屠殺、支那蕎麦屋、百姓、女給、気違い、私生児、未亡人、女史、部落、精薄児、不具などの言葉や人種・身分・職業・身体等に関する表現で、現在からみれば、不当、不適切と思われる箇所がありますが、著者に差別的意図のないこと、時代背景と作品価値とを鑑み、著者が故人でもあるため、原文のままにしております。

差別や侮蔑の助長、温存を意図するものでないことをご理解ください。

平林 たい子（ひらばやし たいこ）

1905（明治38）年10月３日—1972（昭和47）年２月17日、享年66。長野県出身。本名タイ。1947年『こういう女』で第１回女流文学者賞を受賞。代表作に『砂漠の花』『秘密』など。没後、遺言により「平林たい子文学賞」が創設された。

P+D BOOKS とは

P+D BOOKS（ピー プラス ディー ブックス）とは
P+Dとはペーパーバックとデジタルの略称です。
後世に受け継がれるべき名作でありながら、現在入手困難となっている作品を、
B6判ペーパーバック書籍と電子書籍を、同時かつ同価格で発売・発信する、
小学館のまったく新しいスタイルのブックレーベルです。
ラインナップ等の詳細はwebサイトをご覧ください。

https://pdbooks.jp/

秘密

2025年1月14日　初版第1刷発行

著者　平林たい子
発行人　石川和男
発行所　株式会社　小学館
〒101-8001
東京都千代田区一ツ橋2-3-1
電話　編集　03-3230-9355
販売　03-5281-3555
印刷所　大日本印刷株式会社
製本所　大日本印刷株式会社
装丁　おおうちおさむ　山田彩純
（ナノナノグラフィックス）

ISBN978-4-09-352502-2

P+D BOOKS